CONSIDERATIONS

SUR LES

CORPS ORGANISÉS,

Où l'on traite de leur Origine, de leur Développement,
de leur Réproduction, &c. & où l'on a raffemblé en
abrégé tout ce que l'Hiftoire Naturelle offre de plus
certain & de plus intéreffant fur ce fujet.

PAR C. BONNET,

*des Acadèmies d'Angleterre, de Suède, de l'Inftitut
de Bologne, Correfpondant de l'Acad. Royale
des Sciences, &c.*

TOME PREMIER.

À AMSTERDAM,

Chez MARC-MICHEL REY,

M D C C L X I I.

PREFACE.

Après avoir tenté d'analyser les Facultés de nôtre Ame (*a*), j'ai essayé d'analyser l'Origine, le Développement & la Génération des Corps organisés. On ne préfumera pas que j'aye prétendu découvrir le myſtère de la Génération : il eſt encore voilé aux yeux des plus grands Phyſiciens; j'ai ſeulement cherché à ramener cette belle partie de l'Hiſtoire Naturelle à des principes plus philoſophiques, que ceux qu'on a tâché de leur ſubſtituer dans ces derniers tems.

Les huit premiers Chapitres de ces *Conſidérations*, ſont la production de ma jeuneſſe. Je les ai détachés d'un plus grand Ouvrage, que j'avois intitulé *Contemplation de la Nature*, & qui n'étoit qu'une ſuite de méditations philoſophiques ſur la Nature. Il étoit déjà fort avancé, lors que je l'interrompis pour travailler à mes *Recherches ſur l'Uſage des Feuilles dans les Plantes*, que je publiai en 1754. (*b*). Enga-

(*a*) *Eſſai Analytique ſur les Facultés de l'Ame.* A Copenhague, chez les Frères Philibert, 1760. in 4o.
(*a*) A Leide, chez Elie Luzac, in 4o. avec Figures.

* 3

gé depuis dans des méditations d'un tout autre
genre, j'oubliai ma Contemplation de la Na-
re. De tems en tems néanmoins, je fongeois
à en détacher l'Ecrit fur la Génération, & à le
foumettre au jugement du Public ; mais j'étois
toûjours retenu par le fentiment de fon imper-
fection. Je pris donc le parti de différer la pu-
blication de cet Ecrit, & d'attendre de nouvelles lumières des Expériences dont la Phyfique
s'enrichit chaque jour.

J'avois admis l'*Evolution*, comme le principe le plus conforme aux Faits & à la faine
Philofophie. Je fuppofois que tout Corps Organifé préexiftoit à la Fécondation, & que celle-ci ne faifoit que procurer le Développement
du Tout organique deffiné auparavant en minia-
ture dans la Graîne ou dans l'Oeuf. J'effayois
d'expliquer comment la Fécondation opéroit cet
effet, & à mefure que j'analyfois, je me per-
fuadois de plus en plus qu'on démontreroit un
jour la préexiftence du Germe dans la Femelle, & que l'Efprit féminal n'engendroit rien.

Mais, je ne faifois qu'entrevoir, & je vou-
lois voir pour raifonner plus folidement. Quelques Faits me paroiffoient équivoques : d'autres Faits m'étoient contraires en apparence, &

quoi que je fentiffe bien qu'il y auroit des moyens de les concilier avec mes idées , je n'étois
pas content de mes tentatives en ce genre. Je
ne ceffois pas un inftant de penfer qu'il n'y a-
voit point de Génération proprement dite , &
que tout fe réduifoit à un fimple développement.
J'avois en main divers Faits qui fembloient concourir à le prouver. Je tâchois d'aprofondir ces
Faits ; je les comparois entr'eux , je les décom-
pofois ; j'oppofois mon hypothèfe à celle qu'un
Célèbre Académicien venoit de publier , & ce
parallèle , qui ne m'étoit pas défavorable , ache-
voit de me confirmer dans mes premiers principes.
Cependant il reftoit toûjours à démontrer que le
Germe appartenoit à la Femelle , qu'il préexiftoit ainfi à la Fécondation , & que l'Evolution étoit la Loi univerfelle des Etres organifés.

ENFIN cette découverte importante que j'at-
tendois & que j'avois ofé prédire , me fut an-
noncée en 1757. par Mr. le Baron DE HAL-
LER , qui la tenoit de la Nature elle-même.
J'avois dit dans mon Ecrit (a) , en répondant
à une objection qu'on pouvoit tirer des obfervations de MALPIGHI fur le Poulet , *qu'on*

(a) Voyez l'Article 125.

* 4

vouloit juger du tems où les Parties d'un Corps organifé ont commencé d'exifter, par celui où elles ont commencé de devenir fenfibles. On ne confidère point, ajoutois-je, *que le repos, la petiteffe & la tranfparence de quelques-unes de ces Parties, peuvent nous les rendre invifibles, quoi qu'elles exiftent réellement.* La découverte de Mr. DE HALLER démontroit rigoureufement cette grande vérité. Elle prouvoit encore d'une manière inconteftable, que le Poulet appartenoit originairement à la Poule, & qu'il préexiftoit à la *Conception.* Ses beaux Mémoires fur la Formation du Poulet, que cet illuftre Phyficien m'envoya bientôt après, me donnèrent tous les détails que je demandois. Je me hâtai de lui en témoigner ma jufte gratitude & ma fatisfaction, dans la Lettre fuivante dattée de Genève le 30. d'Octobre 1758.

Vos Poulets m'enchantent : je n'avois pas efpéré que le fecret de la Génération commenceroit fitôt à fe dévoiler. C'eft bien vous, Monfieur, qui avez fçu prendre la Nature fur le fait. J'avois tenté, il y a une dizaine d'années, de la deviner, & j'ai été bien agréablement furpris, lors que j'ai vû vos obfer-

vations s'accorder si parfaitement avec mes con-
jectures, & vôtre hypothèse avec la mienne.
Si vous avez gardé mes Lettres, & si vous
prenez la peine de parcourir celles que j'ai eû
l'honneur de vous écrire depuis quatre ans,
vous y trouverez les premiers rudimens de cet-
te hypothèse. Elle fait le sujet d'un Ecrit que
je composai en 1747 ; & que j'avois quelque
dessein de rendre public. D'autres occupations
m'étant survenuës, je n'ai pû le retravailler :
mais j'ai bien envie de le soumettre, tel qu'il
est, à vôtre jugement, &c.

MR. DE HALLER voulut bien me témoigner
de l'empressement à voir mes méditations. Je
les lui envoyai donc, en les faisant précéder
d'une Lettre qui en contenoit l'histoire, & dont
je place ici la copie.

A Genève le 4e. de Décembre 1758.

Vous voulez donc, Monsieur, que je vous
ennuye en vous donnant à lire mes méditations
sur la Formation des Corps organisés. J'o-

béïs; les voilà donc en Original, telles que
je les ai écrites ou dictées, il y a dix à onze
ans. Je n'y ai pas changé un seul mot, afin
que vous puissiez mieux juger quelles ont été
mes premières idées sur ce sujet intéressant, &
quelle a été la marche de mon Esprit dans ces
routes ténébreuses.

Vous reconnoitrez aux numéros des Chapitres, des paragraphes & des pages, que ce
Manuscript fait partie d'un Ouvrage, dont
voici en deux mots l'histoire. L'Etude des Insectes m'ayant extrêmement fatigué la vuë, je
fus forcé de me sevrer d'un plaisir si vif pour
moi; mais mon Esprit naturellement très-ac-
tif, ne put se livrer à un repos absolu; je me
mis donc à méditer sur toutes les parties de la
Nature. J'arrangeai mes méditations dans
un certain ordre; j'en formai une espéce de
Système harmonique que j'intitulai CONTEM-
PLATION DE LA NATURE. Insensiblement
mon Ouvrage grossit, & dans peu d'années je
me trouvai un Volume de méditations de plus
de 900 pages. C'étoit une suite de Tableaux

auſſi variés que la Nature. Mes yeux ne me
permettant pas toûjours d'écrire moi-même,
je condamnai mon Cerveau à retenir ce qu'il
avoit compoſé, jusqu'à ce que quelqu'ami vint
me prêter ſa main, & écrire ſous ma dictée.
De-là cette diverſité de caractéres que vous
trouverez dans le Manuſcript que je vous envoye.

CEPENDANT je n'étois pas au bout du plan
que je m'étois tracé. La multitude des objets
que j'avois encore à conſidèrer, m'effrayoit : mes
Recherches ſur l'uſage des Feuilles étant ſur-
venues, je ſuſpendis mon grand Ouvrage; &
lors que je l'eus ſuſpendu pendant un tems,
je n'eus plus la force de m'y remettre. Je le
laiſſai donc dormir dans mon Cabinet, après
l'avoir lû en entier à une Société de Gens de
Lettres, qui en fut plus contente que je n'a-
vois oſé l'eſpérer. Pendant que cet Ouvrage
dormoit, il me venoit de tems en tems en pen-
ſée, d'en détacher quelques parties pour les
donner au Public. Mais les imperfections que
je découvrois dans ces productions, la juſte
défiance où je ſuis de mes talens & de mes lu-

mières, détournoient toûjours cette idée de mon
Esprit.

ENFIN, vos admirables Observations sur
le Poulet ont parû : je les ai lûes avec avidi-
té ; & j'ai été agréablement surpris de la conformité de quelques-unes de vos idées avec les
miennes ; j'ai commencé à me sentir un peu
réchauffé pour cet Ouvrage infortuné que j'a-
vois abandonné à la poussière de mon Cabinet.
J'ai donc pris le parti de vous écrire sur ce qui
m'avoit roulé si long-tems dans l'Esprit ; mais
je l'ai fait en fort peu de mots : vos réponses
ont achevé de me convaincre que nous avions
les mêmes idées sur la Génération. Aujour-
d'hui vous avez la bonté de vouloir vous occu-
per de la suite de mes méditations, ce désir est
très-flatteur pour moi : je soumets donc mon
Manuscript à vôtre jugement. S'il avoit le
bonheur de vous plaire, je serois très-récompen-
sé de mon travail. S'il vous plaisoit assés pour
qu'il vous parût mériter d'être publié, une des
principales raisons qui m'engageroient à y con-
sentir, seroit l'extrême impatience que j'ai de
me parer auprès du Public de l'amitié dont

vous m'honorez, Monſieur, & de lui aprendre à quel point je vous eſtime & je vous reſpecte.

EN liſant ce Manuſcript, veuillez vous ſouvenir qu'il a été compoſé, comme le reſte de l'Ouvrage, tantôt dans un Jardin, tantôt dans la Campagne, tantôt dans un Bois, à Pied, à Cheval, en Caroſſe. La partie qui ſuit immédiatement celle-ci, eſt un Parallèle des Plantes & des Animaux, dans lequel j'ai raſſemblé en petit tout ce que ces deux Claſſes d'Etres organiſés offrent de plus intéreſſant. Quand j'ai lû ce que l'on a écrit avant vous, Monſieur, ſur la Formation des Corps Organiſés, j'en ai été peu ſatisfait, & j'étois preſque tenté de préférer mes idées à celles des Auteurs qui m'avoient précédé. Au moins il me ſembloit que j'aprofondiſſois un peu plus la matière qu'ils ne l'avoient fait.

EN me renvoyant mon Manuſcript, Mr. DE HALLER m'honora d'une Réponſe, qu'il me permit de rendre publique, & que je produits ici, parce qu'il me ſemble que la véritable modeſtie ne conſiſte pas à taire l'aprobation d'un

Grand Homme ; mais qu'elle confiste à ne la regarder que comme un encouragement. Il faut
bien d'ailleurs que le Public fache les motifs
qui m'ont engagé à ne pas fuprimer les prémices
d'un travail, que j'ai tâché dans la fuite de perfectionner.

À Roche le 5e. de Janvier 1759.

*JE vous fuis très-obligé, Monfieur, de la
lecture agréable & inftructive que vous m'avez
procurée. Elle eft venue bien à point dans un
accès de goute qui m'a tenu depuis quinze
jours, & dont quelques momens ont été des
plus douloureux. Je vous le renvoye, vôtre
Manufcript, en vous priant avec le zèle d'un
Cofmopolite, de le publier. Je ferois charmé
fi je pouvois contribuer à tirer du Cabinet un
Ouvrage aufli bien penfé que le vôtre. Il y a
deux Claffes de Sçavans : il y en a qui ob-
fervent, fouvent fans écrire ; il y en a aufli,
qui écrivent fans obferver. On ne fauroit
trop augmenter la première de ces Claffes, ni
peut-être trop diminuer la feconde. Une troi-*

sième Classe est plus mauvaise encore, c'est cel-
le qui observe mal.

Je cédai à une invitation si pressante, & si
propre à me rassurer sur le jugement du Public,
& immédiatement après avoir achevé mon *Essai*
Analytique sur l'Ame, je repris mes recherches
sur les *Corps Organisés*. Je ne songeai d'abord
qu'à composer un nouveau Chapitre, qui con-
tiendroit un précis des découvertes de Mr. DE
HALLER: mais, dès que j'eus commencé à exé-
cuter ce projet, je prévis que je serois appellé
à creuser divers sujets, que je n'avois qu'éfleu-
rés dans mon premier Ecrit. Je ne voyois point
encore jusqu'où ces nouvelles méditations me
conduiroient: je ne sentois que la necessité de
perfectionner mes recherches, & je la sentois
fortement.

Voila comment j'ai été acheminé à remanier
mon sujet, à développer & à rectifier mes premières idées, & à présenter au Public, une
nouvelle suite de Faits, de conséquences & d'a-
nalyses.

Je n'ai pas parcouru tous les Auteurs qui ont
écrit sur les Corps organisés; le nombre en étoit
trop grand. Je me suis borné à consulter ceux

qui m'ont parû les plus originaux, & j'ai rendu leurs obfervations avec toute l'exactitude & la précifion dont j'étois capable.

J'ai eû un grand avantage ; j'ai moi-même obfervé. Cela m'a donné plus de facilité à faifir & à extraire les Naturaliftes que je confultois. J'ai crû qu'on me permettroit de faire ufage de mes propres obfervations, & je l'ai fait lors que j'y ai été appellé.

Je n'ai tiré des Faits que les conféquences qui me fembloient en découler le plus naturellement. J'ai fouhaité que mon Livre fut une efpèce de *Logique*. Je n'ai donc pas mis les Conjectures à la place des Faits ; mais j'ai fait enforte qu'elles réfultaffent des Faits comme de leurs principes. Ceux de mes Lecteurs qui ne voudront que juger de ma marche, liront feulement le Chapitre XII, du premier Tome, & les Chapitres I. II. VII. VIII. du Tome Second.

Parmi les Faits variés & multipliés qui s'offroient à mon examen, j'ai choifi ceux que j'ai
                                                                    jugés

jugés les plus certains & les plus intéreſſans. Peut-
être même qu'il n'a point encore parû d'Ouvrage
ſur la *Génération*, qui en contint davantage que
celui - ci, & ſur la vérité deſquels on pût élever
moins de doutes.

J'AI vu de bonne heure que mon Livre ſeroit,
en quelque ſorte, une Hiſtoire Naturelle en raccourci. Je n'ai pas craint qu'il en fut moins gou-
té dans un Siècle qu'on pourroit nommer le Siècle des Obſervateurs.

Si j'ai relevé quelques opinions hazardées, ça
été aſſurément ſans aucune intention de choquer
ceux qui les adoptent. Je n'ai voulu que pré-
munir mes Lecteurs contre l'impreſſion de la célébrité.

JE prie qu'on ne juge pas de mon travail ſur
la lecture des huit premiers Chapitres du premier
Volume ; j'ai aſſez dit qu'ils ne ſont que des
ébauches, & je les aurois même ſuprimés entièrement, ſi Mr. DE HALLER, ne les avoit ho-
norés de ſon approbation. Ce que je ne ſçau-

** *

rois trop répéter, c'eſt que je ſerai toûjours prêt
à abandonner mes opinions pour des opinions
plus probables. Mon amour pour le vrai eſt
ſincère, & je n'aurai jamais de peine à avouer
publiquement mes erreurs. J'ai toûjours penſé
qu'un *j'ai tort*, valoit mieux que cent repliques
ingénieuſes.

A Gènève le 1er. *de Mars* 1762.

TABLE

TABLE

DES

CHAPITRES ET ARTICLES

CONTENUS EN CE

PREMIER TOME.

** 2

CHAPITRE III.

De la Génération des Corps Organiſés.

Des Monſtres & des Mulets en général.

Principes & Conjectures ſur leur Formation.   Pag. 9

CHAPITRE IV.

De la Multiplication de Bouture & de celle par Rejettons. Pag. 28

CHAPITRE V.

Nouvelles Réflexions sur les Germes & sur l'Oeconomie organique. Pag. 40

CHAPITRE VI.

De la Nutrition considérée relativement à la Génération.

Conjecture sur la Formation de la Liqueur séminale. Pag. 56

CHAPITRE VII.

Obſervations Microſcopiques ſur les Liqueurs ſéminales & ſur les Infuſions de différentes eſpèces.
Nouveau Syſtème ſur la Généra-
tion. **Pag. 77**

CHAPITRE VIII.

*Examen du nouveau Système; compa-
raison de ce Système avec celui des* Germes　　Pag. 98

CHAPITRE IX.

Nouvelles Découvertes sur la Formation du Poulet dans l'Oeuf.

Conséquences de ces Découvertes. Comparaison des Expériences de HARVEY sur la Génération des Biches, avec celles sur la Formation du Poulet. Pag. 124

CHAPITRE X.

Remarques sur les Métamorphoses, sur l'Evolution & sur l'Accroissement.

* * *

CHAPITRE XI.

Que les Observations sur la Formation du Poulet achèvent de détruire le Système des Molécules organiques. Pag. 168

Faits qui concernent les Graines & les Boutons, ainsi que les Greffes & les Boutures, soit végétales, soit animales, & la Multiplication par Rejettons, & celle par Division naturelle.

** * 3

CHAPITRE XII.

Réflexions sur la Découverte des Polypes, sur l'Echelle des Etres Naturels & sur les Règles prétendues générales. Exposition abrégée de divers Faits concernans les Végétaux, & à cette occasion, de l'Analogie des Arbres & des Os.

Essai d'explication de ces Faits.

Pag. 215

*** 4

FAUTE A CORRIGER

à la page 252 du Tome I. avant le dernier paragraphe, qui commence par ces mots, Le Bourlet &c. on a omis le titre de l'Article, que voici :

227. *Confirmation de l'ufage & de l'importance des Bourlets dans les Boutons.*

CONSIDERATIONS
SUR LES
CORPS ORGANISÉS.

CHAPITRE I.

Des Germes, Principes des Corps Organisés.

1. *Fondement de l'Existence des Germes.*

LA Philosophie ayant compris l'impossibilité où elle étoit d'expliquer méchaniquement la Formation des Etres Organisés, a imaginé heureusement qu'ils existoient déjà en petit, sous la Forme de *Germes*, ou de *Corpuscules Organiques*. Et cette Idée a produit deux Hypothèses qui plaisent beaucoup à la Raison.

2. *Deux Hypothèses sur les Germes.*

LA première suppose, que les Germes de tous les Corps Organisés d'une même espèce, étoient renfermés, les uns dans les autres, & se sont développés successivement.

A

LA seconde Hypothèse répand ces Germes par-tout, & suppose qu'ils ne parviennent à se développer, que lorsqu'ils rencontrent des *Matrices* convenables, ou des Corps de même espèce, disposés à les retenir, à les fomenter & à les faire croître.

3. 1re. *Hypothèse* ; *l'Emboîtement*.

LA première Hypothèse est un des grands efforts de l'Esprit sur les Sens. Les différens ordres d'*Infiniment Petits* abismés les uns dans les autres, que cette Hypothèse admet, accablent l'Imagination sans effrayer la Raison. Accoûtumée à distinguer ce qui est du ressort de l'Entendement, de ce qui n'est que du ressort des Sens, la Raison envisage avec plaisir, la Graîne d'une Plante, ou l'Oeuf d'un Animal, comme un petit monde peuplé d'une multitude d'Etres Organisés, appellés à se succéder dans toute la durée des Siècles.

LES preuves qui établissent la Division de la matière à l'*Indéfini*, servent donc de baze à la Théorie des *Enveloppemens*.

LE Soleil un million de fois plus grand que la Terre, a pour Extrème un Globule de Lumière, dont plusieurs milliards entrent à la fois dans l'œil de l'Animal vingt sept millions de fois plus petit qu'un Ciron.

MAIS la Raison perce encore au delà. De ce Globule de Lumière elle voit sortir un autre Univers, qui a son Soleil, ses Planètes, ses Végétaux, fes Animaux, & parmi ces derniers un Animalcule, qui eft à ce nouveau monde, ce que celui dont je viens de parler, eft au monde que nous habitons.

4. 2de. *Hypothèſe ; la Diſſémination.*

La feconde Hypothèfe, en femant les Germes de tous côtés, fait de l'Air, de l'Eau, de la Terre, & de tous les Corps folides, de vaftes & nombreux magazins, où la Nature a dépofé fes principales Richeffes.

La`, fe trouve en racourci, toute la fuite des Générations futures. La prodigieufe petiteffe des Germes, les met hors de l'atteinte des Caufes qui opèrent la diffolution des Mixtes. Ils entrent dans l'Intérieur des Plantes & des Animaux: Ils en deviennent même Parties compofantes, & lorsque ces Compofés viennent à fubir la Loi des Diffolutions, ils en fortent, fans altération, pour flotter dans l'Air, ou dans l'Eau, ou pour entrer dans d'autres Corps Organifés.

Il n'y a que les Germes qui contiennent des Touts Organiques, de même efpèce que celui dans lequel ils fe font introduits, qui s'y développent. Portés dans l'Ecorce d'un Arbre, ils s'y arrêtent, ils y groffiffent peu à peu, & donnent ainfi naiffance aux Boutons, aux Racines, aux Branches, aux Feuilles, aux Fleurs, & aux Fruits. Portés dans les Ovaires de la Femelle ou dans les Véficules féminales du Mâle, ils y font le principe de la Génération du Fœtus.

CHAPITRE II.

De l'Accroissement des Corps Organisés en général.

5. Difficulté du Sujet.

LA manière dont s'opère l'Accroissement des Corps Organisés, est un Point de Physique très obscur. Lorsque nous aurons une fois bien conçû, comment une simple Fibre grossit & s'étend, nous comprendrons comment une Graîne devient un Arbre, ou comment un Oeuf produit un Animal.

ON peut faire bien des Expériences pour découvrir les Loix que les Corps Organisés observent dans leur Accroissement. On peut dresser des Echelles exactes de leur extension respective. On peut observer, jusqu'à un certain point, la structure intérieure de ces Corps, & le jeu des Organes qui séparent & distribuent les sucs nourriciers. On peut encore ramener au calcul l'action des Vaisseaux, & la vitesse des Liqueurs qui y circulent. Toutes ces connoissances, quoique précieuses, ne suffisent point pour dissiper les ténèbres qui couvrent la Méchanique de l'Accroissement. Essayons d'y suppléer, en posant des Principes qui nous conduisent à une Hypothèse raisonnable.

6. *Principes fur l'Accroiſſement.*
La Nature ne va point par Sauts.

LA Nature ne va point par Sauts. Tout a ſa *Raiſon ſuffiſante*, ou ſa Cauſe prochaine, & immédiate. L'Etat actuel d'un Corps, eſt la Suite ou le Produit de ſon Etat antécédent; ou pour parler plus juſte, l'Etat actuel d'un Corps eſt déterminé par ſon Etat antécédent.

7. *Gradations Univerſelles.*

IL eſt une Gradation entre les Etres, il en eſt une auſſi dans leur Accroiſſement. Tous parviennent, par dégrés inſenſibles, à la Perfection qui leur eſt propre. C'eſt ce qui ſe nomme *Développement* dans les Corps Organiſés.

8. *Développemens.*

LES Plantes & les Animaux que nous voyons aujourdhui, ont donc paſſé ſucceſſivement par tous les dégrés de Grandeur compris entre celui où ils ont commencé d'être viſibles pour nous, & celui où nous les voyons maintenant.

SI nous obſervons au Microſcope, la Graîne d'une Plante, ou l'Oeuf d'un Animal, nous nous convaincrons que le Corps Organiſé qui en doit naître, y exiſte déjà en petit, avec toutes ſes parties eſſentielles.

NOUS admirons la Sagacité du Naturaliſte qui a ſû le premier découvrir le Papillon ſous l'Enveloppe de Chenille.

9. *La Nutrition cause du Développement.*

LE Développement infenfible de toutes les Parties du Corps Organifé, fe fait par la *Nutrition*.

10. *Alimens.*

LES Alimens font un mélange d'Air, d'Eau, de Terre, de Sels, d'Huiles, de Soufres, & de plufieurs autres Principes différemment combinés.

11. *Leur Préparation.*

POUR être rendu propre à faire corps, ce mélange paffe par divers genres de Vaiffeaux, qui diminuent graduellement, & dont il éprouve l'action.

LES uns le reçoivent, d'autres le préparent; des troifièmes le diftribuent préparé, à toutes les parties.

12. *Trois Opérations des Vaiffeaux.*

L'ACTION des Vaiffeaux fuppofe donc trois Opérations principales.

LA féparation du Superflu : La décompofition d'une partie des Principes : Et la réunion de plufieurs dans une même Maffe, analogue à la nature du Corps Organifé.

13. *Compofition des Vaiffeaux.*

LES Vaiffeaux, ainfi que tous les autres Organes, font originairement formés de *Fibres*

simples, c'eft à dire qui ne font pas elles mêmes compofées d'autres Fibres, ce qui iroit à
l'infini, mais d'*Elémens* particuliers.

La nature, la forme, & l'arrangement de
ces Elémens déterminent l'Efpèce du Corps Organifé.

14. *Idées fur la diftribution & fur l'af-* *fimilation des Sucs nourriciers.*

L'EXTRAIT nourricier fe diftribue aux Fibres
fimples, & l'extenfion de celles-ci en tout fens,
fait le Développement du Tout Organique.

LES Elémens des Fibres font le Fonds qui
reçoit les Particules du Fluïde nourricier.

L'AFFINITE' de ces Particules avec les Elémens, les rend propres à s'unir à eux.

LA conformation & l'arrangement des Elémens leur permet de s'étendre en tout fens
jufqu'à un certain point, & de céder ainfi à
l'impreffion du Fluïde nourricier.

ON peut fe repréfenter une Fibre fimple
comme une efpèce d'Ouvrage *à Rézeau.*

LES Atomes nourriciers s'infinuent dans les
Mailles, & les aggrandiffent peu à peu, en
tout fens.

LES Vaiffeaux qui reçoivent l'Aliment grof-
fier qui vient du dehors, & ceux qui le préparent, font nourris par d'autres Vaiffeaux plus
petits, deftinés à répandre cet Aliment par-tout.

CES Vaiſſeaux verſent le précieux Extrait dans les interſtices que les Fibres laiſſent entr'elles, d'où il paſſe enſuite dans les Mailles de ces dernières par une ſorte de Succion, ou d'Imbibition.

ET comme les petits Vaiſſeaux ont eux mêmes beſoin d'être nourris, on peut ſuppoſer qu'ils ſe nourriſſent par eux mêmes, du Suc qu'ils contiennent, ou de celui qu'ils rencontrent entre les divers Paquets de Fibres qu'ils parcourent.

15. *Limites de l'Accroiſſement.*

ENFIN, lorsque les Mailles d'une Fibre ſimple, ſe ſont autant aggrandies que la nature & l'arrangement de leurs Principes ont pû le permettre, cette Fibre ceſſe de croître, & ne reçoit plus que la nourriture deſtinée à remplacer celle que la tranſpiration & les mouvemens inteſtins diſſipent.

CHAPITRE III.

De la Génération des Corps Organisés.
Des Monſtres *& des* Mulets *en général.*
Principes & Conjectures ſur leur
Formation.

16. *Introduction.*

Tous les Corps Organiſés multiplient : Et
pendant que la Loi des Diſſolutions exerce ſon
empire deſtructif ſur la Maſſe des Etres vivans,
la Loi des Générations préſide à la conſervation
des Eſpèces, & leur aſſure l'immortalité.

17. *La Génération eſt un Myſtère qu'on*
découvrira peut-être un jour.

La Génération eſt un de ces ſecrets que la
Nature ſemble s'être reſervé. Je crois cependant qu'on le lui arrachera quelque jour. J'en
juge principalement par le nombre & la nature
des Découvertes dont on a déjà enrichi cette
matière. Les Vérités Phyſiques, fruits de l'Obſervation & de l'Expérience, ſe multiplieront &
ſe perfectionneront ſans ceſſe. Les Vérités Mé-
taphyſiques, plus indépendantes des Sens & des
Machines, & liées à un petit nombre d'Idées
abſtraites, ne ſe multiplieront pas, ſans doute,
en même proportion. Une Intelligence qui con-

noîtroit à fond les forces de l'Efprit Humain,
pourroit tirer l'horofcope des Sciences, & prédire le dégré de Perfection où chacune d'elles
parviendra.   Je ferois fort porté à penfer que la
deftruction de nôtre Globe n'arrivera que lorfque les Hommes auront épuifé la connoiffance des Productions qu'il renferme.   Mais cet
Evènement tient à d'autres qui ne paroîffent
pas plus prochains.

18. *Deux Hypothèfes fur le lieu de l'Embrion.*
   1re. *qui admet des Oeufs ou des Graînes*
             prolifiques.

LE Germe exiftoit-il déjà dans la Graîne, ou
dans l'Oeuf, avant la Fécondation? La Pouffière des Etamines, ou la Liqueur que le Mâle
fournit, n'eft-elle que le Principe de fon Développement?

19. 2de *qui place l'Embrion dans la Liqueur*
             féminale.

Ou la Matière féminale eft-elle le véhicule
du Germe, & la Graîne ou l'Oeuf, le logement
deftiné à le recevoir?

CE font là, deux Hypothèfes qui fe difpu-
tent la préférence, & leur combat n'eft pas
près de finir.

20. *Animaux Spermatiques.*

UNE Découverte imprévuë, faite par le
Microfcope dans le dernier fiècle, a parû

donner de la fupériorité à la feconde Hypothèfe fur la première. Je veux parler de la Découverte des *Animalcules Spermatiques.*

CES Animaux, d'une petiteffe extrême, ont
parû nager dans presque toutes les Semences
qu'on a foumifes à cet examen. On a comparé
leur Forme à celle du *Tetard* ; leur Tête eft
groffe & arrondie, & le refte de leur Corps eft
très effilé. La plus petite goutte de Semence en
renferme un nombre prodigieux. On les voit
s'y jouer avec une agilité merveilleufe, comme
les Poiffons dans un Lac.

LES Sujets qui ne font pas encore en état
d'engendrer, ceux qui font avancés en âge,
ou attaqués de maladies vénériennes, n'offrent
point de ces Animaux.

21. *Syftèmes auxquels ces Animaux ont donné naiffance.*

SUR ces Faits réels, ou apparents, on a imaginé que les Animalcules fpermatiques étoient
les auteurs immédiats de la Génération. On a
fuppofé ingénieufement qu'ils fubiffoient des
métamorphofes analogues à celles des Infectes,
ou du *Tetard*. Mais on s'eft partagé fur la manière de la Fécondation.

LES uns ne voulant point reconnoître d'O-
vaires dans les Femelles des Animaux vivipares,
ont cru que l'Animalcule s'attachoit à quelque
endroit particulier de la *Matrice*, d'où il tiroit
la nourriture deftinée à le faire croître.

LES autres, Partifans déclarés des *Ovaires*, veulent que le *Ver Spermatique* s'introduife dans la *Véficule*, qui, felon eux, fe détache de *l'Ovaire*, & tombe par la Trompe dans la *Matrice*, & que ce foit dans cette Véficule qu'il prenne fes premiers accroiffemens.

22. *Aplication qu'on a faite d'un de ces Syfièmes à la Génération des Plantes.*

CES Phyficiens appliquent aux Grains de la *Pouffière des Etamines*, ce qu'ils difent des *Animaux Spermatiques*.

ILS regardent chaque Grain renfermé dans un Globule des *Etamines*, comme un petit Oeuf, qui contient le Germe de la Plante future. Ils nous font remarquer, que la Graîne, avant la fécondation, n'eft qu'une Véficule, pleine d'une liqueur limpide, dans laquelle les meilleurs Microfcopes ne nous découvrent aucune trace d'embryon: mais que fi l'on examine cette même Graîne après la Fécondation, on y appercevra un Point verdâtre, fort reffemblant à un Grain de la Pouffière des Etamines.

23. *Doutes & difficultés fur le Syfième des Animaux Spermatiques.*

LE Syfième des Vers *Séminaux* eft affûrément ingénieux, & il femble au premier coup d'œil, n'être pas deftitué de probabilité. Quelques obfervations cependant le rendent au moins douteux, pour ne rien dire de plus.

ON n'a pû découvrir de ces Vers dans la fe-
mence de quelques Animaux.

ON a découvert dans celle du *Calmar* , de
petits Corps à reffort , qui paroiffent être a-
nalogues aux Vers fpermatiques , & qui pourroient faire douter que ces Vers foient de véritables Animaux (*).

EN les fuppofant tels , il y auroit lieu de
penfer , qu'il en eft de la Liqueur féminale
comme de tant d'autres efpèces de Liqueurs,
que l'Auteur de la Nature a jugé à propos de
peupler de différentes efpèces d'Habitans.

ENFIN , on croit avoir aperçû de femblables
Vers dans la Semence de quelques Femelles de
Quadrupédes.

QUELLE place affignera-t-on à ces Vers ;
quel rôle leur fera-t-on jouer dans le Syftème
dont nous parlons ?

IMAGINERA-t-on qu'ils s'accouplent avec ceux
qui habitent la Semence du Mâle , & que de
ces accouplemens naiffent les Germes , auteurs
de la Génération ? Ce feroit reculer la difficulté
d'un dégré.

CONJECTURERA-t-on qu'ils fe greffent, ou s'u-
niffent les uns aux autres , pour former différens Touts individuels ?

_____

(*) *Nouvelles Découvertes faites avec le Microfcope* ,
par T. NEEDHAM. Leide, Luzac 1747. Chap. V.

24. *Réfléxions fur les nouvelles Conjectures qu'on peut imaginer pour expliquer la Génération.*

OSEROIS-je joindre ici mes Conjectures fur la Génération, à celles de tant de favans Phyficiens qui ont traité cette matiére ? Une Réflexion, que je crois jufte, m'enhardit à le faire.

ON ne fauroit avoir trop de Conjectures fur un fujet obfcur. Ce font autant de Fils qui peuvent nous conduire au vrai par différentes routes, ou nous donner lieu de découvrir de nouvelles Terres. Les Conjectures font les Etincelles, au Feu desquelles la bonne Phyfique allume le Flambeau de l'Expérience. Je loüe la modefte timidité des Phyficiens, qui s'en tiennent aux Faits; mais je ne faurois blâmer la hardieffe ingénieufe de ceux qui entreprennent quelques fois de pénétrer au delà. Laiffons agir l'Imagination; mais que la Raifon tienne toûjours la bride de ce Courfier dangereux. Tournons-nous de tous les côtés: formons de nouvelles Conjectures; enfantons de nouvelles Hypothèfes; mais fouvenons-nous toûjours que ce ne font que des Conjectures, & des Hypothèfes, & ne les mettons jamais à la place des Faits.

C'EST dans cet efprit que je hazarde de publier mes Songes fur la Génération.

25. *Principe fondamental fur la Génération.*

TOUT Corps organifé croît par Développement.

Au moment, où il commence d'être visible, on lui voit, très en petit, les mêmes Parties essentielles qu'il offrira plus en grand dans la suite.

Quelqu'effort que nous fassions pour expliquer méchaniquement la Formation du moindre Organe, nous ne saurions en venir à bout.

Nous sommes donc conduits à penser, que les Corps Organisés qui existent aujourdhui, existoient avant leur naissance, dans des Germes, ou Corpuscules Organiques.

26. *Que la Génération n'est qu'un simple Développement de ce qui existoit auparavant en petit.*

L'acte de la Génération peut donc n'être que le principe du Développement des Germes.

27. *Que ce Développement s'opère par la Nutrition.*

Le Développement s'opère par la Nutrition.

La Nutrition n'est proprement que l'Incorporation des sucs nourriciers dans les Mailles des Fibres élémentaires.

Ces Principes posés, je demande :

28. *Question sur ce sujet : la Liqueur séminale ne seroit-elle point le suc nourricier destiné à procurer les premiers Développemens du Germe ?*

La Poussiére des Etamines, & la Liqueur séminale ne contiendroient-elles point les sucs nourriciers, destinés par leur subtilité & par leur activité extrêmes à ouvrir les Mailles du Germe, & à y faire naître un Développement, que des sucs moins fins & moins élaborés n'avoient pû commencer, mais qu'ils peuvent continuer, & amener à son dernier terme?

29. *Aplication de cette Idée aux principaux Phénomènes de la Generation.*

ETENDONS un peu cette Conjecture, & tachons de l'appliquer aux différens cas que renferme la matiére qui nous occupe.

ON peut les reduire à trois principaux:

LA ressemblance des Enfans au Père & à la Mère, les *Monstres*, & les *Mulets*.

FIXONS nous à l'Hypothèse qui admet des Oeufs dans les Femelles vivipares, & qui reconnoit ces Oeufs pour le Lieu des Germes, je veux dire, pour *prolifiques*.

30. *Des Monstres.*

ON nomme *Monstre*, toute Production organisée, dans laquelle la conformation, l'arrangement, ou le nombre de quelques unes des Parties ne suivent pas les règles ordinaires.

31. *Quatre Genres de Monstres.*

DE là, quatre Genres de Monstres.

LE

Le 1er. renferme ceux qui font tels par la conformation extraordinaire de quelques-unes de leurs Parties.

Le 2d. Genre comprend les Monſtres qui ont quelques-uns de leurs Organes, ou de leurs Membres autrement diſtribués que dans l'état naturel.

Le 3eme. Genre embraſſe les Monſtres qui ont moins de Parties qu'il n'en a été donné à l'Eſpèce.

Le 4eme. Genre renferme ceux qui ont, au contraire, plus de Parties que l'état naturel ne le comporte, foit que ces Parties ne foient pas propres à l'Eſpèce, foit que lui étant propres, elles s'y trouvent en plus grand nombre.

32. Des Mulets.

Les Mulets font des eſpèces de Monſtres, qui proviennent de l'accouplement de deux Individus d'eſpèces différentes, & qui participent ainſi de la nature de l'un & de l'autre.

La reſſemblance des Mulets avec les Individus dont ils tirent leur origine, ne ſe maniſeſte pas d'une manière uniforme dans toutes les eſpèces ; c'eſt-à dire, qu'elle n'a pas lieu conſtamment dans les mêmes Parties. On croit cependant avoir remarqué, qu'en général le Corps du Mulet tient plus de la Femelle que du Mâle, & que les Extrèmités tiennent plus du Mâle que de la Femelle.

B

33. *Queſtions qu'offrent les principaux Phénomènes de la Génération dans l'Hypothèſe de l'Auteur.*

Sɪ les Germes ſont contenus originairement
dans les Ovaires de la Femelle, & ſi la Matière ſéminale n'eſt qu'une eſpèce de Fluïde nourricier, deſtiné à devenir le Principe du Développement, d'où viennent les divers Traits de
reſſemblance des Enfans avec ceux qui leur ont
donné le jour? Pourquoi les Monſtres? Comment ſe forment les Mulets?

Laɪssoɴs le premier cas, comme moins frap-
pant, & toûjours un peu équivoque. Atta-
chons - nous aux deux derniers, plus ſuſcepti-
bles de détermination & d'analyſe.

34. *Tentatives pour reſoudre quelques-unes
de ces Queſtions.*

Oɴ expliqueroit aſſés heureuſement par l'Hypothèſe propoſée, le 1er., le 3ème. & 4ème.
Genre de Monſtres, en ſuppoſant pour le 1er.
& le 3me. que la marchè, ou l'opération du Fluïde féminal a été troublée ou modifiée par
quelqu'accident : Et en admettant pour le 4eme.
Genre, que deux Germes ſe ſont développés à la fois, dont l'un a fourni à l'autre par
une eſpèce de Greffe, une ou pluſieurs Parties ſurnuméraires.

Lᴇ 2d. Genre eſt beaucoup plus difficile à
expliquer ; & il ne me paroît pas qu'on en
puiſſe rendre raiſon qu'en recourant à l'Hypo-

thèse des Germes originairement monftrueux:
Refuge heureux ; mais qui ne plaît pas également à tous les Phyficiens.

Les Rapports des Mulets avec les Espèces
auxquelles ils doivent la naiſſance, peuvent
être rangés ſous pluſieurs Genres. Nous ne
confidérerons ici que les Rapports de Couleur,
& les Rapports de Forme.

Les Rapports de Couleur s'expliquent facilement par l'Hypothèſe de la Liqueur ſéminale, confidérée comme Fluïde nourricier. On
ſait combien la qualité des Alimens influë
ſur la Couleur des Corps Organiſés. La *Garance* rougit les Os des Animaux qui s'en nourriſſent. On varie les nuances des Végétaux
en leur faiſant pomper différentes espèces de
Teintures. Et c'eſt, pour le dire en paſſant,
un genre d'expériences qui eſt bien digne de
l'attention des Phyficiens. Il feroit très propre à perfectionner l'Hiſtoire de la Végétation,
& à nous découvrir la véritable deſtination des
principaux Organes (*).

Mais, dira-t-on, les Couleurs que le Fluïde ſéminal imprime au Germe devroient s'altérer peu à peu, & s'effacer enfin entièrement.

Je réponds que la diſpoſition à réflèchir
certaines Couleurs, dépend de la nature & de

_____

(*) Voyez mes *Recherches ſur l'Uſage des Feuilles dans
les Plantes*, Mémoire 5. Leide 1754. in 4º.

l'arrangement des Parties ; or, cette nature &
cet arrangement étant une fois déterminés, il
paroît très poffible qu'ils fe confervent, & que
les nouveaux fucs, qui furviennent, s'accommo-
dent à cette détermination, comme nous l'en-
treverrons bientôt.

La nourriture influë encore beaucoup fur les
proportions de toutes les Parties : Et cette vérité fi connuë nous conduit aux Rapports de
Forme.

Deux Objets principaux s'offrent ici, à nôtre méditation ; le Germe, & le Fluïde féminal.   Analyfons ces deux idées autant que
nous en fommes capables.

35. *Quelle eft la véritable idée qu'on doit fe faire du Germe.*

On dit que le Germe eft une ébauche ou u-
ne esquiffe du Corps Organifé.   Cette notion peut n'être pas affés précife : Ou il faut
entreprendre d'expliquer méchaniquement la formation des Organes, ce que la bonne Philofophie reconnoit être au deffus de fes forces:
Ou il faut admettre que le Germe contient
actuellement en raccourci toutes les Parties effentielles à la Plante ou à l'Animal qu'il re-
préfente.

36. *Conféquence de cette idée.*

La principale différence qu'il y a donc entre le Germe & l'Animal développé, c'eft que

le premier n'est composé que des seules Particules élémentaires, & que les Mailles qu'elles forment y sont aussi étroites qu'il est possible, au-lieu que dans le second, les Particules élémentaires sont jointes à une infinité d'autres Particules que la nutrition leur a associées, & que les Mailles des Fibres simples y sont aussi larges qu'il est possible qu'elles le soient rélativement à la nature & à l'arrangement de leurs Principes.

37. *Autre conséquence qui se tire de la variété des Parties du Corps Animal, rélativement à leurs proportions & à leur dégré de consistence.*

LA variété qui régne entre toutes les Parties de l'Animal, soit à l'égard des proportions, soit à l'égard de la consistence, indique dans les Elémens une variété rélative dont celle-là dépend. Ainsi les Fibres élémentaires des Os ont originairement plus de consistence, & sont moins susceptibles d'extension, que celles des Vaisseaux ou des Membranes.

38. *Rapports de la Liqueur séminale à ces variétés.*

LE dégré d'extension de chaque Organe est de plus rélatif à la Puissance qui l'a produit. Cette Puissance est ici, le Fluïde nourricier ou la Liqueur séminale. Il y a donc outre ce Fluïde & le Germe, certains

Rapports. qui déterminent la confiſtence & l'extenſion de chaque Partie. Ces Rapports, ſi
nous voulons raiſonner ſur des idées connuës,
ne ſauroient être que des Rapports de Forme, de Proportions, de Mouvement, de
Chaleur &c.

39. *Suppoſitions de l'Auteur touchant la Li-*
queur ſéminale, pour eſſayer d'expliquer la
Génération.

A' CES réflexions générales, je joindrai quel-
qües ſuppoſitions particulières. Je ſuppoſe
1°. qu'il y a dans la Liqueur ſéminale autant
d'eſpèces d'Elémens qu'il en entre dans la
compoſition du Germe.

2°. Que les Elémens d'une même eſpèce,
ſont plus diſpoſés à s'unir, que ceux d'eſpèces différentes.

3°. Que les Mailles de chaque Partie ob·
ſervent une certaine proportion avec les Molécules rélatives de la Semence.

4°. Que l'efficace de la Liqueur ſéminale
dépend du dégré de ſon mouvement & de
ſa chaleur, & du nombre des Particules élémentaires de chaque eſpèce.

40. *Eſſai d'explication du Mulet, confor-*
mément aux Principes de l'Auteur, & ex-
poſition abrégée de ſon Hypothèſe.

CES Principes poſés, la Génération des Mulets femble s'éclaircir jufqu'à un certain point. De l'acouplement d'un Ane avec une Jument naît le Mulet proprement dit.

CETTE Production exiftoit déjà en petit, mais fous la forme d'un Cheval, dans les Ovaires de la Jument.

COMMENT ce Cheval a-t-il été métamorpho-fé ? D'où lui viennent en particulier ces lon-gues Oreilles ? Pourquoi la Queuë eft-elle fi peu fournie de Crins? L'éclairciffement de ces deux points achèvera de développer ma pen-fée.

JE dis donc que les Elémens de la Liqueur féminale répondant à ceux du Germe, la Se-mence de l'Ane contient plus de Particules propres à fournir au développement des O-reilles que n'en contient celle du Cheval; & que d'un autre côté elle a moins de particu-les propres à développer la Queuë, que n'en a cette dernière.

DE là l'excès d'allongement dans les Mail-les des Oreilles, & l'oblitération d'une partie de celles de la Queuë.

41. Objections & réponfes.

ON m'objectera fans doute que les Semen-ces & les Germes d'une même efpèce doi-vent fe répondre exactement, & que par con-féquent il n'y a que la Semence du Cheval

qui puiffe faire développer les Germes contenus dans les Ovaires de la Jument.

JE réponds, qu'on peut fuppofer fans aucune abfurdité que dans le Rapport de la Semence & du Germe, il eft une certaine la-
titude, qui permet à la Liqueur féminale d'un
Animal de développer les Germes d'un autre
qui n'en diffère pas extrêmement en forme &
en grandeur.

ON m'objectera encore que les notions que
je donne de la Liqueur féminale & du Germe font trop compofées, vû la multitude des
Elémens que j'y fais entrer, & la diverfité
des combinaifons qu'elles fuppofent.

JE réponds que nous ne faurions nous faire de trop grandes idées de l'art qui règne
dans les Ouvrages de la Nature, & fur-tout
dans la Structure des Corps Organifés.

UNE autre Objection beaucoup plus confidérable, eft celle qui fe tire de certains *Mulets*, dans lesquels on obferve des Parties qui
ne tiennent abfolument que du Mâle.

TEL eft ce Mulet qui provient de l'accouplement du Coq avec la Femelle du Canard,
& qu'on affure avoir des Pieds parfaitement
reffemblans à ceux du Coq.

J'AVOUE que je ne faurois fatisfaire à cette
Objection, fi le Fait eft tel qu'on le rapporte; mais je doute de la parfaite reffemblance
le ces Pieds avec ceux du Coq: J'en appel-

le donc à un examen plus approfondi.

42. *Importance des Expériences fur les Mulets, pour éclaircir le myſtère de la Génération. Réflexions fur ce fujet.*

Je fouhaiterois fort auſſi qu'on multipliât les Expériences fur la Génération des Mulets. Rien ne fèroit plus propre à répandre du jour fur cette matière ténébreuſe. Les Végétaux pourroient beaucoup fournir en ce genre.

Je déſirerois fur tout qu'on s'aſſurât, ſi dans les Petits qui proviennent d'Individus de même eſpèce , & dans ceux qui proviennent d'Individus d'eſpèces différentes, il eſt conſtamment des Parties qui tiennent plus du Mâle, & d'autres qui tiennent plus de la Femelle, & ſi cette reſſemblance eſt toûjours uniforme, ou ſi elle varie?

Dans l'un & l'autre cas on pourroit faire intervenir la Liqueur féminale de la Femelle, & raiſonner fur cette Liqueur comme j'ai fait fur celle du Mâle.

On pourroit conjecturer avec quelque vraifemblance pour le premier cas, que la Semence de la Femelle contient les Élémens particuliers à une ou pluſieurs Parties , & celle du Mâle ceux qui font propres aux autres.

Pour le ſecond cas, on admettroit que ces combinaifons changent dans différentes eſpèces.

A l'aide de ces conjectures on pourroit parvenir à rendre raison des divers traits de ressemblance qu'on croit observer entre les Enfans & ceux auxquels ils doivent la naissance, mais il faudroit toûjours établir pour Principe, que les deux Semences ne sauroient agir l'une sans l'autre.

ON pourroit encore avec le secours de la même Hypothèse expliquer la formation de quelques *Monstres.*

PAR exemple, si deux Animaux dont les Semences ne contiendroient que les Elémens propres au développement du Tronc, venoient à s'unir, ce qui en proviendroit seroit une masse oblongue, un Tronc sans extrêmités.

43. *Principe de la Circulation dans le Germe, suivant l'Hypothèse de l'Auteur.*

LA Génération renferme un autre point aussi intéressant qu'il est obscur. Je veux parler du Principe de la Circulation dans le Germe.

VOICI comment je conçois la chose. Je ne pense pas qu'il se fasse aucune Circulation dans le Germe non fécondé. Je crois plûtôt que tout y est dans un repos parfait, & que les Solides ne contiennent alors aucune Liqueur, mais pendant la Fécondation, la Liqueur séminale est portée dans les Organes de la Circulation du Germe. Elle les dilate, & cette dilatation étant naturellement suivie de la réaction du Vaisseau sur la Liqueur, la Circulation commence à s'opèrer. Le Fluïde féminal porté par cette voye à toutes les Parties, ouvre les Mailles des Fibres fimples, & les met en état de recevoir les fucs que la Matrice leur envoye. Elles continuent ainfi à s'élargir par une efpèce de ductilité analogue à celle des Métaux, jusques à ce qu'elles ayent atteint les bornes de leur extenfion refpective.

44. *Manière dont l'Auteur envifage fon Hypothèfe ; qu'il ne la regarde que comme un Roman.*

Tout ce que je viens d'expofer fur la Génération, on ne le prendra, fi l'on veut, que pour un Roman. Je fuis moi-même fort difpofé à l'envifager fous le même point de vuë. Je fens que je n'ai fatisfait qu'imparfaitement aux Phénomènes. Mais je demanderai fi l'on trouve que les autres Hypothèfes y fatisfaffent mieux. Je ferai là-deffus deux réflexions.

45. *Réflexions favorables à cette Hypothèfe.*

La première, que je ne faurois me réfoudre à abandonner une auffi belle Théorie que l'eft celle des *Germes préexiftans*, pour embraffer des explications purement méchaniques.

La feconde, qu'il me paroît qu'on auroit dû tâcher d'approfondir davantage la manière dont s'opère le Développement, avant que de chercher à pénétrer celle dont s'opère la Génération.

CHAPITRE IV.

De la Multiplication de Boutûre & de celle par Rejettons.

46. *Faits principaux qui s'offrent ici à l'examen du Physicien.*

LA conservation de la Vie dans chaque Portion de l'Individu divisé, l'accroissement de cette Portion, la production de ses nouveaux Organes, la multiplication par *Rejettons*, sont les principaux Faits qui s'offrent maintenant à nôtre examen.

47. Ier *Fait: la conservation de la vie dans chaque Portion. Explication.*

LE premier Fait s'explique facilement dès qu'on admet que chaque Portion contient toutes les parties nécessaires à la Vie de l'Animal, & que leur structure est telle, que leur séparation du Tout ne cause aucun dérangement dans leur jeu.

L'OBSERVATION confirme l'une & l'autre de ces suppositions : elle nous montre les principaux Viscéres étendus d'un bout à l'autre du Corps dans les Vers que j'ai multipliés de Boûture, & dont j'ai publié l'Histoire en 1745 (*).

(*) *Traité d'Insectologie;* 2de Partie, Paris; in 8o.

& elle nous en découvre le jeu jusques dans les moindres Portions que la section sépare.

ENFIN, elle nous apprend que les playes qu'on fait à ces Animaux en les mettant en pièces, se consolident avec une extrême facilité, par la disposition singulière qu'ont les lèvres des Vaisseaux rompus ou déchirés, à se r'approcher & à se réünir.

LES fonctions vitales n'étant point interrompuës par la section, le suc nourricier que chaque Portion renferme, continuë d'être porté à toutes les Parties pour les nourrir & les faire croître.

48. 2ᵈ. *Fait: la consolidation de la playe, & les premiers accroissemens. Explication.*

LA manière dont cet accroissement s'opère revient précisément à ce qui se passe dans un Arbre auquel on a enlevé de l'Ecorce. Les bords de la playe se rapprochent continuellement par l'extension des Fibrilles dont ils sont garnis; & peu à peu il se forme ainsi sur la playe un bourlet qui la recouvre.

A CE premier Ouvrage de la Nature en succède bientôt un autre plus considérable; & auquel celui-là sert, pour ainsi dire, de préparatif, je veux parler de la production des Organes qui manquent aux différentes Portions du Ver pour devenir des Animaux complets. Arrêtons-nous un moment à suivre une de ces Portions qui ont été mutilées aux deux extrêmités.

49. 3me *Fait: la production d'une nouvelle Tête & d'une nouvelle Queuë. Explication.*

A l'extrêmité antérieure doit paroître une Tête, à la postérieure une Queuë. Du milieu du bourlet, souvent insensible, qui se forme à chaque extrêmité, sort un Bouton très petit, d'une couleur plus claire que le reste du Corps. Il grossit par dégrés, & prend la forme d'une Pointe mousse. Cette Pointe s'allonge de jour en jour ; bientôt on y découvre des Anneaux, au travers desquels paroissent de nouveaux Viscéres, qui semblent n'être qu'un prolongement des anciens. Enfin, la Tête & la Queuë se montrent, accompagnées de toutes les Parties qui leur sont propres. C'est un Ver parfait, auquel il ne manque plus que d'acquérir la grandeur de ceux de son espèce.

On voit par ce petit détail, qu'il en est de la multiplication de ces Vers *par Bouture*, comme de celle des Plantes. Tout s'opère dans les uns & dans les autres par un développement de Parties préexistantes. Nulle méchanique à nous connuë, capable de former un Cœur, un Cerveau, un Estomach &c. Les Germes répandus dans tout le Corps de ces Animaux, n'attendent, pour se développer, qu'une circonstance favorable.

La section produit cette circonstance. Elle détourne, au profit des Germes, la partie du Fluïde alimentaire, qui auroit été em-

ployée à l'accroissement du Ver entier ; de
la même manière, à peu près, qu'en *ététant*
un Arbre, ou en taillant une de ses grosses
Branches, on voit sortir autour de la coupe,
un grand nombre de Boûtons, qui, sans cette opération, ne se feroient point développés.

50. *Difficulté qui résulte de l'explication*
précédente.

CETTE explication quoique très simple,
n'est cependant pas exempte de difficultés. Suivant la notion que j'ai donnée du Germe,
c'est un Animal, pour ainsi dire, en mignia-
ture : Toutes les Parties que les Animaux de
son espèce ont en grand, il les a très en
petit.

OR, dans l'application de cette idée aux
cas dont il s'agit, ils n'y a que quelques Parties du Germe qui se développent, la Tête
dans le Germe placé à la Partie antérieure de
chaque Portion, la Queuë dans celui qui est
à la Partie postérieure. Que devient dans le
premier Germe la Queuë ? dans le second la
Tête ? Pourquoi, lorsque le développement
a commencé dans quelques-unes des Parties,
ne continuë-t-il pas dans toutes les autres?

LES mêmes Questions ont lieu à l'égard
des Plantes : Les Germes que l'on suppose a-
voir donné naissance aux Branches, contenoient une Plante en petit.   Il en étoit de

même de céux d'où font provenuës les Racines. Les unes & les autres ne fe font donc développées qu'en partie.

51. *Réponfe à la difficulté.*

CES Difficultés, approfondies jusqu'à un certain point, fe réduifent, ce me femble, à imaginer des Caufes capables d'empêcher le développement de quelques Parties du Germe : En effet, je ne penfe pas qu'on veuille admettre des Germes particuliers pour chaque Organe, & multiplier ainfi les Êtres inutilement, fans parler des difficultés, plus grandes encore & plus nombreufes, auxquelles une femblable Hypothèfe donneroit naiffance.

LES Caufes que nous cherchons, nous pouvons les trouver foit dans l'arrangement, la pofition ou la ftructure des Germes, foit dans les rapports fecrets de cette ftructure, avec celle du Corps où ils doivent fe développer, foit enfin, dans diverfes circonftances extérieures.

52. *Conjectures fur la manière dont les Germes font diftribués dans les Vers qu'on multiplie de Bouture, & fur celle dont ils parviennent à s'y développer.*

DE ces différentes fources nous tirons donc les Conjectures fuivantes.

1°. Que les Germes deftinés à completter chaque

chaque Portion, font rangés à la file, au milieu, & le long de l'intérieur du Ver.

2°. Qu'ils y font placés de manière que leur
Partie antérieure regarde la Tête de l'Animal.

3°. Que dans le Ver entier, les Germes, ou
ne reçoivent aucune nourriture, ou que s'ils en
reçoivent, l'effet en eft anéanti par la réfiftance
ou la preffion des Parties voifines.

4°. Que l'effet de la fection eft première-
ment de détourner vers le Germe le plus proche de la coupe, la partie du Fluïde nourricier
qui auroit été employée à la nourriture & à
l'accroiffement du Tout; fecondement de faci-
liter l'éruption & l'allongement du Germe en
lui fourniffant une libre iffuë.

5°. Qu'à mefure que le Germe groffit & s'é-
tend, la partie de fon Corps qui demeure dans
celui du Ver, ou dans le tronçon, s'unit avec lui
par une véritable *Greffe*; les Vaiffeaux d'un
genre s'abouchant à ceux du même genre, enforte qu'il s'établit entr'eux une Circulation
commune & directe, comme on le voit arriver
aux Portions de différens Polypes, mifes bout
à bout.

53. *Exemple tiré des Plantes & de leurs*
Boutures.

A' l'égard des Circonftances extérieures, les
Boutures des Plantes nous en fourniffent un
exemple qui eft palpable.

C

LA Partie fupérieure du Germe ne fauroit s'y développer qu'à l'air libre ; l'inférieure le craint, au contraire, & requiert une certaine humidité. Ainfi, de la Portion de la Bouture qui eft hors de terre, fortent les Branches ; de celle qui eft en terre, fortent les Racines. La différence fenfible qu'on obferve entre la ftructure de la Racine & celle de la Tige, donne naiffance à ces différens befoins.

54. 4me. *Fait extraordinaire : Vers qui pouffent une Queuë au-lieu d'une Tête. Difficulté d'expliquer ce Fait.*

IL eft une efpèce de Ver long, aquatique, en qui la propriété de revenir *de Bouture*, eft refferrée dans des bornes fort fingulières.

LORSQU'ON coupe la Tête à cette efpèce de Ver, elle en repouffe, comme les autres, une nouvelle ; mais fi l'on fait la fection dans des points moins éloignés du milieu du Corps, ou qu'on partage ce Ver en deux, trois, quatre ou plus de Parties, chacune d'elles pouffera u-ne Queuë à la place où elle auroit dû pouffer une Tête.

COMMENT expliquer un Phénomène fi étrange, & l'accorder avec les Conjectures qui ont été hazardées cy-deffus?

AURA-T-ON recours à l'Hypothèfe des Germes originairement monftrueux ? Mais la fréquence du Phénomène s'accorderoit mal avec cette explication.

Soupçonnera-t-on que cette Queuë furnuméraire eft une Tête mal conformée, que divers accidens ont rendue telle ? Mais l'obfervation dément ce foupçon ; elle nous affure que cette Queuë eft auffi bien conformée que celle qui a pouffé au bout poftérieur.

Conjecturera-t-on qu'il faut plus de force dans cette efpèce de Ver, pour le développement de la Tête, que pour celui de la Queuë ; & fe fondera-t-on fur ce que dans ceux de la Partie antérieure desquels, on n'a retranché qu'une portion, la réproduction de la Tête a lieu ? Mais cette Conjecture ne fait que renvoyer plus loin la difficulté ; pourquoi en effet la Tête exigeroit-elle plus de force & de vigueur de la part du Ver, pour parvenir à s'y développer, que n'en exige la Queuë ?

Seroit-ce parce qu'elle eft plus compofée, & que fes Vaiffeaux font plus repliés ? Il n'y a dans cette Réponfe, qu'une lueur de vraifemblance, dont on a peine à fe contenter (*).

55. *Différence entre la multiplication de Bouture des Vers & celle des Plantes.*

On obferve cette différence entre la réproduction *de Bouture*, des Animaux, & celle des Plantes ; que la première fe fait précifément felon la longueur du Corps : au-lieu que celle-

(*) Voyez la feconde Partie de mon Traité d'*Infectologie*, Obf. XXIII. & fuiv.

C 2

ci se fait plus ou moins obliquement à cette longueur.

56. *Multiplication du Polype par Rejettons. Explication.*
Question sur ce Sujet : Réponse.

LA multiplication des *Polypes* & des autres
Vers, *par Rejettons*, se fait, comme celle *de
Bouture*, par des Germes répandus dans l'intérieur de l'Animal, & qui s'y développent à l'aide de certaines circonstances.

ON peut faire là-dessus une Question : Les
Germes employés à completter chaque Portion
dans l'Animal, sont-ils précisément les mêmes
qui opèrent la multiplication par Rejettons?

ON peut le penser : mais si l'on vouloit y
trouver une différence, elle ne sauroit guères a-
voir lieu que dans la position. Les Germes destinés à la multiplication *de Bouture*, seront placés dans le milieu du Corps, comme nous l'a-
vons supposé; & ceux qui produisent la multiplication *par Rejettons*, seront situés sur les côtés du Corps, dans l'épaisseur de la Peau.

57. *Objection contre le Système des Germes, ti-*
rée de leur prodigieuse petitesse & de la ra-
pidité de leur accroissement.
Réponse.

ON fait contre les Germes une objection à
laquelle je ne dois pas négliger de répondre.
Elle est tirée de leur infinie petitesse, & de la

prodigieuſe rapidité qu'elle ſuppoſe dans leurs premiers accroiſſemens.

En effet le Fœtus eſt viſible peu de jours a-près la Conception. Il a donc acquis alors un volume pluſieurs millions de fois plus grand que n'étoit ſon volume originel.

Comment concevoir un développement ſi ſubit, ſi éloigné des progreſſions ordinaires? Je réponds, qu'il n'eſt point abſurde de ſuppoſer, que les Loix qui déterminent les premiers développemens du Germe, diffèrent de celles qui en règlent les développemens poſtérieurs ; ou que les effets d'une même Loi varient dans dif-férens tems.

Nous ne connoiſſons pas aſſés la nature de cet Atôme organiſé, & la manière dont la Li-queur ſéminale agit ſur lui, pour décider ſur l'impoſſibilité de la choſe. Nous voulons juger de ce qui ſe paſſe dans le Germe lorſqu'il com-mence à ſe développer, par ce que nous voyons s'y paſſer, lorſqu'il eſt devenu Habitant du Monde viſible. Cependant il eſt naturel de penſer que ces deux états doivent être dif-fé-rens. Dans le premier, les Fibres ont toute la ſoupleſſe poſſible, & les ſucs deſtinés à les nourrir & à les étendre, ſont les plus élabo-rés, les plus fins & les plus pénétrans qu'il y ait dans la Nature. Dans le ſecond état, au contraire, les Fibres ſont endurcies juſqu'à un certain point, & cet endurciſſement augmente

chaque jour. L'accroiffement ne fauroit ainfi
fe faire que lentement, & par dégrés tout à
fait infenfibles. De plus, les fucs qui l'opèrent, font plus mélangés, plus groffiers, &
moins actifs.

ENFIN, la diverfité des lieux affignés à ces
deux âges, peut être ici d'une grande influence :
le plus ou le moins de chaleur, le contact plus
ou moins immédiat de l'air, les mouvemens
plus ou moins grands, font des Caufes particulières dont on conçoit l'efficace.

SI l'on fuppofoit que la nature du Germe
approche de celle des Fluïdes ; fi l'on fe le re-
préfentoit fous l'image d'un Globule d'eau, on
concevroit que la Partie la plus fpiritueufe de la
Semence, pourroit occafionner dans ce Globule
une expanfion, ou une espèce de raréfaction
analogue à celle qui fuit de l'action de deux
Fluïdes l'un fur l'autre.

MAIS à cette espèce de raréfaction, fuccède bientôt ici, un accroiffement réel, qui eft
produit par l'incorporation des Particules plus
folides de la Liqueur féminale. Cette Liqueur
devient ainfi à l'égard du Germe, ce qu'eft à
l'égard de la *Plantule*, l'espèce de Farine que
renferme la Graîne.

L'IDE´E que je viens de propofer fur la nature du Germe, s'accorde fort bien avec l'extrême délicateffe ou plutôt la molleffe qu'on
remarque dans toutes les Parties des Embryons.
Il femble, que fi l'on pouvoit remonter plus

haut, on les trouveroit presque fluïdes.

58. De la conservation des Germes. Manière de la concevoir.

D'UN autre côté, cette Conjecture pourra paroître ne pas quadrer, avec la conservation des Germes que nous avons supposés répandus dans toutes les parties de la Nature. Mais il ne doit pas y avoir plus de difficulté à concevoir la conservation d'un Germe de l'espèce dont il s'agit, qu'à concevoir celle d'un Globule de quelque Fluïde que ce soit. L'Eau, par exemple, se convertit en Glace, s'élève en Vapeurs, entre dans la composition d'un grand nombre de Corps, sans que les Particules constituantes changent de nature.

CHAPITRE V.

Nouvelles Réflexions sur les Germes, & sur l'Oeconomie organique.

59. Introduction. But de l'Auteur.

L'HYPOTHE'SE des Germes, nous offre encore plusieurs Questions à discuter. Nous toucherons aux principales. Je ne fais point un Traité de la Génération. Je parcours rapidement ce que ce sujet renferme de plus intéressant, ou de plus difficile.

60. 1re Question : pourquoi certains Germes ont-ils besoin de la Liqueur que fournit le Mâle, pour se développer ? Réponse.

PREMIERE QUESTION. Pourquoi les Germes qui se font introduits dans le Corps des Femelles soumises à la Loi de l'accouplement, ne peuvent-ils s'y développer, sans le secours de la Liqueur que le Mâle fournit ?

REPONSE. Tel est ici l'ordre de la Nature que l'intérieur des Femelles de cette espèce ne contient aucune Liqueur, affés subtile ou affés active pour ouvrir, par elle même, les Mailles du Germe, & y commencer le développement.

61. 2de *Queſtion: comment le Germe conti-*
nue-t-il à croître après que la Liqueur ſé-
minale a ceſſé d'agir?
Réponſe.

2de QUESTION. Mais comment ce développement continuë-t-il, lorſque la Liqueur qui
l'a fait naître eſt totalement épuiſée?

REPONSE. Les Machines animales ont été
conſtruites avec un art ſi merveilleux, qu'elles
convertiſſent en leur propre ſubſtance les matières alimentaires. Les préparations, les com-
binaiſons, les ſéparations, que ces matières y
ſubiſſent, les changent inſenſiblement en Chyle,
en Sang, en Lymphe, en Chair, en Os, &c.
&c. Ainſi, dès que la Circulation a commencé
dans le Germe, dès qu'il eſt devenu Animal
vivant, les mêmes Métamorphoſes s'opèrent dans
ſon intérieur. La diverſité preſqu'infinie de
Particules, qui entrent dans la compoſition des
alimens; le nombre, la ſtructure, la fineſſe,
le jeu des différens Organes dont elles éprou-
vent l'action, nous perſuaderoient facilement la
poſſibilité de ces Métamorphoſes, quand nous
ne les ſuivrions pas à l'oeil juſqu'à un certain
point.

62. 3me *Queſtion: pourquoi les Germes qui*
s'introduiſent dans les Mâles, ne s'y déve-
loppent-ils point?
Réponſe.

TROISIEME QUESTION. Les Germes ne s'in-

C 5

troduifent-ils que dans le Corps des Femelles, ou s'ils s'introduifent auffi dans le Corps des Mâles, pourquoi ne fe développent-ils que dans celui des Femelles?

REPONSE. La petiteffe des Germes, leur difperfion dans l'Air, dans l'Eau, & dans tous les Mixtes qui fourniffent à la nourriture des Corps organifés, ne laiffent aucun lieu de douter, qu'ils ne s'introduifent dans le Corps des Mâles, en auffi grand nombre, que dans celui des Femelles. Mais celles-ci étant feules pourvuës d'Organes propres à les retenir, à les fomenter, & à les faire croître, ce n'eft que chez elles que la Génération peut s'opèrer.

63. 4me *Queftion : pourquoi parmi tant de Germes qui s'introduifent dans les Femelles, n'y en a-t-il que deux ou trois qui parviennent à fe développer?*
   Réponfe.

QUATRIEME QUESTION. Les Germes étant répandus en fi grand nombre, dans les Corps organifés, comment ne s'en développe-t-il qu'un à la fois, rarement deux, dans les Femelles de diverfes Efpèces?

REPONSE. Nous ne connoiffons pas les Organes qui raffemblent dans les Femelles, les Germes deftinés à y multiplier l'Efpèce. La ftructure de ces Organes eft, peut-être, telle que l'action de la Liqueur féminale ne fe fait fentir, à la fois, qu'à un ou deux Germes feulement.

Mais quand les chofes feroient autrement,
quand on fuppoferoit que le Fluïde féminal a-
git, en même tems, fur plufieurs Germes, il
n'y auroit aucune abfurdité à admettre que tous
n'en font pas également affectés. Celui, ou
ceux qui le font le plus, fe développent davantage: la Circulation, & les autres Mouvements vitaux s'y opérant avec plus de force,
le Fluïde nourricier s'y porte en plus grande
abondance: les autres Germes moins nourris,
& bientôt affamés ceffent de croître, & ne propagent point l'Efpèce.

64. *De ce qui peut arriver dans des Ger-*
mes dont les premiers développemens ont
été arrêtés: il eft poffible qu'ils reviennent
à leur premier état.

Si on me demande, ce que deviennent ces
Germes infortunés? Je réponds, qu'il n'eft pas
impoffible que leurs Parties élémentaires fe raprochent par l'évaporation des fucs qui avoient
pénétré dans les Mailles, & que ces Germes ne
fe retrouvent ainfi dans le même état où ils é-
toient avant que la Liqueur féminale eût agi
fur eux.

Apre's tout, combien de Graînes qui ne
produifent point de Plantes! Combien d'Oeufs
dont il ne fort point d'Oifeau! La Nature
eft fi riche, qu'elle ne regarde point à ces petites pertes; & ce qui ne fert pas pour une fin,
fert pour une autre.

65. 5me *Queſtion : les Germes d'une même Eſpèce ſont-ils tous identiques, ou eſt-il en- tr'eux des différences individuelles ?* *Réponſe.*

CINQUIEME QUESTION. Les Germes d'une même Eſpèce, ſont-ils tous égaux & ſembla- bles? ne diffèrent-ils que par les Organes qui caractériſent le Sexe? ou, y a-t-il entre eux une diverſité analogue à celle que nous obſervons entre les Individus d'une même Eſpèce de Plan- te, ou d'Animal?

REPONSE. Si nous conſidérons l'immenſe va- riété qui règne dans la Nature, le dernier ſen- timent nous paroîtra le plus probable. C'eſt, peut-être, moins du concours des Sexes, que de la configuration primitive des Germes, que dépendent les variétés que nous remarquons en- tre les Individus d'une même Eſpèce.

66. *Réflexions ſur la reſſemblance des En- fans à leurs Parents.*

J'AVOUERAI cependant, qu'il eſt des Traits de reſſemblance entre les Enfans, & ceux auxquels ils doivent le jour, que je ne ſuis point encore parvenu à expliquer par l'Hypothèſe que je pro- poſe. Mais ces Traits ne ſont-ils point équi- voques? Ne commettons-nous point ici, le Sophiſme que les Scholaſtiques appellent *non cauſa, pro cauſa :* ne prenons-nous point pour cauſe ce qui n'eſt pas cauſe? Un Père boſſu, a un Enfant boſſu; on en conclud auſſi-tôt, que l'Enfant tient fa Boffe de fon Père. Cela peut être vrai ; mais cela peut auffi être faux. La Boffe de l'un, & celle de l'autre peuvent dépendre de différentes caufes, & ces caufes peuvent varier de mille manières.

LES Maladies héréditaires foufrent moins de difficultés. On conçoit facilement que des fucs viciés doivent altérer la conftitution du Germe. Et fi les mêmes Parties qui font affectées dans le Père, ou dans la Mère, le font dans l'Enfant, cela vient de la conformité de ces Parties qui les rend fufceptibles des mêmes altérations.

AU refte, les Difformités du Corps découlent fouvent de Maladies héréditaires ; ce qui diminue beaucoup la difficulté, dont je parlois il n'y a qu'un moment. Les fucs qui devoient fe porter à certaines Parties étant mal conditionnés, ces Parties en feront plus ou moins défigurées, fuivant qu'elles fe trouveront plus ou moins difpofées à recevoir ces mauvaifes impreffions.

67. 6ᵐᵉ *Queftion : pourquoi les Mulets n'engendrent - ils point ?*
    Réponfe.

SIXIÈME QUESTION. Pourquoi les *Mulets* n'engendrent-ils point ?

R. L'AUTEUR de la Nature ayant voulu limiter les Efpèces, a établi un tel rapport entre la Liqueur féminale & le Germe, que les Organes de la Génération de celui-ci, ne fau-

roient être développés en entier que par le
Fluïde féminal propre à fon Efpèce. Je dis en
entier, parce qu'il y a une diftinction de Sexe
dans les *Mulets*; mais cette diftinction eft in-
complette, puisqu'ils n'engendrent point. Des
Vaiffeaux que le Fluïde féminal n'a pû développer, ou qui font demeurés oblitérés dès la
conception, donnent lieu à cette impuiffan-
ce.

68. 7ᵐᵉ *Queftion: les Germes qui, dans les*
Plantes, donnent naiffance aux Branches,
produifent-ils encore la Plantule logée dans
la Graîne ?
Réponfe.

SEPTIEME QUESTION. Les mêmes Germes
qui, dans les Végétaux, produifent les Branches, & les Racines, donnent-ils encore naiffance à la petite Plante renfermée dans la Graîne?

REPONSE. Le Germe qui eft contenu dans
la Graîne, ne fauroit fe développer fans le fecours de la *Pouffière des Etamines.* Cette Pous-
fière renferme une Liqueur, que l'on peut fuppofer, être la plus fubtile & la plus active de
toutes celles qui circulent dans la Plante. Les
Germes qui donnent naiffance aux Branches,
& aux Racines, fe développent fans Fécondation, du moins apparente. Un Fluïde moins
fubtil, & moins actif que le Fluïde féminal,
fuffit donc pour le développement de ces Germes : D'où l'on peut légitimement conclure qu'ils

diffèrent de ceux qui produifent la *Plantule*, en ce qu'ils font plus grands, ou que leurs Mailles font moins ferrées.

ON pourroit foupçonner que la Liqueur des *Etamines*, pénètre dans le Corps de la Plante, & y féconde les Germes dont naîffent les Boûtons. Mais le retranchement des Fleurs n'empêche point la Plante de pouffer de nouvelles Branches, & de nouvelles Racines.

FAITES une forte ligature à une Branche : il fe formera au deffus de la ligature, un *Bourlet*. Coupez la Branche à l'endroit de la ligature, & plantez-la en terre : Elle y reprendra avec beaucoup plus de facilité & de promptitude, qu'elle n'auroit fait fans cette petite préparation. La ligature, en interrompant le cours du Fluïde nourricier, le détermine à fe porter en plus grande abondance aux Germes qui fe trouvent placés au deffus de la ligature.

L'ART avec lequel toutes les Parties de la Plante font difpofées dans la Graîne, nous aide à concevoir celui que fuppofe l'arrangement de ces mêmes Parties dans le Germe primitif.

69. 8me. *Queftion: comment fe forme une nouvelle Ecorce, une nouvelle Peau?*
Réponfe.

HUITIEME QUESTION. Si toutes les Parties d'un Corps organifé exiftoient, en petit, dans le Germe ; s'il ne fe fait point de nouvelle production, comment concevoir la formation d'une nouvelle Ecorce, d'une nouvelle Peau, &c.?

REPONSE. Toutes les Fibres d'un Corps organiſé ne ſe développent pas à la fois. Il en eſt un grand nombre qui ne peuvent y parvenir qu'à l'aide de certaines circonſtances. Telles ſont les Fibres qui fourniſſent aux réproductions dont il s'agit ici. La Playe faite à l'ancienne Peau, détermine les ſucs nourriciers à ſe porter aux Fibres inviſibles, qui environnent les lèvres de la Playe, &c. Mais ſans recourir à l'exiſtence de ces Fibres inviſibles, on peut ſe contenter d'admettre, que les Fibres des environs de la Playe étant miſes plus au large par la deſtruction des Fibres qui les avoiſinoient, & recevant tout le ſuc qui étoit porté à celles-cy, doivent naturellement groſſir, & s'étendre davantage.

70. 9ᵐᵉ. *Queſtion : Si les muës & les métamorphoſes des Inſectes, la production des Dents, la réproduction des Pattes de l'Ecreviſſe prouvent qu'il eſt des Germes aproprié à différentes Parties?*
Réponſe.

NEUVIEME QUESTION. Les *Muës* de différents Animaux, leurs Métamorphoſes, la réproduction des Pattes des Ecreviſſes, celle des Dents, &c. ne prouvent-elles pas qu'il eſt de Germes particuliers, deſtinés à la réproduction de différentes Parties?

RE

REPONSE. Si nous ne pouvons expliquer mé-chaniquement la formation d'une simple Fibre, au moins d'une manière à satisfaire la raison, comment expliquerions-nous par la même voye, la réproduction d'Organes aussi composés que le sont ceux de la plûpart des Insectes? Quelle Méchanique présidera à la formation d'une Dent, d'une Jambe, d'un Oeil, &c.

Si l'on veut préférer des idées assés claires, à des idées très obscures, on conviendra que toutes ces Parties existoient en petit dans le Germe principal. Ainsi le Germe de l'Insecte qui se métamorphose, contient actuellement toutes les enveloppes dont cet Insecte doit se défaire, & tous les Organes qui les accompagnent. Ces différentes Peaux emboîtées les unes dans les autres, ou arrangées les unes sur les autres, peuvent être regardées comme autant de Germes particuliers, renfermés dans le Germe principal

J'AI eu recours à une autre hypothèse pour rendre raison de la multiplication de Bouture, & de celle par Rejettons, parce qu'il m'a paru que ce sont des Productions d'un genre différent.

71. 10me. *Question : un Germe d'une espèce donnée peut-il se développer dans un Tout organisé d'une espèce différente? Réponse.*

DIXIEME QUESTION. Un Germe d'une espè-

D

ce donnée, peut-il se développer dans un Corps organisé d'une espèce différente : le Germe du *Tœnia*, par exemple, porté dans nôtre Corps, & abreuvé des sucs les plus propres à la nouriture de ce Ver, parviendroit-il à s'y développer; & seroit-ce là, l'origine des Vers du Corps Humain?

REPONSE. Comme je ne crois pas que le Germe de la *Tulippe* puisse jamais se développer dans la *Rose*, je ne pense pas, non plus, que le Germe du *Tœnia* puisse se développer dans le Corps Humain, comme dans sa Matrice naturelle. Je crois qu'il n'est point dans la Nature de Loix plus invariables, que celle qui ordonne que les Germes d'une espèce ne se développent point dans des Corps organisés d'une espèce différente. Ainsi, quoique l'origine des Vers du Corps Humain soit extrêmement obscure, je préférerai toûjours de suspendre mon jugement sur ce sujet, à embrasser l'hypothèse dont je viens de parler.

72. *Réflexions sur l'Origine des Vers du Corps Humain.*

UNE *Mouche* va déposer ses Oeufs dans le Nez du *Mouton*. Une autre Mouche, plus hardie encore, va pondre dans le Gozier du *Cerf.* (*) Lorsqu'on ignoroit ces Faits, on étoit aussi embarassé sur l'origine des Vers du Nez du

(*) *Mémoires sur les Insectes* par Mr. de Réaumur, Tom. 4. & 5.

Mouton, ou fur celle des Vers du Gozier du *Cerf*, qu'on l'eſt aujourdhui fur l'origine des Vers du Corps Humain. Un heureux hazard, des obſervations plus fines, ou plus pouſſées, nous découvrirons un jour le miſtère, & nous apprendront qu'il en eſt de l'origine des Vers du Corps Humain , comme de celle des autres Animaux.

Sɪ le *Tænia* exiſtoit dans la Terre , comme l'aſſure un habile Naturaliſte , le Problème ſeroit facile à réſoudre. Mais l'obſervation ſur laquelle ce Fait repoſe, n'a point été répétée, & elle manque des détails qui auroient été propres à la conſtater (*).

Lᴇ *Tænia* eſt commun à différents Animaux : la *Tanche* & le *Chien* y ſont fort ſujets. On imagine aiſément comment cet Inſecte peut paſſer du Corps de ces Animaux dans celui de l'*Homme*. Mais comment s'introduit-il dans l'intérieur de la *Tanche* ? Les Eaux ſont encore moins connues que la Terre : ſeroient-elles la vraye Patrie du *Tænia* ? Les Semences inviſibles de ce Ver, ou le Ver lui-même , encore petit , paſſeroient-ils avec les Aliments dans les Inteſtins de la *Tanche* ? Mais le même Inſecte peut-il vivre également dans l'Eau, & dans le Corps d'un Animal vivant ? Les obſervations de Plantes qui ont germé dans

(*) Voyez ma Diſſertation ſur le *Tænia*, Ier. Vol. des *Sçavants Etrangers*.

l'Eſtomach, & les Inteſtins de divers Animaux, celles d'Inſectes terreſtres, ou aquatiques qui ſont ſortis du Corps de pluſieurs Perſonnes, rendroient cette conjecture plus probable, ſi elles étoient plus ſures, ou mieux conſtatées. Quoiqu'il en ſoit, nous voyons les Hommes, & les Animaux ſe faire à des climats très différents, & quelquefois contraires. Nous les voyons auſſi s'accoutumer à des Aliments qui ne différent pas moins que les Climats. Nous prolongeons, ou nous abrégeons à volonté, la durée de la Vie de beaucoup d'Inſectes : nous les faiſons vivre indifféremment dans un Air extrêmement froid, ou extrêmement chaud: nous retardons, ou nous accélérons comme il nous plait, la Tranſpiration de ces petits Animaux, ſans qu'ils paroiſſent en ſouffrir (*). Ce ſont là, autant de préſomptions en faveur des Tranſmigrations du *Tœnia*.

ENFIN, n'en ſeroit-il point du *Tœnia*, & des autres Vers du Corps Humain, comme de pluſieurs eſpèces d'Inſectes, dont la Vie paroit avoir été liée dès le commencement, à celle de différents Animaux ? Les Vers du *Mouton*, & ceux du *Cerf*, dont nous venons de parler, la *Puce*, le *Pou* &c.; en ſeroient des exemples. Les Etres doués de ſentiment, ont été multipliés autant que le Plan de la Création a pû le permettre. Un Animal eſt un Monde habité par d'autres Animaux : ceux-ci, ſont Mon-

---

(*) *Mémoires ſur les Inſectes* par Mr. de Réaumur, Tom. 2.

des à leur tour ; & nous ne favons point où cela finit.

73. 11me. *Queſtion : Comment ſe fait la Multiplication ſans Accouplement?* *Réponſe.*

ONZIE'ME QUESTION. Comment ſe fait la Multiplication ſans Accouplement?

REPONSE. Dans les Eſpèces qui ne ſont pas ſoumiſes à la Loi de l'Accouplement, chaque Individu a en ſoi le Principe de la Fécondation. Il eſt pourvû d'Organes qui ſéparent de la maſſe de ſon Sang la Liqueur ſubtile, qui doit opérer le développement des Germes. Ces Germes ſont nourris, ils croiſſent, & ſe perfectionnent comme les autres Parties de l'Animal : & cette Multiplication qui nous paroît ſi extraordinaire, nous paroîtroit la plus naturelle, parce qu'elle eſt la plus ſimple, ſi nous n'euſſions jamais vû d'Animaux s'accoupler.

74. *Réflexion ſur l'Accouplement.*

EN effet, comment euſſions-nous ſoupçonné que pour produire une Plante, ou un Animal, la Nature eut dû y employer le concours de deux Plantes, ou de deux Animaux. Conſidérons l'appareil d'Organes qui ont été ménagés dans les deux Sexes pour cette importante fin. Rendons-nous attentifs aux diverſes circonſtances qui précèdent, qui accompagnent,

& qui fuivent l'union de deux Individus ; & nous demeurerons convaincus, qu'il n'eft peut-être rien, dans la Nature, de plus fingulier, & de plus propre à exciter nôtre furprife.

75. *Conjectures fur la raifon métaphyfique de l'Accouplement.*

PAR quel motif, la SAGESSE SUPRE'ME a-t-elle été déterminée à choifir un femblable moyen pour conferver les Efpèces? Quelle eft la Rai-fon métaphyfique de l'Accouplement?

ON peut propofer la même Queftion fur les Métamorphofes des Infectes : les Réflexions auxquelles elles donnent lieu, reparoiffent ici, à peu près, fous le même point de vuë.

SI l'*Unité*, & la *Variété* conftituent le *Beau Phyfique*, la diftinction de la plûpart des Ani-maux en Mâles, & Femelles, eft très propre à embellir la Nature. La diverfité qui réfulte de cette diftinction, foit à l'égard des Formes, des Proportions, des Couleurs, des Mouve-ments, foit à l'égard du Caractère, des Goûts, des Inclinations, fait une Perfpective qui fixe agréablement la vuë du Spectateur.

ON pourroit conjecturer avec quelque fonde-ment, que le concours des Sexes fert princi-palement à rendre les Générations plus réguliè-res. Dans un Tout auffi compofé que l'eft un Oifeau, un Quadrupéde, l'Homme, il eût été fans doute bien difficile que la Génération n'eût pas été fouvent troublée ou altérée fi elle s'y fut faite à la manière des *Pucerons* ou des *Polypes*. Les défectuofités qui fe feroient facilement rencontrées dans l'Individu auroient pû paffer au Fœtus, & de celui-ci, aux Animaux qui en feroient provenus. Le dérangement auroit crû ainfi à chaque Génération. Dans l'union des Sexes, au contraire, ce qu'il y a de défectueux chez l'un des Individus peut être reparé par ce que fournit l'autre Individu. Ce qu'il y a de trop dans l'un eft compenfé par ce qu'il y a de moins dans l'autre.

D 4

CHAPITRE VI.

De la Nutrition considérée rélativement à la Génération.

Conjecture sur la Formation de la Liqueur séminale.

76. Dessein de ce Chapitre.

NOUS avons jetté un coup d'œil sur l'*Oeconomie Organique* : la *Nutrition* est un de ses principaux effets. Considérons-en plus attentivement & la manière, & les suites. Cet examen plus approfondi, éclaircira peut-être, la matière de la Génération.

77. De la Nutrition en particulier & des Matières alimentaires.

LA *Nutrition* est cette opération, par laquelle le Corps organisé convertit en sa propre substance, ou *s'assimile*, les Matières alimentaire.

CES Matières varient suivant l'espèce du Corps organisé.

ELLES se divisent, comme les Corps terrestres, en *Matières fluides*, & en *Matières solides* ; en *Matières non-organisées*, & en *Matières organisées* ; en *Matières fossiles*, végétales, & animales.

LA Chymie remonte plus haut, & nous offre dans sa *Terre*, dans son *Sel*, dans son *Souphre*, dans son *Esprit*, dans son *Phlegme*, les Eléments de tous les *Mixtes*. Mais ces Eléments ne font ni auffi fimples quelle les fait, ni les feules *Parties constituantes* des Corps. Il est d'autres fortes d'Eléments, que la Chymie ne paroît pas avoir connu ; je veux parler des *Corpuscu-les Organiques*, auxquels on a donné le nom de *Germes*.

IL paroît que la nourriture des Végétaux est un Fluïde très délié, mais très hétérogène. La Terre que ce Fluïde tient en diffolution, est un mélange des trois Règnes. La Rofée, & les Exhalaifons qui s'élèvent de la Terre, font impregnées de Particules de ces différents gen-res. Il n'est pas jusqu'aux Métaux, qui ne pénètrent dans l'intérieur des Plantes. Sans par-ler de celles dont la Tige, ou les Feuilles ont parû ornées de Veines d'Or, ou d'Argent, le Couteau aimanté nous découvre dans les Cen-dres de plufieurs espèces, des Particules fer-rugineufes.

ON retrouve dans les nourritures des Ani-maux, des Principes femblables, ou analogues à ceux qui entrent dans les nourritures des Vé-gétaux. Mais ce font d'autres combinaifons, d'autres mélanges, d'autres proportions.

78. *Différence entre les Matières alimentaires des Plantes, & celles des Animaux, & dans la manière dont les unes & les autres reçoivent la nourriture.*

ORDINAIREMENT les Matières alimentaires font moins atténuées, moins divifées, lorsqu'elles entrent dans l'intérieur des Animaux, qu'elles le font lorsqu'elles entrent dans l'intérieur des Végétaux. La Nature s'eft, pour ainfi dire, chargée des premières décompofitions des Mixtes, en faveur des Végétaux. L'Aliment eft déjà très préparé, ou très fubtilifé lorsqu'il arrive à leurs Racines, ou à leurs Feuilles. Les Animaux, conftruits fur d'autres modèles que les Plantes, ont, comme elles, des Racines, mais ces Racines font fort intérieures ; elles font placées dans les Inteftins. L'Aliment entre d'abord fous une forme affés groffière, & plus ou moins volumineufe. Il eft broyé, & diffout dans la Bouche, & dans l'Eftomach, & lorsqu'il defcend dans les Inteftins, & qu'il fe préfente aux petites Racines dont ils font garnis, il eft déjà un Fluïde très préparé.

PARMI les Animaux, les uns ne prennent que des Nourritures liquides : d'autres n'en prennent que de folides, d'autres vivent également de Nourritures liquides, & de Nourritures folides.

IL eft dés Animaux dont les Aliments appartiennent au genre des Foffiles, d'autres fe nourriffent de fubftances végétales, d'autres vivent de substances animales, d'autres, dont l'apétit est plus étendu, ne se bornent point à un seul genre.

Le *Ver de Terre* se nourrit du même Limon qui lui sert de retraite. A l'aide d'Instruments dont la structure étonne l'Observateur, la *Puce*, & le *Couzin* puisent dans nos Veines un Aliment succulent, l'*Abeille*, & le *Papillon* recueillent le plus précieux Extrait des Fleurs. L'*Huitre* ouvre son Ecaille, & reçoit avec l'Eau de la Mer des Corpuscules, & des Insectes de différens genres. Telle est encore la Nourriture de l'énorme *Baleine* : son Gozier étroit ne s'ouvre qu'à l'Eau de la Mer; elle en avalle une prodigieuse quantité, & après que son vaste Estomach en a séparé les sucs les plus nourrissans, elle rejette le superflu avec force par deux Tuyaux placés sur sa Tête. Le *Ver à Soye* fait ses délices de la Feuille du Meurier. Le Chenevis, & le Mil plaisent au *Chardonneret* & à la *Caille*. La *Brebis*, le *Boeuf*, le *Cheval*, le *Cerf* vont chercher dans les Prairies la Pâture qui leur a été destinée. Le *Vautour*, l'*Aigle*, le *Tigre*, le *Lion*, appellés à vivre de rapines & de carnage, portent partout la désolation, & la mort. La *Poule*, le *Canard*, le *Chat*, le *Chien* recueillent les restes de nos tables, & de nos cuisines, & vivent ainsi de Mets fort différents. L'*Homme*, le plus friand des Animaux, appelle à lui toutes les Productions de la Nature, & force tous les Climats de satisfaire à ses goûts, & à son intempérance.

79 *Idée de la Méchanique de la Nutrition. Principes sur ce sujet.*

QUELLE eſt la Merveilleuſe méchanique qui convertit une motte d'Argyle en un Corps organiſé? Quel art transforme le Végétal en Animal, l'Animal en Végétal? Par quelles opérations, ſupérieures à toutes les forces de la Chymie, la *Vigne* extrait-elle de la Terre ce jus délicieux; le *Ver à Soye* tire-t-il du Meurier ce Fil brillant? Comment le *Thym* & le *Gramen* ſe changent-ils dans les Mammelles de la *Vache* en une Liqueur également agréable & utile? Par quelle vertu ſecrette cet amas confus de différentes matières, revêt-il la forme de Nerfs, de Muſcles, de Veines, d'Artères &c.? Quelle Force, quelle Puiſſance débrouille ce cahos, & en fait ſortir un monde, dont la ſtructure & l'harmonie excitent l'admiration des ANGES?

IL n'eſt point de vraye Métamorphoſe dans la Nature. Les Eléments ſont invariables. Les mêmes Particules qui entrent aujourd'hui dans la compoſition d'une Plante, entreront demain dans celle d'un Animal. Ce paſſage ne changera point leur nature; il ne fera que leur donner un autre arrangement. C'eſt ainſi, à peu près, que le même morceau de métal devient entre les mains de l'Artiſte, le ſigne des Valeurs, l'image d'un Héros, ou la meſure du Temps. Tel eſt encore l'Art de toutes ces compoſitions qui enrichiſſent, chaque jour, la Société de nouveaux biens. Cet Art raſſemble des Matières de tout genre; il les unit, il les combine ſous différentes proportions; de cette union, & de ces rapports naît un Edifice, un Meuble, une Etoffe, un Rémède, une Teinture, &c. Détruiſez cette liaiſon, ces rapports; abbattez la Pyramide; les Pierres demeureront les mêmes; mais ce ne ſera qu'un amas de ruines.

EN ſeroit-il donc des Productions naturelles, comme de celles de l'Art? Ne craignons point, en le penſant, de diminuer l'excellence des Ouvrages de la Nature. Quoi qu'elle ſoit aſſujettie à travailler toûjours ſur le même fond, elle l'employe avec tant d'intelligence, que ſes moindres Productions ſurpaſſent infiniment toutes les Inventions Humaines. Un Canot eſt incomparablement moins éloigné de la perfection d'un Vaiſſeau du premier rang, que l'Horloge la plus parfaite, ne l'eſt de la Machine organique la plus ſimple. Tandis que VAUCANSON conſtruit, d'une main ſavante, ſon Canard artificiel, & que ſaiſis de ſurpriſe & d'étonnement, nous admirons cette imitation hardie des Ouvrages du CREATEUR, les ESPRITS CELESTES ſourient, & ne voyent qu'un Enfant qui découpe un Oiſeau.

80. Des Elémens & de leurs Combinaiſons.

LE Monde Phyſique eſt compoſé d'Eléments, dont le nombre eſt déterminé.

LEUR figure, leurs proportions, leurs qualités varient fuivant leur espèce.

DE l'affemblage, ou de la combinaifon de ces Principes, refultent les Corps particuliers.

LA nature des Eléments nous eft inconnuë. Leur extrême petiteffe, la groffièreté de nôs Inftruments, les bornes actuelles de nôtre Efprit, nous privent de cette connoiffance. Tout ce que la Raifon peut faire, après nous avoir perfuadé l'éxiftence des Eléments, eft de nous fournir quelques légères conjectures fur la manière dont ils opèrent.

81. *Deux genres d'Eléments.*

NOUS pouvons fuppofer, avec vraifemblance, qu'il eft deux genres d'Eléments: les *Eléments Premiers*, ou *Inorganiques*; les *Eléments Seconds*, ou *Organiques*.

LES Elémens du premier genre font des Corps très fimples, ou très homogènes. Un Globule d'Air, un Globule d'Eau, font des Corps de ce genre.

LES Eléments *Seconds*, ou *Organiques*, font les *Germes*, formés, dès le commencement, d'Atômes inorganiques. Les Germes diffèrent des Eléments *Premiers*, en ce qu'ils font compofés; mais ils s'en r'approchent en ce qu'ils font, comme eux, invariables, ou impériffables, tant qu'ils demeurent infécondés, & qu'ils entrent dans la compofition des Mixtes.

82. *De la tendance des Elémens à s'unir.*
Réflexions fur l'Attraction Newtonienne.

LES Eléments tendent à s'unir. Cette difpofition augmente, ou diminue dans le rapport
plus ou moins prochain de leur nature, ou de
leurs qualités refpectives.

Nous ne pénétrons point la Caufe de l'union
des Eléments: nous ne favons point pourquoi
un Globule d'Eau s'unit à un Globule d'Eau,
& pourquoi, un Globule d'Eau, ne s'unit point
à un Globule d'Huile.

DIRE que cette union eft le produit d'une
Force effentielle au Corps, & qui n'a rien de
commun avec *l'Impulfion*, c'eft recourir à une
hypothèfe également hardie, obfcure, & in-
certaine. Je ne demande point qu'on me démontre ce que cette Force eft en elle-même;
la nature de l'Impulfion ne nous eft pas mieux
connuë: Je demande feulement qu'on me prouve, que les Phénomènes qu'on veut expliquer
par cette voye, ne fauroient l'être par les Forces méchaniques, à nous connuës. *L'Attrac-*
tion Newtonienne eft un Fait qu'on eft forcé
d'admettre: mais fommes-nous forcés d'admettre que la Caufe de ce Fait eft l'Attraction même? A-t-on démontré que la Péfanteur foit
effentielle à la Matière? Le contraire ne paroît-
il pas plus probable?

Nous voyons, dans les Corps, trois Propriétés effentielles ou primordiales; *l'Etenduë*, la

Solidité, la *Force d'Inertie*. Nous nommons
ces Propriétés *essentielles* ou *primordiales*, parce qu'elles conftituent la nature du Corps,
qu'elles en font inféparables, qu'elles ne peuvent fouffrir aucune efpèce de changement,
qu'elles ne dépendent d'aucune Caufe qui foit
hors du Corps. La *Figure* & le *Mouvement* dépendent d'une Caufe qui eft extérieure au Corps,
ce ne font donc pas des Propriétés effentielles,
ce font de fimples *modes*, mais qui ont leur
fondement dans les attributs effentiels de la Matière ; la Figure dans l'Etenduë ; le Mouvement, dans la Solidité.

La *Force d'Inertie*, quelqu'impropre que foit
cette expreffion, & quelle que foit la nature
de cette Force, eft telle que le Corps perfévè-
re dans le même état de repos ou de mouvement autant qu'il eft en lui. Si *l'Attraction* é-
toit effentielle à la Matiere, elle feroit contraire
à une autre Propriété effentielle, à la Force
d'Inertie, ce qui feroit contradictoire : un Corps
en repos, fe mettroit de lui-même en mouvement à la préfence d'un autre Corps, pendant
qu'il tendroit à conferver fon premier état en
vertu de la Force d'Inertie. De plus, une Propriété effentielle n'eft fufceptible d'aucun changement, nous l'avons dit; Pourquoi donc l'Attraction s'exerceroit-elle plus fortement au Pôle
qu'à l'Equateur? Voyons-nous que les Corps
ayent plus de Solidité en Groenlande qu'au Pe-
rou? La Force d'Inertie fouffre-t-elle aucune
Va

Variation? Enfin, on a tenté d'expliquer méchaniquement l'Attraction : & fi les explications auxquelles on a eu recours, ne font pas
exemptes de difficultés, cela prouve moins l'in-
fuffifance des Forces méchaniques, que les bornes de nôtre Efprit.

Adoptons cependant le terme d'*Attraction*,
comme très propre à exprimer le Fait. Difons
que les Elémens s'*attirent* les uns les autres ; &
que ceux de même efpèce s'*attirent* plus fortement, que ceux d'efpèces différentes. Voyons, maintenant, ce qui doit réfulter de ce
Principe, & de ceux que nous avons pofés au
commencement de cet Article.

83. *Idées fur la manière dont les Elémens*
entrent dans la compofition des Touts or-
ganiques.

Les Eléments répandus dans toutes les Parties de la Nature, y donnent naiffance à trois
genres de Compofés, aux *Fluides*, aux *Soli-*
des non-organifés, aux *Solides organifés*. Il
n'eft pas néceffaire d'indiquer ici les caractères
qui diftinguent ces trois Ordres d'Etres corporels. Il ne s'agit actuellement que des *Corps or-*
ganifés.

A parler exactement les Eléments ne forment point les Corps organifés : ils ne font que
les développer, ce qui s'opère par la *Nutri-*
trion. L'Organifation primitive des Germes

E

détermine l'arrangement que les Atômes nourriciers doivent recevoir pour devenir Parties du
Tout organique.

UN Solide non-organisé est un Ouvrage de
Marquetterie, ou de Pièces de rapport. Un
Solide organisé est une Etoffe formée de l'en-
trelacement de différents Fils. Les *Fibres é-
lémentaires* avec leurs *Mailles*, font la *Chaîne* de
l'Etoffe ; les Atômes nourriciers qui s'insinuent
dans ces Mailles, font la *Treme*. Ne pressez,
pourtant, pas trop ces comparaisons.

84. *Principes sur la Méchanique de l'Af-*
fimilation.

POUR approfondir la Méchanique de la *Nutri-*
tion, ne remontons pas au Germe ; il ne nous
est pas assés connu. Prenons le Corps organisé dans son plein accroissement.

QUEL est ici l'effet que la Machine doit
produire ? Quelles font les Puissances que la
Nature met en œuvre ?

IL s'agit de séparer des Aliments les Particules propres par leur nature, à s'unir au Corps
organisé. La figure, la grosseur & les qualités de ces Particules varient beaucoup. Le tissu du Corps organisé renferme des variétés a-
nalogues. Quoique toutes ses Parties ne soient
formées que de Fibres différemment entrela-
cées, toutes ces Fibres n'ont pas originairement une égale consistance ; la configuration
des Pores ou des Mailles n'est pas par-tout la

même , toutes ne font pas formées des mêmes Eléments.

LES Organes de la *Nutrition*, & ceux de la
Circulation font les principales Puiffances que
la Nature met ici en jeu. Par l'action de ces
Puiffances, l'Aliment eft converti en un Fluïde
qui , dans les Plantes , porte le nom de *Séve*,
& dans les Animaux celui de *Sang*. Ce Fluïde eft très hétérogène , ou très mélangé. On
peut le regarder comme un amas de tous les
Eléments qui entrent dans la compofition du
Tout organique.

85. *Des Sécrétions en général.*

Si nous fuivons le cours de ce Fluïde, nous
obferverons que la Nature le fait paffer par
des Vaiffeaux , dont le diamêtre diminue graduellement , & qui fe divifent , & fe fubdi-
vifent fans ceffe. Nous obferverons encore ,
que dans les Animaux , plufieurs de ces Vaiffeaux forment çà & là (*) , par leurs plis &
leurs replis , & par leurs divers entrelacemens ,
des Maffes plus ou moins confidérables , dans
lesquelles paroît une Liqueur , qui ne reffem-
ble point à celle que les Vaiffeaux *fanguins*
y ont apportée , & qui diffère auffi de celle que
d'autres Vaiffeaux fanguins rapportent de ces

(*) *De la manière dont fe font les Sécrétions dans les Glandes, par Mr. Winslow. Mém. de l'Académ. de Paris, an. 1711.
pag. 245. &c.*

E 2

mêmes Maſſes aux principaux Troncs des Veines.

DE ces obſervations générales découle la Théorie des *Sécrétions*, l'une des plus belles Parties de l'Oeconomie organique. Il paroît que les Organes des *Sécrétions* ſont des eſpèces de *Filtres*, dont les diamêtres ont été proportionnés à ceux des Molécules qu'ils doivent extraire. Ainſi pendant que le Sang parcourt rapidement les plus grands Vaiſſeaux, il dépoſe dans les plus petits les Particules qui leur ſont rélatives.

MAIS quelque ingénieuſe, & quelque vraiſemblable que ſoit cette idée, nous nous tromperions peut - être, dans certains cas, ſi nous l'admettions excluſivement à toute autre. Nous ſuppoſerons donc encore, que pluſieurs Organes *ſécrétoires* ont été impregnés, dès le commencement, d'une Liqueur ſemblable, ou analogue à celle qu'ils doivent ſéparer; en ſorte qu'il en eſt de ces Organes, comme de ces bandes de Drap, ou de Toile, qu'on plonge dans un vaſe plein de différentes Liqueurs, & qui ne tirent que celles dont elles ont été auparavant imbibées.

ENFIN, le ralentiſſement du mouvement des Liqueurs dans les plus petits Vaiſſeaux; les coudes, & les circuits de ces Vaiſſeaux; l'eſpèce d'Attraction qu'il peut y avoir entre les Parois des Tuyaux & les Liqueurs qui y circulent, peuvent devenir autant de ſources de Sécrétions.

86. *Conjecture sur la manière dont les Atomes nourriciers s'unissent au Tout organique.*

Mais comment les Corpuscules nourriciers s'unissent-ils aux Parties qu'ils doivent nourrir ? C'est ce que nous n'avons point expliqué, lorsque nous avons posé les premiers Principes de la Théorie de l'Accroissement.

Se représentera-t-on la Liqueur nourricière circulant dans les petits Vaisseaux, sous l'image d'un Ruisseau, qui dépose sur ses bords les différentes Matières dont il est chargé ?

On pourroit se contenter de cette comparaison, s'il ne s'agissoit que d'un simple dépôt ; mais il y a ici, beaucoup plus. Les Atômes nourriciers ne s'apliquent pas simplement à la surface des Parties ; ils en pénétrent le tissu, & l'étendent en tout sens.

Le mouvement de *Systole*, quelque fort qu'on le suppose dans les grands Vaisseaux, ne sauroit être que très foible dans les dernières Ramifications, soit à cause de leur éloignement du principe de la Circulation ; soit à cause de l'extrême finesse de leurs Membranes.

Nous sommes donc conduits à chercher ailleurs une Cause plus efficace de l'effet dont nous parlons. Cette Cause seroit-elle une Force analogue à celle qui élève les Liqueurs dans les *Tubes Capillaires* ; ou qui fait qu'une Corde mouillée peut élever un grand poids en se raccourciffant ? Cette conjecture me paroît une des plus naturelles qu'on puiffe former fur ce fujet.

AINSI toutes les Parties du Corps organifé font nourries par une efpèce d'*Imbibition*, comme je l'ai déjà infinué cy - deffus.

87. *Deux réfultats principaux de la Nutrition ; l'entretien des Parties & leur accroiffement en tout fens.*

DE la Nutrition, refultent deux effets principaux ; l'entretien des Parties, & leur accroiffement en tout fens.

L'ACTION continuelle des Liqueurs fur les Vaiffeaux, dans lefquels elles circulent ; le frottement des Parties folides les unes contre les autres ; les mouvements mufculaires ; le plus ou le moins de chaleur du Corps organifé, occafionnent dans toutes les Parties une déperdition de fubftance, qui, fi elle n'étoit fans ceffe reparée, en entraîneroit la deftruction. C'eft à quoi la Nutrition rémèdie : elle remplace les Corpufcules qui fe diffipent, par d'autres Corpufcules qui leur font analogues.

88. *De la difpofition originelle des Fibres à s'étendre en tout fens.*
Raifon de cette difpofition.

LA Force qui chaffe dans les Mailles des Fibres, les Atômes nourriciers, produit l'extenfion de ces Fibres en tout fens. La durée &

le dégré de cette extenſion ſont rélatifs à la nature des Eléments dont les Fibres ſont compoſées. Le plus ou le moins de facilité de ces
Eléments à gliſſer les uns ſur les autres, ou
pour m'exprimer en d'autres termes, leur *ductilité* plus ou moins parfaite, rend l'accroiſſement plus ou moins prompt, ou plus ou moins
conſidérable. Les Fibres élémentaires de certains Corps organiſés, auront, ſi l'on veut, une
ductilité analogue à celle de l'*Or* : d'autres
Corps organiſés auront des Fibres, dont la
ductilité répondra à celle de l'*Argent* : d'autres
ſeront formés de Fibres qui n'auront que la
ductilité du *Fer*, &c.

L'ACCROISSEMENT en longueur ceſſe ordinairement avant celui en largeur. Les ſucs qui
étoient employés à l'extenſion des principales
Fibres, ceſſent de s'y porter en ſi grande abondance; lorſqu'elles ont pris tout leur accroiſſement : le ſuperflu de ces ſucs ſe dirige apparemment, vers des Filets latéraux ou intermédiaires, dont il procure le développement.

89.ᵉ *Raiſons de la Solidité qu'acquièrent les
Parties, après qu'elles ont pris tout leur
accroiſſement, & des Cauſes naturelles de la
Mort.*

LA Nourriture que reçoivent les Fibres qui
ont pris tout leur accroiſſement, augmente de
plus en plus leur Solidité. Le battement continuel des Vaiſſeaux, & la preſſion mutuelle des

Parties qui tendent à réunir plufieurs Fibres, ou plufieurs Membranes en une feule Fibre, ou en une feule Membrane ; l'augmentation d'Attraction qui réfulte de l'augmentation des Maffes ; la diminution des Humeurs qui donnent occafion aux Parties folides de fe rapprocher, ou de s'unir plus intimément, un Climat exceffivement chaud, ou un Climat exceffivement froid ; des Nourritures fèches, groffières, ou vifqueufes ; un genre de Vie pénible ou laborieux, font autant de Caufes qui contribuent à l'endurciffement des Fibres.

LE dernier terme de cet endurciffement, eft le dernier terme de la Vie.

LES Liqueurs qui font contenues dans les derniers replis, ou dans les plus petites ramifications, n'y féjournent pas. Elles font continuellement repompées par des petits Vaiffeaux, qui les conduifent dans d'autres Vaiffeaux plus grands, d'où elles paffent de nouveau dans ceux de la Circulation.

SI cette *reforbtion* des Liqueurs ne fe fait point, elles fe corrompent ; & cette corruption eft une des Caufes de la Mort.

90. *Effai d'aplication des Principes précédens au développement du Germe.*

RAPROCHONS-nous, maintenant, de nôtre fujet.

CE que les Aliments groffiers font au Corps organifé, dans fon plein accroiffement, le Fluide féminal l'eft au Germe, après la Féconda-

tion. Les Organes infiniment petits de cet A-
tôme vivant, agiffent fur les Molécules variées
de la Liqueur féminale, comme les Organes infiniment grands de la Plante, ou de l'Animal
développé, agiffent fur les Molécules des Aliments.

LE Germe fépare donc de la Liqueur féminale les Molécules propres à s'unir à lui. Nous
avons fuppofé, que cette Liqueur contenoit les
Eléments de toutes les Parties du Corps organifé; & nous avons été conduits à cette fup-
pofition par des conféquences naturelles. Plufieurs Auteurs l'ont auffi admife, & cette conformité de fentiments lui eft favorable. On a
dit affés unanimément que la Liqueur féminale,
eft un Extrait du Corps organifé. Mais perfonne n'a entrepris d'expliquer comment fe forme cet Extrait. J'ai été longtems fans ofer porter mes regards de ce côté là; la difficulté du
Problême m'effrayoit. Mais une conjecture qui
s'eft offerte à moi, m'a un peu enhardi. J'ai
penfé, que les Organes de la Génération, foit
ceux du Mâle, foit ceux de la Femelle, pouvoient bien avoir été conftruits avec un art fi
merveilleux, qu'ils fuffent une repréfentation
des principaux Vifcères de l'Animal.

91. *Soupçon de l'Auteur fur la ftructure des
Organes de la Génération & fur la for-
mation de la Liqueur féminale.*
Conféquences naturelles de ce Soupçon.

JE m'explique. J'ai penfé qu'il y avoit dans

les Tefticules, des Vaiffeaux rélatifs à cette Partie du Cerveau qui filtre le Fluïde nerveux;
d'autres, qui répondoient au Foye par leur
fonction, & qui féparoient des Particules analogues à la Bile; d'autres, qui répondoient au
Syftème lymphatique, & qui féparoient une matière analogue à la Lymphe; &c. &c.

CETTE conjecture, un peu hardie, je l'avoue,
mais nullement abfurde, pourroit fournir une
explication affés heureufe de quelques Faits
embaraffants: par exemple, de la reffemblance des Enfants au Père & à la Mère, foit par
rapport à certains Traits, foit par rapport au
Tempéramment, & aux Inclinations.

ON fait combien la qualité des Fluïdes, peut
influer fur la conftitution des Solides. On n'igno-
re pas, non plus, combien la qualité des
Humeurs a d'influence fur le Tempéramment,
dont les Inclinations ne font fouvent qu'une fuite. J'admettrois ici, le concours des deux Liqueurs dans l'acte de la Génération; & je fup-
poferois que les Molécules dominantes de celle du Mâle ou de celle de la Femelle, déterminent les rapports plus ou moins marqués de l'un
ou de l'autre, avec la Production qui leur doit
le jour.

MAIS, dira-t-on, comment expliquer par
le fecours de cette idée une Boffe, un Nez
exceffivement long, des Yeux d'une certaine
couleur, &c?

JE conviens qu'on ne voit pas d'abord la fo-

lution de ces difficultés. Mais fait-on jusques
où s'étend l'action des Fluïdes fur les Solides,
& tout ce que peuvent opérer les différentes
diftributions, ou les différentes combinaifons
des premiers. Cela peut aller au point, que les
Faits dont il s'agit, en réfultent néceffairement.
Je demande feulement fi on trouve que la chofe foit impoffible.

92. *Réflexion fur l'Opinion qui admet que la
Liqueur féminale eft un extrait du Tout
organifé. Manière de le concevoir.*

CEUX qui ont dit, que la Liqueur féminale
eft un extrait du Corps organifé, & qui ont
étendu cette expreffion à toutes les Parties folides, n'ont pas de peine à fe tirer de cette difficulté. Mais je prie qu'on me dife ce que c'eft
que l'extrait d'une Boffe, d'un Nez, d'un Oeil?
&c. Imaginera-t-on, que les Corpufcules qui
fe détachent continuellement des Solides dans les
mouvemens vitaux, font portés aux Organes de
la Génération, leur refervoir commun? La
fubtilité de cette réponfe ne feroit pas une raifon fuffifante pour me la faire rejetter.

93. *Pourquoi les Enfants n'engendrent pas?*

ON me demandera encore pourquoi les Enfants n'engendrent point? Je réponds qu'il en
eft des Organes de la Génération, comme de
quelques Parties qui ne fe développent qu'à un
certain âge.

MAIS en voilà affés fur cette idée, que je qualifierois prefque de romanesque. Si cepen-dant, elle plaifoit; on ne manqueroit peut-être pas de raifons pour la foutenir. Je le ré-pète; dans un fujet auffi obfcur, on ne fauroit former trop de conjectures: c'eft enfuite à la Raifon à les apprécier.

94. *Remarque fur la Diffémination.*

AU refte, dans tout ce que je viens d'expo-fer fur la Génération, l'hypothèfe des Germes répandus par-tout, paroît être l'hypothèfe do-minante. Ce n'eft pas que j'aye rejetté celle des Germes enveloppés les uns dans les autres: j'ai toûjours regardé les difficultés qu'on fait con-tre cette hypothèfe, comme des Monftres qui terraffent l'Imagination, & que la Raifon ter-raffe à fon tour. Mais j'ai crû devoir préférer un Syftème dont la Raifon & l'Imagination s'ac-commodent également. Pourquoi ne pas com-plaire un peu à l'Imagination, quand la Raifon le permet?

CHAPITRE VII.

Observations Microscopiques sur les Liqueurs séminales, & sur les Infusions de différentes espèces. Nouveau Système sur la Génération.

95. *Occasion & dessein de ce Chapitre.*

JE composois le Chapitre précédent, lorsque le second Volume de l'*Histoire Naturelle, Générale & Particulière*, m'est tombé entre les mains. La conformité des Matières contenuës dans ce Volume avec celles que je viens de traiter, la réputation de l'Auteur, la singularité du Système, la nouveauté des Découvertes, l'air de Preuves qu'elles affectent, & surtout la défiance où je dois être à l'égard de mes idées, m'avoient d'abord fait penser à renoncer à tout ce que j'avois écrit sur la Génération.

AYANT ensuite considéré de plus près, quoique d'une vûë générale, le nouveau Système & les Expériences sur lesquelles on tâche de l'établir, j'ai crû que je pouvois en donner ici un extrait, & hazarder en même tems de laisser subsister mes conjectures. J'ai pensé que mes Lecteurs aimeroient à choisir, à comparer, & à combiner.

96. *Précis des Observations de Mr. de Buffon.*
1re *Expérience sur le Sperme humain.*

JE vais donc donner un précis des nouvelles

Découvertes microfcopiques fur les Liqueurs
féminales , & fur les Infufions de différentes
efpèces.   Je pafferai enfuite aux idées fingulières que ces Découvertes ont fait naître.

PREMIERE EXPERIENCE. Une goutte de Sperme d'un Homme mort récemment , & mêlé a-
vec un peu d'Eau claire , ayant été placée au
Foyer d'un excellent Microfcope , on y apper-
çût d'abord des Filamens affés gros qui s'éten-
doient en rameaux & en branches , ou fe pelo-
tonnoient & s'entremêloient.   Ils étoient agités
d'un mouvement d'*ondulation*.   Plufieurs fe gon-
flèrent , & de ces gonflemens fortirent des
Globules ou Parties ovales , qui d'abord reftèrent attachées aux Filamens par un petit Filet ,
qui s'allongeoit peu à peu , & fe détacha du gros
Filament avec fon Globule.

CETTE Liqueur prenant , peu à peu , de la
fluïdité , les Filamens difparûrent , & les petits
Corps reftèrent fufpendus à leurs Filets.   Ils a-
voient , la plufpart , un mouvement d'*ofcillation*, & de plus , un balancement vertical qui
fembloit indiquer , que ces petits Corps étoient
ronds.

DEUX heures après , la Liqueur devenue encore plus fluïde , les petits Globules fe mûrent
plus librement , leurs Filets fe raccourcirent ; le
mouvement d'*ofcillation* diminua , & le progref-
fif augmenta.

AU bout de 5 ou 6 heures les Globules
fe dégagèrent entièrement de leurs Filets ; ils

se mûrent en avant avec une grande vitesse; la pluspart étoient ovales, quelques-uns avoient les deux extrêmités gonflées.

DOUZE heures s'étant écoulées, la Liqueur déposa une espèce de matière gélatineuse blanchâtre, celle, qui surnageoit, étoit claire comme de l'Eau, mais visqueuse, & l'activité des petits Corps augmentoit en tout sens.

VINGT-QUATRE heures après, la matière épaisse étoit fort augmentée. Les Corps en mouvement, dans ce qui restoit de Liqueur claire, étoient en petit nombre, & insensiblement ils perdoient tout leur mouvement.

TELLE est la suite des Expériences faites sur cette première goutte de *Sperme*. Elles semblent prouver que ces Filets n'appartiennent point aux Corps en mouvement; qu'ils n'en font ni Queuës, ni Membres, & que plus ce Filet est long, plus ce Globule est embarrassé dans son mouvement.

2de *Expérience sur le Sperme humain.*

SECONDE EXPÉRIENCE. Une autre goutte de *Semen*, qui n'avoit point été mêlé avec l'Eau, ayant été observée au Microscope, il a parû que la Liqueur étant devenuë très limpide au bout de 10 à 11 heures, les Globules dépouillés de Filets, sortoient d'une espèce de mucilage ou touffe de Filamens; ils passoient rapidement d'un côté du *Champ* du Microscope au côté opposé, en forme de Courant. Diminuant d'au-

tant la fource d'où ils partoient, la Liqueur fe
deffécha, & devint comme un point noir dans
fon milieu. Les Globules mouvants qui fe réü-
nirent par le defféchement, & qui perdirent de
leur grandeur, formoient autour un Réfeau ou
Toile d'Araignée; & en même tems qu'ils di-
minuoient de volume, ils augmentoient en péfanteur fpécifique, ce qui les faifoit tomber au
fond de la Liqueur, fans conferver aucun mouvement.

98. 3ᵐᵉ. *Expérience : fur le Sperme du Chien.*

TROISIEME EXPÉRIENCE. Dans le *Semen* d'un
Chien, on aperçût des Corps mouvants femblables à ceux de l'Homme, avec des Filets de
même groffeur; feulement on n'y vit point de
Filamens. Le mouvement des Globules à Queuë,
qui étoit vertical, étoit plus fort, mais pas fi
rapide.

LE 4ᵐᵉ. jour, il n'y avoit qu'un très petit
nombre de ces Globules, tandis qu'il en reftoit davantage qui n'avoient point de Queuë.
La Liqueur dépofa un fédiment compofé de
Globules fans mouvement, & de Queuës détachées.

99. 4ᵐᵉ. *Expérience : fur le Sperme du Chien.*

QUATRIEME EXPÉRIENCE. Le *Semen* d'un
Chien depuis peu ouvert, offrit une grande quantité

tité de très petits Globules sans mouvement.

Les Testicules de ce même Chien ayant été mis en infusion, on y aperçût 3. jours après une grande quantité de Corps mouvans, de figure ovale, sans Filets, du reste semblables aux premiers, se mouvans en tout sens ; quelques-uns changeans de figure, ou s'allongeans, ou se racourcissans, ou se gonflans aux extrêmités. On en vit, jusques au 20ᵐᵉ. jour, qui se mouvoient avec plus de rapidité que jamais, mais d'une petitesse extrême. Alors, il se forma une espèce de Pellicule sur la surface de l'Eau. Cette Pellicule paroissoit composée des Enveloppes de ces petits Corps. L'Eau n'avoit eu aucune communication avec l'Air extérieur.

100. 5ᵐᵉ. *Expérience : sur le Sperme du Lapin.*

CINQUIÈME EXPÉRIENCE. Après avoir fait ouvrir cinq *Lapins*, sans y avoir trouvé de Liqueur séminale, le sixième en donna en abondance. Elle se résolût lentement & par dégrés en Filaments, & en gros Globules, attachés les uns aux autres ; mais sans mouvement distinct. S'étant liquéfiée elle se dessécha. Mêlée avec de l'Eau, elle ne put se délayer.

AYANT fait une infusion de la Liqueur du Lapin, on y observa les mêmes gros Globules, mais en petit nombre, & séparés les uns des

F

autres, & dont les mouvements étoient si lents, qu'ils étoient à peine sensibles. Ces Globules diminuèrent de volume quelques heures après, & leur mouvement sur leur centre augmenta.

Au bout de 24. heures les Globules parûrent en beaucoup plus grand nombre. Ils avoient diminué de grosseur à proportion. Cette diminution de volume augmenta de jour en jour, ensorte qu'au 8me. ils étoient presque insensibles. Enfin, ils disparurent entièrement. Ils avoient cessé de se mouvoir un peu auparavant.

101. 6me. *Expérience: sur le Sperme du Lapin.*

SIXIEME EXPERIENCE. La Liqueur séminale du *Lapin*, au moment qu'il la fournit à sa Femelle, parût plus fluïde & donna des Phénomènes différents. On y vit des Globules en mouvement, & des Filaments sans mouvement; des Globules *à filets*, semblables à ceux de l'Homme, mais plus courts, & qui traversoient le champ du Microscope en forme de courant. Il reste cependant, quelque doute sur l'existence de ces Queuës ou Filets qui pouvoient bien n'être que des traits formés dans la Liqueur par la rapidité du mouvement de ces Globules.

102. 7me. *Expérience: sur le Sperme du Bélier.*

SEPTIEME EXPERIENCE. — La Liqueur séminale du *Bélier* produifit un nombre infini de Corps, qui fe mouvoient en tout fens, & qui étoient de figure oblongue.

LA Liqueur ayant été délayée avec de l'Eau chaude, pour empêcher qu'elle ne fe coagulat, les petits Corps y confervèrent leurs mouvemens; leur nombre étoit prodigieux. Ils étoient fans Queuë.

103. 8me. *Expérience : fur le Sperme des Femelles.*

HUITIÈME EXPÉRIENCE. Les mêmes Expériences furent faites fur la Liqueur féminale des Femelles.

ON trouva cette Liqueur dans des Corps glanduleux femblables à des petits Mammelons, qui étoient dans un des Tefticules, placés à l'extrêmité des Cornes de la Matrice d'une *Chienne.* On diftingua bientôt les petits Corps mouvans, pourvûs de Queuës, ou de Filets, & qui reffembloient entièrement à ceux du *Chien.*

ON y vit auffi plufieurs Globules qui tâchoient de fe dégager du Mucilage qui les environnoit, & qui emportoient après eux des Filets.

CETTE Liqueur de la Femelle eft auffi fluïde que celle du Mâle. Au bout de 4. ou 5. heures elle fit un dépôt, d'où fortoit un torrent de Globules, qui paroiffoient très actifs & vouloir fe dégager de leur enveloppe mucilagineufe, & de leurs Queuës.

104. 9me. *Expérience: fur le Mélange des deux Spermes.*

NEUVIEME EXPERIENCE. Le Mélange de deux Liqueurs d'un *Chien* & d'une *Chienne* ne fournit rien de nouveau, la Liqueur & les Corps en mouvement étant toûjours les mêmes & entièrement semblables.

105. 10me. *Expérience : fur les Testicules de la Vache.*

DIXIEME EXPERIENCE. On chercha ensuite dans des Testicules de *Vache*, la Liqueur dont il s'agit. On la trouva, non dans des Vésicules lymphatiques placées à la surface de ces Testicules, lesquelles ne contenoient qu'une Liqueur transparente, & qui n'offroit rien de mouvant; mais dans un Corps glanduleux gros & rouge comme une Cerise. On y observa des Globules mouvans, mais fort petits & obscurs, sans apparence de Queuës ou de Filets. Les uns avoient un mouvement progressif fort lent : les autres étoient immobiles.

106. 11me. *Expérience: fur le même fujet.*

ONZIEME EXPERIENCE. Les Testicules de deux *Vaches* furent aussi mis en infusion dans de l'Eau pure, & renfermés exactement dans un Bocal.

Au bout de six jours, on y découvrit une quantité innombrable de Globules mouvans d'une petitesse extrême, fort actifs, tournans fur leur Centre , & en tout fens. Ils difparurent entièrement trois jours après.

107. 12ᵐᵉ. *Expérience : fur l'Eau d'Huî-tre , & fur la Gelée de Veau.*

DOUZIEME EXPERIENCE. De l'Eau d'*Huî-tres*, & de la *Gelée* de *Veau* roti ayant été mi-fes en expériences de la même manière , on y découvrit au bout de quelques jours, de petits Corps, les uns ovales , les autres fphériques, femblables à des Poiffons qui nagent , mais qui étoient dépourvus de Queuës & de Membres. Ils étoient très diftincts ; & ils devinrent de jour en jour plus petits.

108. 13ᵐᵉ. *Expérience : fur les Infufions des Graînes de l'Oeillet & du Poivre.*

TREIZIEME EXPERIENCE. On examina auffi les Infufions des Graînes de quelques Plantes, en particulier de l'*Oeillet* & du *Poivre*.

L'INFUSION d'*Oeillet* offrit une très grande quantité de Globules , dont le mouvement étoit extrêmement fenfible & qui fe conferva pendant trois femaines, au bout defquelles la petiteffe des Globules augmenta, au point de les ren-dre abfolument invifibles.

L'EAU de *Poivre* bouillie & celle qui n'avoit point bouilli, préfentèrent le même fpectacle, mais plus tard.

109. 14ᵐᵉ. *Expérience : fur une diffolution d'une Poudre pierreufe, par l'Eau forte.*

QUATORZIEME EXPERIENCE. Une Fermentation de poudre de *Pierre* & d'une goutte d'*Eau forte* ne produifit rien de pareil. Enforte qu'il y avoit lieu de foupçonner que ce que l'on appelloit Fermentation, n'étoit que l'effet de ces Parties organiques des Animaux & des Végétaux.

110. 15ᵐᵉ. *Expérience : fur les Laites des Poiffons & en particulier fur celles du* Calmar.

QUINZIEME EXPERIENCE. Les *Laites* de différentes efpèces de *Poiffons* vivans n'offrirent rien de plus remarquable que ce qu'avoit offert l'Infufion d'*Oeillet*.

IL n'en fut pas de même des Laites du *Calmar*. On y découvrit des fingularités frappantes, & qui n'ont encore été obfervées dans aucune autre efpèce, foit de Plante, foit d'Animal ; quoiqu'il y ait lieu de penfer qu'elles ne font pas propres au feul *Calmar*.

LA Liqueur laiteufe de ce Poiffon, renferme de petites machines d'une ftructure très compofée, & dont il n'eft pas facile de donner une idée bien claire. Ce font de petits Refforts contenus dans un double Etui tranfparent, cartilagineux & élaftique. L'extrêmité fupérieure de l'Etui extérieur eft furmontée d'une *Tête* arrondie, & contournée de façon qu'elle couvre une ouverture deſtinée à laiſſer ſortir les Parties renfermées dans l'intérieur de l'Etui.

CES Parties ſont une *Vis*, un *Piſton*, un *Barillet*, & une *Subſtance ſpongieuſe*.

La *Vis* occupe le haut de l'Etui, auquel elle tient par deux *Ligaments*. Le *Piſton* & le *Barillet* ſont placés au milieu de ce même *Etui*. La *Subſtance ſpongieuſe* en occupe le bas.

UNE humeur visqueuſe environne ces petites machines. Elles ne jouent, que lorsqu'elles en ſont débaraſſées.

SI on les en retire, & qu'on humecte la Tête de l'Etui, on les déterminera à agir, & on obſervera aſſés diſtinctement leur jeu.

ON verra la *Vis* monter lentement vers le ſommet de l'Etui. Ses tours de ſpirale auparavant peu ſerrés, ſe reſſerreront de plus en plus. Le *Piſton*, le *Barillet* placé immédiatement au deſſous, & la *Subſtance ſpongieuſe*, avanceront dans le même ſens. La Tête de l'Etui ſe diſpoſera alors pour laiſſer un libre paſſage à toutes ces Parties. Elles s'élanceront dehors auſſi-tôt. Le *Piſton* & le *Barillet* ſe ſépareront à l'inſtant, l'un de l'autre, & la *Liqueur ſéminale* ſortira de l'intérieur de ce dernier, ſous l'aſpect d'une matière ſéreuſe, où flotteront beaucoup de Globules opaques, ſans aucun ſigne de vie.

F 4

III. *Réflexions sur la beauté de ces sortes d'Observations microscopiques.*

CE font de belles Expériences que celles que je viens de décrire. Elles fembleroient nous porter aux extrèmités les plus reculées de la création fenfible, fi la Raifon ne nous perfua- doit auffitôt que le plus petit Globule vifible de Liqueur féminale, eft le commencement d'un au- tre Univers que l'infinie petiteffe de fes Parties, met hors de la portée de nos meilleurs Microf- copes. Nous admirons ces Globes immenfes qui roulent majeftueufement fur nos Têtes: nous étudions avec foin, les courbes qu'ils dé- crivent : nous calculons leur cours : nous re- cherchons leur véritable figure : nous mefurons leur grandeur : nous obfervons leurs phafes; quel fera le Phyficien qui tentera ces différentes opérations fur ces Globes infiniment petits qui roulent dans les Liqueurs féminales? Qui nous tracera les courbes infiniment variées qu'ils dé- crivent? Qui nous affignera les Loix de leurs mouvements, & de leurs révolutions? Qui pé- nétrera leurs véritables figures, & la raifon de toutes leurs apparences? Qui percera cette nuit profonde; qui fondera cet abîme où la Natu- re va fe perdre? Quelle Intelligence compare, d'un coup d'oeil, la Sphère de *Saturne*, & cel- le du Globule qui nage dans la Liqueur fémi- nale du *Ciron?* Cette Intelligence n'habite point fur la Terre; le Ciel eft fa demeure. Elle con- noit le nombre des Etoiles fixes, & celui des

Mondes qu'elles éclairent. Elle fait combien le plus petit Globule de Liqueur est contenu de fois dans le Globe énorme du Soleil.

112. *Précis du nouveau Système. Molécules organiques communes au Végétal & à l'Animal.*

Au précis que j'ai donné des dernières Expériences qui ont été faites sur la Génération, je joindrai une légère esquisse du nouveau Système qu'elles paroissent établir.

Suivant ce Système, il est dans la Nature une Matière commune aux Végétaux & aux Animaux, composée de *Particules organiques* vivantes, primitives, incorruptibles, & toûjours actives. Le mouvement de ces Particules peut être arrêté par les Molécules les plus grossières des Mixtes; mais dès qu'elles parviennent à se dégager, elles produisent, par leur réunion, les différentes espèces d'Etres organisés qui figurent dans le Monde.

Cette Matière, répanduë par-tout, sert à la Nutrition & au Développement de tout ce qui vit ou végète.

113. *Que le surplus des Molécules organiques est renvoyé à un dépot commun. Quel est ce dépôt.*

Le surplus de ce qui est nécessaire pour pro-

F 5

duire cet effet, eſt renvoyé de toutes les Parties du Corps dans un Reſervoir commun où il ſe forme en Liqueur. Les Organes de la Génération ſont ce Reſervoir.

114. *Liqueur ſéminale: Moule intérieur: Globules mouvans.*

La Liqueur ſéminale contient toutes les Molécules analogues au Corps de l'Animal ou du Végétal, & ſuivant qu'elle trouve une Matrice convenable, elle produit un petit Etre entièrement ſemblable au *Moule intérieur* dont les Molécules faiſoient partie.

Lors qu'elles ne trouvent point de Matrice convenable, elle produit ces Etres organiſés, qui ſont ces Corps mouvans & végétans que l'on voit dans les Liqueurs ſéminales des Animaux, & dans les Infuſions végétales ou animales.

Toutes les ſubſtances organiſées renferment donc une grande quantité de cette Matière productrice, comme on le voit par les Infuſions de toute eſpèce. Elle y paroît d'abord ſous la forme de Corps mouvans, auſſi gros que ceux des Liqueurs ſéminales; mais qui à meſure que la décompoſition augmente, diminuent de groſſeur, & acquièrent plus de mouvement, & enfin deviennent imperceptibles quand la Matière qui eſt en infuſion a achevé de ſe corrompre.

Il ſuit de là, que le Pus des Playes eſt tout compoſé de ces petites Parties organiques qui font en très grand mouvement.

115. *Origine des Vers du Corps Humain dans le nouveau Systême.*

CETTE Matière productrice se trouvant rassemblée dans quelque Partie de l'Animal d'où elle ne sauroit s'échapper, y forme des Etres vivans tels que le *Tœnia*, les *Ascarides*, & tous les Vers qui sont dans les Veines, ceux qu'on tire des Playes, ou qu'on trouve dans les Chairs corrompuës, dans le Pus, &c.

116. *Végétations filamenteuses.*

LES Molécules ou Corps mouvans dont il s'agit, font tous développés dans les Liqueurs féminales, & s'y manifestent très promptement.

DANS toutes les Substances végétales & animales, la Matière productrice paroît sous la forme d'une Végétation, par des Filamens qui croissent & s'étendent; & par des boursouflemens aux extrêmités de ces Filamens, qui venant à se crever, donnent passage à une infinité de Corps en mouvement; tel est le *Fœtus* qui dans les premiers tems ne fait que végéter.

117. *De la Nutrition, du Développement & de la Réproduction dans le nouveau Systême.*

AINSI cette Matière organique animée, universellement répanduë, sert à la *Nutrition*, au *Développement*, & à la *Réproduction* de toutes les Substances végétales & animales; 1°. à la *Nutrition*, par une pénétration intime de cette Matière dans toutes les Parties du Corps de l'Animal ou du Végétal; 2°. au *Développement*, en ce que cette pénétration trouve des Parties encore affés ductiles pour se gonfler & s'étendre, ce qui n'est qu'une espèce de Nutrition; 3°. *à la Réproduction*, par la surabondance de cette même Matière, qui est renvoyée par chaque Partie du Corps de l'Animal ou du Végétal & qui étant destinée à nourrir cette même partie, lui est, par conséquent, parfaitement analogue.

La *Nutrition*, le *Développement*, & la *Formation* d'un nouvel Etre organisé font le produit d'une *Force* inconnuë, qui comme celle de la *Pésanteur*, pénètre toute la Masse, mais qui n'a rien de commun avec les *Forces méchaniques*.

La Loi fondamentale de cette Force est, que les Molécules organiques, qui ont le plus de rapport entre elles, s'unissent plus étroitement.

Ainsi dans le commerce de deux Individus, la Liqueur que fournit le Mâle, se mêle avec celle que fournit la Femelle, & ces deux Liqueurs n'en forment plus qu'une seule. Les Molécules analogues, ou correspondantes de cette Liqueur, tendent à se raprocher, & à s'unir, en vertu de leurs rapports. Et comme ces Molécules ont été renvoyées des différentes Parties de chaque Individu, où elles se font pour ainsi dire moûlées, elles conservent dans

la Liqueur féminale, une difpofition à repréfenter ces mêmes Parties. Elles forment donc
dans la Matrice des Touts particuliers, d'où re-
fulte le Tout général, ou *l'Embrion*.

LES Corps organifés dont toutes les Parties
font formées de Particules organiques, qui ont
en petit la même forme extérieure & intérieure
que celle du grand Corps, font ceux dont la
Réproduction eft la plus facile & la plus abondante. Ce font auffi les Corps les plus fimples.
Le Polype eft formé de la répétition de plufieurs
Particules organiques, qui font, en petit, de
véritables *Polypes*. C'eft ainfi à peu près qu'u-
ne maffe de *Sel marin* eft formée de la répétition de Cubes de différentes grandeurs.

LES Corps les plus compofés, & par cela
même les plus parfaits, ont beaucoup de Parties *diffimilaires*, & n'en ont que très peu de
fimilaires, de là vient qu'ils reproduifent moins
facilement & moins abondamment.

LE Corps organifé reçoit par la Nutrition
des Molécules organiques, ou propres à s'unir
à lui, & des Molécules brutes, ou qui ne font
pas propres à s'unir à lui. Il fépare celles-ci ou
les rejette. Il s'incorpore, ou retient celles-là.
Mais il en retient d'autant moins, qu'il a moins
befoin d'en retenir, ou qu'il eft plus avancé dans
fon accroiffement. Alors le fuperflu de ces Molécules eft renvoyé aux Organes de la Génération, comme à un depôt commun, pour fervir
à la Propagation de l'Efpèce.

118. *Sources des principaux Phénomènes de la Génération dans le nouveau Syſtème. Origine du Foetus.*

LE nombre, le mouvement, & les proportions rélatives des Molécules organiques ſont la principale ſource des différentes variétés, ou des divers phénomènes qu'offre la Génération.

DANS l'union des Sexes, ſi les Molécules que nous fournit le Mâle ſurpaſſent en nombre & en activité celles que fournit la Femelle, l'Embryon qui en provient eſt un Mâle, & réciproquement.

DE là, la reſſemblance plus ou moins marquée des Enfans au Père, ou à la Mère. De là, les rapports plus ou moins prochains des *Mulets* aux Individus qui ont concouru à leur formation.

S'IL nait un ſeizième de plus en Mâles qu'en Femelles; c'eſt que les Femelles ètant communément plus petites, plus foibles, & mangeant moins que les Mâles, les Molécules organiques qu'elles fourniſſent ſont en plus petit nombre.

119. *Pourquoi les petits Animaux ſont plus féconds que les grands, les Poiſſons à Ecailles plus que les Animaux couverts de Poils.*

LES grands Animaux ſont moins féconds que les petits; la *Baleine*, *l'Eléphant* &c. ſont moins

féconds que le *Harang*, le *Rat*, &c. La raifon en eft apparemment, qu'il faut plus de nourriture pour entretenir un grand Corps, que
pour en nourrir un petit ; & que proportion
gardée, il y a dans les grands Animaux beaucoup moins de nourriture fuperfluë qui puiffe
devenir Semence, qu'il n'y en a dans les petits
Animaux. Ceux-ci font doués d'Organes plus
fins ; ils extraifent ainfi moins de Particules brutes, & plus de Particules organiques. L'*Abeille* qui ne fe nourrit que du fuc le plus délicat
des Fleurs, extrait plus de Particules organiques,
que le *Cheval*, qui fe nourrit d'Herbes les plus
groffières.

Les *Poiffons* couverts d'*Ecailles* multiplient
incomparablement plus, que les *Quadrupédes*
couverts de *Poils*. Cela vient, peut-être, de
ce que les *Ecailles* diminuent plus que les *Poils*
l'évacuation qui fe fait des fucs nourriciers par
la tranfpiration ; & que la furabondance des
Molécules organiques qui en eft une fuite, fa-
vorife la Multiplication.

120. *Remarques fur ce précis du Syftème
de Mr. de Buffon.*

Tels font les principaux traits par lefquels
j'ai tâché de caractérifer le nouveau Syftême
fur la Génération. Je fens que ce point de vuë
ne lui eft pas favorable. Ces différents traits
ne forment pas un Tout affés lié, affés harmonique, ni affés facile à faifir. Je prie donc
ceux de mes Lecteurs qui voudront s'en faire

une idée plus jufte, de confulter l'Ouvrage même. Ils feront bien dédommagés de la longueur
de cette lecture par les agréments du ftile, &
par le grand nombre de chofes intéreffantes qui
s'y trouvent répanduës.

121. Conféquences générales de ce Syftème.

ON voit par l'expofé de ce Syftème, que les
Corps organifés n'exiftoient point originairement en petit dans des *Germes* : mais qu'ils
font formés de la réunion d'un nombre déterminé de *Particules organiques, vivantes, actives, indeftructibles.* Ces Particules ne font en
elles-mêmes ni *Végétaux*, ni *Animaux* ; mais elles font propres à compofer des *Végétaux*, &
des *Animaux.* Ce font des Matériaux deftinés à la conftruction de ces différents édifices.
La Main invifible qui met ces Matériaux en
œuvre, eft une *Force* fecrette, qui, comme
celle de la *Gravité*, pénètre les Maffes, mais
qui n'agit point par *impulfion*, comme les Forces méchaniques. Suivant les lieux, & les circonftances dans lesquels cette Force exerce fon
action, elle produit des Etres différents : dans
la *Matrice*, c'eft un *Embryon* : dans les *Inteftins*, c'eft un *Tænia* : dans la *Peau* d'un *Polype*, c'eft un *Polype* : dans l'*Ecorce* d'un *Arbre*,
c'eft une *Branche*, ou un Arbre en petit. Les
mêmes Particules organiques qui forment l'Etre
organifé fourniffent à fa *Nutrition* & à fon *Accroiffement.* Portées à toutes fes Parties, elles
s'y

s'y arrangent, & s'y moulent d'une manière rélative à la forme de ces mêmes Parties. Devenues sur-abondantes, & renvoyées aux Organes de la Génération, comme à un reservoir
général, ces Particules y conservent une aptitude à représenter en petit les Parties dont elles proviennent. Mais cette représentation ne
sauroit se faire que lors que les Particules organiques se trouvent placées dans un lieu convenable, & ce lieu est la *Matrice*. Là, les Particules destinées à former les Organes propres à
l'un des Sexes sont les premières à se réunir :
ces Organes sont, pour ainsi dire, le centre, ou
la baze de tout l'Edifice. Les autres Particules destinées à représenter les Parties communes aux deux Sexes, viennent ensuite se ranger
conséquemment à leurs *rapports*, & à la Force
qui agit en elles. Telle est en général, l'origine de tous les Corps organisés. Leur décomposition nous laisse appercevoir les Eléments organiques qui les composoient. Ils se
montrent dans les *Infusions* sous la Forme de
Globules mouvants, dont la grosseur diminue,
à mesure que la décomposition augmente.

CHAPITRE VIII.

Examen du nouveau Système; comparaison de ce Système avec celui des Germes.

122. *Principales sources des objections qu'on peut former contre le Système des Molécules organiques.*

IL y auroit bien des réflexions à faire sur ce Système. Des Particules organiques, vivantes, actives, communes aux Végétaux & aux Animaux, & qui ne sont cependant ni Végétal, ni Animal; une FORCE qui n'a rien de semblable à l'*Impulsion*; un Moule extérieur & intérieur, où les Particules organiques vont se mouler, & d'où elles sont renvoyées à un dépôt commun, pour représenter ensuite ce Moule en petit; des Rapports en vertu desquels ces Particules se réunissent pour former un Tout organique; ce sont là des suppositions avec lesquelles il n'est pas facile de se familiariser. Je n'insisterai cependant pas là-dessus. Ce ne sont peut-être que des difficultés, plutôt que de véritables objections. Je me contenterai de rappeller à l'Esprit de mes Lecteurs l'étonnant appareil de *Fibres*, de *Membranes*, de *Vaisseaux*, de *Ligamens*, de *Tendons*, de *Muscles*, de *Nerfs*, de *Veines*, d'*Artères* &c. qui entrent dans la composition du Corps d'un Animal. Je les prierai de considérer attentivement la structure, les rapports & le jeu de toutes ces Parties. Je leur demanderai ensuite, s'ils conçoivent qu'un Tout aussi composé, aussi lié, aussi harmonique, puisse être formé par le simple concours de Molécules mues, ou dirigées, suivant certaines Loix à nous inconnuës. Je les prierai de me dire s'ils ne sentent point la nécessité où nous sommes d'admettre que cette admirable Machine a été d'abord dessinée en petit par la même MAIN qui a tracé le Plan de l'Univers. Pour moi j'avoue ingénûment, que je n'ai jamais conçu que la chose puisse être autrement. Lorsque j'ai voulu essayer de former un Corps organisé sans le secours d'un Germe primitif, j'ai toûjours été si mécontent des efforts de mon Imagination, que j'ai très bien compris que l'entreprise étoit absolument au dessus de sa portée.

123. *Comparaison abrégée du nouveau Système avec le Systéme des Anciens & celui des Natures plastiques.*

LES Anciens, qui ne pouvoient pas être d'aussi bons Philosophes que nous, croyoient que les Insectes naissoient de la Corruption. Ils supposoient que les Molécules de la Chair pourrie d'un *Taureau* ou d'un *Ane*, venant à se réunir, produisoient une *Abeille*, un *Scarabée*, &c. Nous nous sommes fort mocqués de cette Physique: que lui manquoit-il cependant pour paroître moins grossière? Une forme plus systèmatique. Il falloit organiser ces Molécules, les rendre vivantes, & actives : il falloit les faire marcher avec règle, & suivant certaines Loix.

DES Philosophes plus éclairés, & plus profonds que les Anciens, ont joint à la Matière une *Ame*, ou une *Vertu Plastique* chargée de l'organiser. Ils ont pensé que les Vers du Corps humain, & ceux qu'on trouve dans l'intérieur des Plantes, étoient dûs à cette *Vertu*. Ces Philosophes étoient bien près de la *Force Productrice* du nouveau Système.

124. *Objections contre le Système des Molécules organiques.*

MAIS si l'on vouloit approfondir davantage le nouveau Système, on demanderoit 1°. Comment les Particules organiques supposées *inaltérables*, peuvent être *moûlées*? 2°. Comment ces Particules étant renvoyées de toutes les Parties qui ont pris leur parfait accroissement, & n'y ayant point été admises, y ont pourtant pris des formes propres à représenter en petit ces mêmes Parties? 3°. Comment les Individus qui proviennent de l'accouplement de deux Individus d'espèces ou de formes essentiellement différentes, ont des Organes qu'on ne trouve ni dans le Père ni dans la Mère? Tel est par exemple, le cas des *Mulets* chez les *Abeilles.* 4°. Comment un Mâle, ou une Femelle, ou tous les deux ensemble, mutilés dans quelque Partie essentielle & unique, engendrent des Animaux à qui il ne manque rien?

125. *Réfutation des conséquences que les Partisans de* l'Epigénèse *tirent des observations de* Malpighi *sur le Poulet, & de celles d'*Harvey *sur les Biches.*

ON m'objectera, sans doute, les observations sur l'accroissement du *Poulet* dans *l'Oeuf,* & celles sur la Génération des *Biches,* par lesquelles il paroît, que les Parties d'un Corps organisé, sont formées les unes après les autres. Dans le *Poulet,* par exemple, observé pendant les premiers jours de l'*Incubation,* le *Coeur* paroît extérieur au Corps de l'Animal, & d'une forme très différente de celle qu'il aura par la suite.

MAIS la foiblesse de cette objection se fait aisément sentir. On veut juger du tems où les Parties d'un Corps organisé ont commencé d'exister, par celui où elles ont commencé de devenir sensibles. On ne considère point, que le repos, la petitesse & la transparence de quelques-unes de ces Parties, peuvent nous les rendre invisibles, quoi qu'elles existent réellement.

126. *Que le nouveau Système est ingénieux; mais moins probable que celui des Germes.*

Au reste, je consens qu'on ne regarde point le nouveau Système sur la Génération, comme absurde. Les voyes de la NATURE me sont

G 3

trop peu connues, pour ofer prononcer fur les moyens qu'ELLE a jugé à propos de choifir. Je trouve ce Syftème ingénieux. Il me paroît feulement, que celui qui établit que les Corps organifés ont exifté originairement en petit dans les Germes, & que la *Génération* n'eft que le commencement du développement de ces Germes, eft un Syftème plus probable, plus facile à faifir, & fujet à moins de difficultés ou d'inconvéniens.

127. *Remarques fur l'Emboitement : manière de juger de fa poffibilité.*

JE m'en fuis déjà expliqué : je ne prendrai point parti entre l'hypothèfe qui répand les Germes par-tout, & celle qui les emboîte les uns dans les autres. Ces deux hypothèfes ont chacune leur probabilité : mais il ne faut pas fuppofer un Emboitement à l'infini, ce qui feroit abfurde. La Divifibilité de la Matière à l'infini, par laquelle on prétendroit foutenir cet Emboitement, eft une vérité géométrique, & une erreur phyfique. Tout Corps eft néceffairement fini ; toutes fes Parties font néceffairement déterminées : mais cette détermination nous eft inconnue. Nous ignorons abfolument quels font les derniers termes de la divifion de la Matière ; & c'eft cette ignorance même qui doit nous empêcher de regarder comme impoffible l'Enveloppement des Germes les uns dans les autres. Nous n'avons qu'à ouvrir les yeux, & à promener nos regards autour de nous, pour voir que la Matière a été prodigieusement divisée. L'Echelle des Etres corporels est l'Echelle de cette division. Combien la *Moisissure* est-elle contenue de fois dans le *Cèdre*, la *Mitte* dans *l'Eléphant*, la *Puce d'Eau* dans la *Baleine*, un *Grain* de *Sable* dans le Globe de la Terre, un Globule de Lumière dans le Soleil? On nous prouve qu'une once *d'Or* peut être assés sous-divisée par l'art humain pour former un fil de 80 à 100 lieuës de longueur: on nous montre au Microscope des Animaux dont plusieurs milliers n'égalent pas ensemble la grosseur du plus petit grain de poussière: on fait cent observations de même genre, & nous traiterions d'absurde la théorie des Enveloppemens. Il y a plus, on observe, pour ainsi dire à l'oeil, cet Enveloppement. On découvre dans un Oignon d'*Hyacinte* jusques à la quatrième Génération. Et ce qu'il y a de très remarquable, est que les Parties de la Fleur, sont celles qu'on distingue le mieux dans la 3e. & 4ème Génération : le volume de ces Parties paroit incomparablement plus grand que celui de toutes les autres Parties prises ensemble.

NE jugeons pas de la Matière uniquement par les rapports plus ou moins prochains qu'elle a avec nôtre Corps. Evitons de nous servir de cette mesure. Des Hommes dont la taille n'excéderoit pas celle de ces Animaux qui nagent dans les Infusions, concevroient, peut être, plus facilement que nous, l'Emboitement dont il est ici question. Ils seroient, en quelque sorte, plus près de cette région d'infiniment petits.

128. *Touts organisés considérés dans l'hypothèse de* l'Emboitement.

POUR moi j'aime à reculer le plus qu'il m'est possible, les bornes de la Création. Je me plais à considérer cette magnifique suite d'Etres organisés, renfermés comme autant de petits Mondes, les uns dans les autres. Je les vois s'éloigner de moi par dégrés; diminuer suivant certaines proportions, & se perdre enfin dans une nuit impénétrable. Je goûte une secrette satisfaction à contempler dans un *Gland* le Germe d'où naitra, dans quelques siècles, le *Chêne* majestueux à l'ombre duquel les Oiseaux de l'air, & les Bêtes des champs iront se réjouïr. J'ai encore plus de plaisir à découvrir dans le Sein d'EMILIE le Germe du Héros qui fondera dans quelques milliers d'années un grand Empire, ou plûtot celui d'un Philosophe qui découvrira alors, au Monde, la Cause de la *Pesanteur*, le Mystère de la Génération, & la Méchanique de nôtre Etre.

129. *Touts organisés considérés dans l'hypothèse de la* Dissémination.

L'HYPOTHESE des Germes répandus dans toutes les Parties de la Nature, ne m'offre pas un spectacle moins intéressant, quoique dans un tout autre goût. Chaque Corps organisé se présente à moi, sous l'image d'une petite Terre, où j'apperçois, en raccourci, toutes les espèces de Plantes & d'Animaux, qui s'offrent en grand, sur la surface de nôtre Globe. Un *Chêne* me paroît composé de *Plantes*, d'*Insectes*, de *Coquillages*, de *Reptiles*, de *Poissons*, d'*Oiseaux*, de *Quadrupédes*, d'*Hommes* même. Je vois monter dans les Racines de ce *Chêne*, avec les sucs destinés à sa nourriture, des légions innombrables de Germes. Je les vois circuler dans les différents Vaisseaux, & se loger ensuite dans l'épaisseur de leurs Membranes pour les augmenter en tout sens. Je les observe s'arranger les uns à côté des autres, ou s'entrelacer les uns dans les autres, & former ainsi de petits édifices qui rappellent à mon Esprit, ces étranges monuments que la Superstition Américaine éleva autrefois, en l'honneur de ses Dieux, & qui n'étoient construits que des Têtes des Animaux qu'elle leur avoit sacrifiés. Les Vents, les Pluyes, la Chaleur, le Froid, &c. venant fondre tour à tour sur le *Chêne*, triomphent enfin de sa force, & de sa vigueur: je vois le Bâtiment crouler, & se reduire en un tas de poussière. Les petits Etres organisés qui entroient dans sa composition, supérieurs à toutes ces atteintes, sont mis alors en liberté, & se répandent de toutes parts. Je continue à les suivre, & je les vois rentrer bientôt dans d'autres Composés organiques, & devenir successivement *Mouche*, *Limaçon*, *Serpent*, *Carpe*, *Rossignol*, *Cheval*, &c. Que dirai-je? l'Air, l'Eau, la Terre ne me paroissent qu'un amas de Germes, qu'un vaste Tout organique.

SAISI d'étonnement à la vuë de cette circulation perpétuelle de Germes, & de ces immenses richesses qui ont été mises en réserve dans tous les Corps, je contemple, avec délices, cette oeconomie merveilleuse. Je vois les Siècles s'entasser les uns sur les autres, les Générations s'accumuler comme les flots de la Mer, sans que le nombre des Germes employés à les fournir, diminue, d'une manière sensible, la Masse organique qu'ils composent.

LE dernier point de vuë sous lequel je viens de présenter le Système des Germes, paroîtroit le raprocher beaucoup du Système des *Molécules organiques*, si je n'avois pas défini ce que j'entends par les Germes, & si je n'avois pas indiqué la manière dont on peut concevoir qu'ils entrent dans la composition des Corps.

130. *Recherches sur la Nature des* Globules mouvants.

Illusions & Erreurs à craindre dans les observations sur de semblables Corps.

Vicissitude des Opinions humaines: efforts de la Raison & ses écarts.

MAIS que doit-on penser de ces *Globules mouvants* qu'on découvre dans les Liqueurs séminales, & dans les Infusions de Végétaux &

d'Animaux de toute espèce?

LA décision de cette Question n'est pas facile. Elle dépend d'une connoissance exacte de la nature de ces Globules ; & cette connoissance, nous ne sommes pas près de l'acquérir. Placés à une si grande distance de ces petits Corps, pourvûs d'Instruments aussi imparfaits que le sont encore nos Microscopes ; comment atteindrions-nous à quelque chose de précis sur ce sujet ? L'erreur peut se glisser ici, par bien des endroits : les sentiers de la vérité ne sont pas nombreux. Des mouvements plus ou moins forts, plus ou moins variés, plus ou moins soutenus du Fluïde où ces Globules nagent ; une évaporation plus ou moins abondante, plus ou moins accélérée de ce Fluïde ; une décomposition plus ou moins prompte, plus ou moins graduëlle des Particules ; un air plus ou moins pur, plus ou moins actif ; une illusion d'optique plus ou moins difficile à reconnoître ou à prévenir ; que sais-je, encore : un Fluïde très actif qui pénétreroit la Matière séminale, ou celle de l'Infusion, & dont les mouvemens seroient représentés par ceux des Globules ; tout cela pourroit nous séduire, & nous faire prendre l'apparence pour la réalité.

CEUX qui observèrent les premiers, les *Animaux spermatiques*, se persuadèrent bientôt la vérité de leur existence, & n'eurent pas de peine à la persuader aux Curieux. On nous a décrits les mouvements de ces Animaux comme

très variés, & très spontanés. On nous les a
dépeints nageants dans la goute de Liqueur,
comme les Poissons dans l'Océan. On nous les
a fait voir s'évitants avec adresse, les uns les
autres, dans leur course rapide; se détournants
à propos, & avec précaution; s'élevants à la
surface de la Liqueur, & se plongeants ensuite,
avec impétuosité, dans son sein. On nous a
représenté leur figure comme ressemblante à
celle des *Têtards*; on leur a donné une grosse
Tête, & une longue Queuë. Enfin on a été
jusques à entrevoir l'espèce de métamorphose
que ces Vers devoient subir pour devenir des
Individus tels que celui dans la Liqueur duquel
on les observoit.

Aujourdhui, tous ces Faits sont suspects,
ou équivoques; & l'Edifice qu'on avoit élevé
sur ces Faits, n'est qu'un Palais enchanté. Les
Animaux spermatiques sont devenus de simples
Globules, sans aucune Partie distincte. La longue queuë qu'on donnoit à ces Animaux, n'est
que le reste d'une enveloppe dont le Globule
cherche à se dégager, ou c'est un sillon qu'il
trace dans la Liqueur par l'impétuosité de son
mouvement. Enfin, ces Globules ne doivent
subir aucune métamorphose; mais peuvent se
réünir sous certains rapports, & former ainsi
différentes espèces de Corps organisés.

Telle est la vicissitude des Opinions des
Hommes. Telles sont les Révolutions des Conjectures, & des Systèmes. Spectacle curieux,

& inſtructif! Mémoires intéreſſants pour l'Hiſtoire de l'Eſprit humain!

AVIDE de connoître, la Raiſon s'efforce de
pénétrer à la ſource des choſes : elle voit des
Faits ; elle les étudie : elle ſait en faire naître
de nouveaux ; mais la Cauſe de ces Faits lui
eſt encore inconnuë, & cette Cauſe eſt ce qui
pique le plus ſa curioſité.

INQUIETTE, ardente, active, la Raiſon ne
peut s'arrêter aux effets. Elle veut voir au de-
là. Elle ſe tourne de tous côtés ; elle s'agite ;
elle s'émeut ; elle paſſe & repaſſe pluſieurs fois
devant le même Objet. L'*Aiguille aimantée*
ne s'arrête point qu'elle n'ait rencontré le Pôle ; mais l'Aiguille aimantée décline ſouvent ;
& combien la Raiſon décline-t-elle dans la recherche du vrai?

CRAIGNONS cependant, de la gêner trop dans
ſes mouvements. Son activité pourroit en recevoir de fâcheuſes atteintes. Il vaut mieux
que la Raiſon s'écarte quelquefois en cherchant
le vrai, que ſi elle étoit moins ardente à le
chercher.

NE nous refuſons donc point à l'Eſprit de
Syſtème. Cultivons même cet Eſprit juſques
à un certain point. C'eſt ſouvent une très bonne Lunette, qui nous aide à découvrir des Objets fort éloignés. Mais il eſt de ces Lunettes
dont les Verres ſont défectueux, ou mal diſpoſés. Les unes augmentent prodigieuſement
la grandeur des Objets ; d'autres la diminuent

excessivement. Les unes changent les formes; d'autres altèrent les couleurs; d'autres changent la situation. Enfin, il en est qui multiplient le nombre des Objets. Opticiens! vous vous connoissez en Verres. Philosophes! ne corrigeriez-vous point l'illusion?

LES Globules dont il s'agit pourroient bien n'être pas des Animaux. On sait qu'il est plusieurs Matières dont les Particules constituantes affectent une figure sphérique. On connoit les Globules des *Etamines* : on connoit aussi les Globules du *Sang*, & ceux de la *Graisse*. Les Globules des Liqueurs séminales, & ceux des Infusions font, peut-être, du même genre, ou d'un genre analogue. Les mouvemens intestins de la Liqueur, joints aux autres Causes que j'ai indiquées dans l'Article précédent, peuvent donner à ces Globules un air de vie. Et si ces Globules diminuent, de jour en jour, de grosseur, en augmentant en nombre, c'est que la décomposition de la Matière augmente à chaque instant.

S'IL existoit dans la Nature un Fluïde organique, un Fluïde destiné à opérer la Nutrition & le Développement des Corps organisés; si l'action des Vaisseaux se bornoit, principalement, à extraire ce Fluïde des Matières alimentaires, à peu près, comme le frottement extrait la Matière de l'*Electricité* des *Corps électriques*; on pourroit supposer, que les Globules dont nous parlons, font les Parties constituantes de ce Fluïde, dont la portion la plus

subtile & la plus agiſſante compoſe les Liqueurs
ſéminales. On pourroit encore conjecturer,
qu'il eſt une forte attraction entre ce Fluïde &
les différences eſpèces de Corps organiſés.

UNE ſemblable Attraction pourroit être ad-
miſe entre les Germes, & entre ceux-ci & les
Corps organiſés. Dans cette Suppoſition, les
Globules dont nous recherchons la Nature, ne
ſeroient qu'un aſſemblage de Germes liés les uns
aux autres, & qu'un Fluïde très actif tendroit
continuellement à déſunir. De là, la diminution graduelle des petites Maſſes qu'ils compoſent.

131. *Vuë du Monde phyſique dans la ſupoſi-*
tion que les Globules mouvants ſont de vé-
ritables Animaux.

MAIS ſi ces Globules ſont de véritables Animaux, comme on peut raiſonnablement le conjecturer, quelle magnificence dans le Plan de
la Création terreſtre! quelle grandeur! quelle
profuſion! quelle complaiſance à organiſer la
Matière, & à multiplier les Etres ſentants! Nous
voyons les Animaux répandus ſur toute la ſurface de la Terre, dans toute l'étendue des Eaux,
& juſques dans les vaſtes contours de l'Atmoſ-
phère. Nôtre Mémoire eſt accablée des noms
de toutes les eſpèces connuës : nôtre Imagination eſt effrayée à la vuë du nombre innombrable d'Individus que fourniſſent certaines eſpèces d'Inſectes, ou de Poiſſons.

CEPENDANT, comment foutiendrons-nous ceci ! ce n'eft là réellement qu'une très petite Partie ; que dis-je ! qu'un infiniment petit du Règne animal. La *Mitte*, comme l'*Eléphant*, le *Puceron*, comme l'*Autruche*, l'*Anguille du Vinaigre*, comme la *Baleine*, ne font qu'un compofé d'Animaux ; toutes leurs Liqueurs en fourmillent ; tous leurs Vaiffeaux en font femés.

CE n'eft pas tout encore ; les Végétaux eux-mêmes, & jufques à leurs moindres Parties ne font qu'un tiffu d'Animaux. Depuis le *Champignon* jufques à l'*Orme* ; depuis la *Mouffe* jufques au *Sapin* ; depuis le *Lychen* jufques au *Chêne*, tout n'eft qu'Animalcule, & qu'Etre fentant.

C'EST ainfi que le SUPREME ARCHITECTE a porté fon Ouvrage au plus grand dégré de perfection qu'il pouvoit recevoir. SA SAGESSE a révêtu la Matière d'un nombre prefque infini de *modifications*, dont le *Monde phyfique* eft la fomme. Entre les modifications que nous obfervons ici-bas, la principale, la plus compofée, la plus parfaite, & celle à laquelle toutes les autres fe rapportent, eft l'*Organifation*. Mais entre les différentes efpèces d'Organifations, celle d'où réfulte l'*Animal*, tient le premier rang. Elle eft donc le genre de modifications qui a été le plus multiplié, ou le plus diverfifié : l'Animal eft le lien, le centre, & la fin de toutes les Parties de la Nature.

132. *Conjectures & Réflexions fur la Nature de ces Animalcules.*

Remarques fur nos idées d'Oeconomie animale.

MAIS fi les Globules des Liqueurs féminales, & ceux des Infufions font de véritables Animaux, quelle eft leur nature ? quelle eft leur manière de naître, de fe nourrir, de croître, de multiplier ?

JE ferai fur toutes ces Queftions une remarque générale. Nos idées d'Oeconomie animale ont été d'abord très refferrées. Elles ne fe font étenduës que lentement, & par dégrés, comme toutes nos autres connoiffances. Avant qu'on eût obfervé la multiplication des Infectes de *Bouture*, & celle fans Accouplement, on difoit que l'Animal fe propageoit par des Oeufs, ou par des Petits vivants, & que cela étoit toûjours précédé du concours de deux Individus de différents Sexes. Cette divifion des Animaux feroit aujourdhui très défectueufe. Elle laifferoit en arrière un très grand nombre d'Efpèces qui apartiennent inconteftablement à cette Claffe d'Etres organifés. Apprenons donc par là, à ne pas limiter la Nature, & à concevoir de plus hautes idées de fon immenfe variété. Le *Polype* eft peut-être moins éloigné du *Singe*, qu'il ne l'eft des Animaux que nous cherchons à connoître. En un mot, nous ne favons point où commence l'Animal : nous

H

favons feulement où il finit , & que l'Homme eft le terme le plus élevé de cette magnifique gradation.

QUI pourroit prouver qu'il n'y a pas des Animaux qui fe nourriffent par toute l'habitude de leur Corps , à peu près , comme on imagine que fe fait la Nutrition du *Cryftallin*? Qui pourroit affurer qu'il n'exifte point des Animaux d'une petiteffe prefque infinie, de figure fphérique , ou ellyptique, fans aucun Membre, fans aucune Partie extérieure , dont les Sens tous intérieurs fe bornent uniquement à découvrir ce qui fe paffe au dedans de l'Animal , & non point ce qui eft au dehors ? Qui pourroit prouver que ces Animaux ne goûtent pas un auffi grand plaifir à fentir ce qui fe paffe dans leur intérieur , que l'eft celui que les autres Animaux goûtent à voir ce qui fe paffe autour d'eux ? Qui fait, fi le fimple mouvement des Liqueurs auquel la vie de ces Animalcules a été attachée , ne leur procure pas des Senfations auffi vives que le font celles que l'impreffion des objets extérieurs procure aux autres Animaux?

133. *Les Animalcules des Liqueurs &c. comparés aux Polypes.*

PREFERONS cependant des conjectures , qui ayent quelque fondement dans l'obfervation ou l'expérience. Comparons les Animalcules en queftion , aux *Polypes* , & aux autres Infectes qui fe multiplient de *Bouture*. Difons qu'ils fe *greffent* naturellement les uns aux autres, & qu'ils

forment ainfi des Globules plus ou moins fenfibles, peut-être même des Filaments plus ou
moins confidérables. Suppofons encore qu'ils
fe propagent, foit par une divifion naturelle,
femblable, ou analogue à celle des *Polypes à
Bouquet* (*), foit en fe rompant ou en fe partageant avec une extrême facilité, comme les
petites *Anguilles* de l'Eau douce (**). Nous
expliquerons par là, affés heureufement les principaux phénomènes que nous offrent les Globules, en particulier, celui de leur diminution
de groffeur, & de leur augmentation de nombre.

Nous pouvons encore conjecturer, que ces
Animaux maigriffent ou fe refferrent lorfqu'ils
font expofés quelque tems au grand Air, ou
que la Liqueur dans laquelle ils nagent, commence à s'altérer.

Enfin, ces Animaux fe meuvent, & leurs
mouvemens font variés, & très rapides. Comment exécutent-ils tous ces mouvemens?

Nous voyons déjà que les mouvemens par
lefquels ils s'élèvent, ou fe plongent dans la Liqueur, peuvent dépendre principalement de
l'augmentation ou de la diminution du volume
de leur Corps, à peu près comme dans les Poiffons.

(*) *Mémoire fur les Polypes à Bouquet* , par M. Trembley, 1747.
(**) *Traité d'InfeEtologie*, 2de. Partie.

H 2

A l'égard des autres mouvemens, ils tiennent fans doute à une méchanique intérieure, qui nous eft inconnuë. Peut-être même qu'ils s'opèrent par des Organes extérieurs, que leur extrême petiteffe ne nous permet pas d'apercevoir.

134. *Ce que l'on peut imaginer que deviennent les Animalcules du Sperme après qu'il a été repompé.*

LA Liqueur féminale après avoir féjourné plus ou moins dans les Vaiffeaux qui la contenoient, eft repompée par d'autres Vaiffeaux qui la portent à différentes Parties, avec lefquelles elle s'incorpore. Que deviennent alors, les Animalcules dont cette Liqueur eft peuplée?

JE réponds, qu'il n'eft point abfurde d'admettre que ces Animaux continuent d'exifter dans ce nouvel état. Ils reffembleront à la *Gallinfecte*, qui après avoir couru quelque tems de tout côté, fe fixe fur une Tige ou fur une Branche, où elle paffe le refte de fa vie dans la plus parfaite immobilité, & fi bien confonduë avec la Plante, qu'on la prendroit pour une *Galle* ou une excroiffance de cette Plante (*). Pourquoi nous refuferions-nous au plaifir de prolonger l'exiftence des Etres fentants? Les Animalcules dont nous parlons, collés aux parois d'un Vaiffeau féreux, ou fanguin, y jouiront de toutes les douceurs attachées à cette exiftence. Ils y repréfenteront les *Orties de Mer*

(*) *Mém. pour fervir à l'Hift. des Infect.* Tom. 4. Mém. 1er.

fixées aux Rochers d'un Détroit.

135. *De ce-que l'on doit penfer de l'apparition des Animalcules dans des Matières qui ont boulli.*
Note importante ou Extraits de Lettres de Mr. DE REAUMUR, *qui prouvent que les Globules mouvans font de vrais Animaux.*

A l'égard de l'apparition de ces Animalcules dans les Matières qui ont bouilli, ou qui ont été expofées à un dégré de chaleur auquel nous ne concevons pas qu'aucun Animal puiffe vivre, la difficulté qu'elle forme ne doit pas nous intriguer beaucoup, puifqu'elle n'a pour fondement que l'ignorance où nous fommes du dégré de chaleur que certains Animaux ont été rendus capables de fupporter. D'ailleurs, il n'eft pas fûr que ces Animalcules fuffent dans la Matière de l'infufion. Ils habitoient peut-être l'Air renfermé dans le Bocal : ils avoient paffé de cet Air dans la Matière de l'infufion. Il y a peut-être une circulation perpétuelle de ces Animalcules de l'Air dans les Corps organifés, & des Corps organifés dans l'Air (*).

(*) Depuis que j'ai écrit ceci, Mr. TREMBLEY m'a communiqué une Lettre qu'il avoit reçuë de Mr. DE REAUMUR, qui ne permet guères de douter, que les *Globules mouvants*, ne foient de véritables Animaux. Voici l'extrait de cette Lettre.

Mon objet étoit de vérifier les Obfervations qui ont été le fondement d'idées fi étranges fur la Génération des Animaux. J'ai beaucoup étudié les différentes Infufions, & j'ai reconnu non feu-

H 3

136. *Explication du Mulet dans l'hypothèse de l'Auteur, en supposant que le Germe est fourni par le Mâle.*

SI l'on compare le Système des *Germes* avec celui des *Molécules organiques*, je crois qu'on se sentira plus porté à embrasser le premier que le second. Mais je crois aussi qu'on trouvera que celui-là est sujet à de grandes difficultés, & que je n'ai pas résolues d'une manière bien satisfaisante. Je veux parler principalement de celles qui se tirent de la Génération du *Mulet*, ou de cet Animal qui provient de l'union d'un *Ane* avec une *Jument*.

DANS l'explication que j'ai hazardée (*) de

ement que ces prétendues *Particules organiques* sont de véritables *Animaux*; mais que ces petits *Animaux* sont des Ordres de Générations semblables qui se succèdent; qu'il est très faux que les Générations soient d'*Animaux* de plus en plus petits, comme l'ont avancé les *Auteurs* du nouveau Système; que tout va ici à l'ordinaire; que les *Petits* deviennent grands à leur tour.

Dans une de ses Lettres Mr. de REAUMUR m'apprenoit aussi, qu'il avoit répété ses *Observations*, sur les *Insectes des Infusions*, qu'il les avoit examinés avec le plus grand soin pendant des heures entières, & qu'il avoit reconnu ce qui en avoit imposé à ceux qui les ont pris pour de simples *Globules mouvants*.

Il seroit à désirer, que l'Illustre Auteur de l'*Histoire Naturelle, générale & particulière* entreprît de remanier ses propres *Observations*, & d'approfondir d'avantage ce sujet intéressant. Il a tant de sagacité, qu'il seroit bien étrange que le vrai lui échappât. Mais sûrement il ne lui échappera point, s'il veut bien oublier, au moins pour un tems, ses *Molécules organiques*, ses *Moules*, & tout l'attirail d'un Système, que son Génie fécond s'est plû à inventer, & que sa Raison devenuë sévère abandonnera peut-être quelque jour.

(*) Voyez le Chapitre III. article 40.

ce Fait, j'ai fuposé que le Germe étoit contenu dans la Femelle; & que la Liqueur féminale du Mâle contenoit les Eléments rélatifs aux différentes Parties de ce Germe, & propres à en opérer la nutrition & le développement. J'ai imaginé que le *Cheval* deffiné en mignature dans les Ovaires de la Jument, étoit métamorphofé en Mulet par l'impreffion plus ou moins forte de la Liqueur de l'*Ane*, fur quelques-unes de fes Parties. J'ai conjecturé que les Molécules élémentaires deftinées à procurer la nutrition & le développement des Oreilles, étoient plus abondantes & plus actives dans la Semence de l'*Ane*, qu'elles ne le font dans celles du *Cheval*; & que les Molécules deftinées à procurer la nutrition & le développement de la Queuë, étoient au contraire plus abondantes, & plus actives dans la Semence du *Cheval*, que dans celle de l'*Ane*. Par là j'ai tenté de rendre raifon des longues Oreilles du *Mulet*, & de fa Queuë peu fournie de Crins. Je me fuis borné à ces deux caractères, qui m'ont fervi d'exemples.

MAIS fi l'on confidère le *Mulet* avec attention, il paroîtra, qu'il eft plutôt un *Ane* en grand, qu'un Cheval vicié. Sa Tête, fon Col, fon Corfage, fa Croupe, fes Jambes fembleront le rapprocher beaucoup plus de l'*Ane* que du *Cheval*. Il ne paroîtra guères tenir de celui-ci, que par fa grandeur, fa couleur, & fon poil.

OR, on ne conçoit pas trop comment d'auffi

H 4

grands changements que ceux dont il s'agit, ont
pû être produits par la simple action du Fluïde
féminal. Il faut convenir de la difficulté ; elle
recevroit, sans doute, un nouveau dégré de
force, si on en venoit à un examen plus aprofondi des Parties, & si on pouffoit cet examen
jusques à l'intérieur.

SANS décider cependant, sur la Question, si
les changemens dont nous parlons peuvent être
exécutés par la Liqueur féminale, prenons l'in-
verse de la première supposition. Au-lieu de
faire fournir le Germe par la Femelle, faisons-le
fournir par le Mâle. Tout deviendra alors plus
facile. Les caractères par lesquels le *Mulet* se
raproche plus du *Cheval* que de l'*Ane*, ne tenant point à la forme des Parties essentielles,
supposeront des changemens moins considéra-
bles, moins difficiles que ceux que supposeroient
les caractères par lesquels le *Mulet* se raproche
plus de l'*Ane* que du *Cheval*. La grandeur, la
couleur & le poil font des choses qui ne dépendent que de quelques circonstances, souvent affés légères. La Matrice de la *Jument*, plus
vaste, & plus abreuvée de sucs, que celle de
l'*Anesse*, a permis au Fœtus de s'étendre en
tous sens plus qu'il n'auroit fait dans sa Matrice naturelle. La qualité du Sang ou du Fluïde
nourricier de la Mère, peut aisément changer la
couleur & le poil de l'Embrion.

RAISONNONS de la même manière, sur le
Mulet qui provient de l'union du *Coq* avec la

Femelle du *Canard*, & les difficultés qui nous ont fait tant de peine, se reduiront principalement à quelques changemens dans les proportions extérieures du Corps, & dans la forme des Plumes.

137. *Invitation à faire de nouvelles expériences sur les Mulets, pour éclaircir la Matière de la Génération.*

Nous sommes donc plus sollicités que jamais, à faire de nouvelles expériences sur la Génération des *Mulets*. Elles sont certainement celles qui peuvent répandre le plus de jour sur ce sujet. Etendons-les, s'il se peut, à des Individus de genres, & même de classes différentes. C'est le plus sur moyen de rendre les résultats décisifs, & d'arracher à la Nature son secret. Si de l'Accouplement du *Lapin* avec la *Poule* il naissoit un *Mulet*, nous serions déjà fort avancés.

138. *Remarque sur les effets de l'accouplement entre des Individus d'espèces fort éloignées.*

MAIS il y a lieu de croire qu'il en sera de ces sortes de conjonctions comme de ces *Entes* singulières qu'on pratique entre des espèces de différentes classes. Leur Rameau greffé pousse quelques Feuilles, & périt ensuite. La grande disproportion qu'il y a entre les sucs qu'il reçoit du *Sujet*, & ceux qui lui conviennent, & en-

tre le tems où il les reçoit, & celui où il les
demande, font la caufe naturelle de fa prompte
mort. Si le mélange de la Liqueur du *Lapin*
avec celle de la *Poule*, parvenoit à faire développer le Germe fourni par celui-là, ce développement cefferoit, fans doute, bientôt, &
peut-être avant qu'on pût être certain qu'il auroit commencé. Les Fluïdes alimentaires de la
Poule diffèrent apparemment trop de ceux de la
Lapine, pour amener à bien une telle production. De plus, les Matrices de ces deux Animaux ne diffèrent fans doute pas moins, que
leurs Fluïdes.

139. *Que le nombre des Efpèces peut s'être accru par des conjonctions fortuites.*

ON ne peut douter que les Efpèces qui exiftoient au commencement du Monde, ne fuffent
moins nombreufes que celles qui exiftent aujourdhui. La diverfité, & la multitude des
conjonctions; peut-être même encore la diverfité des climats & des nourritures, ont donné naiffance à de nouvelles Efpèces, ou à des
Individus intermédiaires. Ces Individus s'étant
unis à leur tour, les nuances fe font multipliées,
& en fe multipliant elles font devenues moins
fenfibles. Le *Poirier*, parmi les *Plantes*, la
Poule, parmi les *Oifeaux*, le *Chien*, parmi les
Quadrupèdes, nous fourniffent des Exemples
frappans de cette vérité. Et que n'aurions-nous
point à dire à cet égard, des variétés qui s'ob-
fervent parmi les Hommes, fortis originaire-

ment de deux Individus !

140. *Réflexions sur la grandeur des objets que nous offre la Matière de la Génération.*

JE quitte enfin (*) la Matière de la Génération. Matière infiniment intéressante, & dont
la beauté, j'ose même dire la grandeur, pourra
rendre excusables les détails dans lesquels je suis
entré, & la hardiesse des conjectures auxquelles j'ai eu recours.

LA NATURE est assurément admirable dans
la conservation des Individus; mais ELLE l'est,
sur-tout, dans la conservation des Espèces.
Tous les Organes dont ELLE a pourvûs les
Etres organisés, toutes les Propriétés dont EL-
LE les a doués, toutes les Facultés dont ELLE
les a enrichis, tendent en dernier ressort à cette grande fin. Les diverses manières dont les
Plantes & les Animaux se perpétuent, font les
différentes Machines qui entretiennent les bril-
lantes Décorations du Monde organique. Les
Siècles se transmettent les uns aux autres ce
magnifique Spectacle, & ils se le transmettent
tel qu'ils l'ont reçu. Nul changement; nulle
altération; identité parfaite. Victorieuses des
éléments, des temps, & du sépulchre, les Espèces se conservent, & le terme de leur durée
nous est inconnu.

(*) Cet Ecrit sur la *Génération*, faisoit partie d'un plus grand
Ouvrage. Voyez la Préface.

CHAPITRE IX.

Nouvelles Découvertes fur la Formation du Poulet dans l'Oeuf.

Conféquences de ces Découvertes. Comparaifon des Expériences de HARVEY *fur la Génération des Biches, avec celles fur la Formation du Poulet.*

141. *Introduction.*
Découvertes de Mr. DE HALLER, *fur le Poulet.*

TELLES étoient, il y a environ douze ans, (*) mes méditations fur la Formation des Corps organifés. Je n'ai rien changé à l'expofition que j'en fis alors : on va juger de leur accord avec de nouvelles Découvertes dont je n'avois entrevû que la poffibilité.

JE difois au commencement du Chapitre III. (†) qu'un jour on arracheroit à la Nature fon fecret. Un de fes plus chers Favoris, Mr. le Baron de HALLER, l'a interrogée depuis peu comme elle demandoit à l'être, & il en a obtenu des réponfes qui reculent les bornes de nos connoiffances. C'eft de l'intérieur d'un Oeuf de Poule qu'elle lui a rendu fes oracles. Il les a transmis à la Poftérité dans un fçavant Ecrit qui a pour Titre, *Mémoires fur la Formation du*

(*) J'écrivois ceci au commencement de Septembre 1759.
(†) Voyez l'Art. 17.

Cœur dans le Poulet, fur l'Oeil, fur la Structure du Jaune, & fur le Développement. (*) L'illuftre Auteur a mis à la fuite de fes Obfervations des *Corollaires mêlés*, (†) qui en font comme les réfultats. Je détacherai de ces Corollaires les vérités les plus importantes, & les plus propres à diminuer les ombres de mon fujet.

142. 1er *Fait fur le Poulet, qui démontre que le Germe appartient uniquement à la Femelle.*
Conféquence qu'on peut en tirer à l'égard des Graines.

PREMIER FAIT. La Membrane qui révêt intérieurement le Jaune de l'Oeuf, eft une continuation de celle qui tapiffe l'Inteftin grêle du Poulet. Elle eft continuë avec l'Eftomach, le Pharinx, la Bouche, la Peau, l'Epiderme.

La Membrane externe du Jaune eft un épanouïffement de la Membrane externe de l'Inteftin; elle fe lie au Méfentère & au Péritoine.

Le Jaune a des Artères & des Veines, qui naiffent des Artères & des Veines méfentériques du Fœtus. Le Sang qui circule dans le Jaune reçoit du Cœur le principe de fon mouvement.

(*) A Laufanne, chez M. Michel Bousquet, in 12. 1758. Mém. I. II.
(†) Mémoire II. pag. 172. & fuivantes, Section XIII.

LE Jaune eſt donc une Partie eſſentielle du Poulet : mais le Jaune exiſte dans l'Oeuf qui n'a point été fécondé ; le Poulet exiſte donc dans l'Oeuf avant la fécondation.

L'ANALOGIE qu'on obſerve entre les Végétaux & les Animaux, & dont je traiterai un jour, ne permet guères de douter qu'il n'en ſoit de la Graîne comme de l'Oeuf ; qu'elle ne contienne originairement toutes les Parties eſſentielles à la Plante.

143. 2ᵈ *Fait : Etat de fluïdité des Parties de l'Embrion lors qu'il commence à ſe développer.*
Nouvelle preuve de l'exiſtence des Eſprits animaux.
Comment toutes les Parties acquièrent peu à peu de la conſiſtence.
Conformité avec le Végétal.

SECOND FAIT. Les Parties ſolides du Poulet ſont d'abord fluïdes. Ce Fluïde s'épaiſſit peu à peu, & devient une gêlée. Les Os eux-mêmes paſſent ſucceſſivement par cet état de fluïdité & de gêlée. Au ſeptième jour de l'Incubation, le Cartilage eſt encore gélatineux. (*)

LE Cerveau n'eſt le huitième jour qu'une Eau tranſparente, & ſans doute organiſée. Cependant le Fœtus gouverne déjà ſes Membres ; preuve nouvelle & bien ſenſible de l'exiſtence

(*) Obſervations de Mr. de HALLER *ſur les Os*, à Lauſanne, in 12. 1758. Page 177 & 178.

des Esprits animaux ; car comment supposer des Cordes élastiques dans une Eau transparente ?

C'EST principalement par l'évaporation insensible des Parties aqueuses, que les Éléments se rapprochent pour former les Solides. Les Vaisseaux devenus plus larges admettent des Molécules gommeuses, albumineuses, visqueuses, qui s'attirent davantage. Plus la proximité des Éléments augmente, plus l'attraction acquiert de force. Le Fluide organisé est ainsi conduit par dégrés à la Mucosité. Il devient Membrane, Cartilage, Os par nuances imperceptibles, sans mêlange d'aucune nouvelle Partie.

MONSIEUR de REAUMUR a prouvé que si l'on prévient par des enduits l'évaporation du superflu, on conserve le Fœtus dans l'Oeuf, & l'on prolonge à volonté la vie des Insectes. Je l'ai déjà remarqué, Page 52.

ON observe la même chose dans les Plantes. Leurs Parties ligneuses n'offrent d'abord qu'une sorte de Mucosité : elles deviennent ensuite herbacées ; enfin elles acquièrent peu à peu, la consistence du Bois.

144. 3ᵐᵉ. *Fait : par quelles causes & dans quel ordre toutes les Parties de l'Embrion deviennent visibles, d'invisibles qu'elles étoient auparavant.*
Observation sur l'Oeuf de la Brebis.

TROISIEME FAIT. L'APROXIMATION graduelle des Eléments, diminuë de plus en plus la transparence des Parties ; & c'eft là une des caufes qui nous les rendent visibles, d'invisibles qu'elles étoient auparavant.

A' la fin du fecond jour de l'Incubation l'on diftingue très bien les battemens du Cœur. Les accroiffements du petit Animal ne font jamais plus rapides que dans ces premiers jours. Le Cœur avoit donc pouffé le Sang avant qu'on eût pû s'en apercevoir. La tranfparence du Vifcère le déroboit à la vuë, & il étoit trop foible pour foulever l'Amnios.

CE n'eft qu'au fixième jour que le Poûmon eft vifible. Alors il a dix centièmes de pouce de longueur. Avec quatre de ces centièmes il auroit été vifible, s'il n'eût point été tranfparent.

LE Foye eft plus grand encore lorfqu'il commence à paroître. Si donc il n'eft pas vifible plutôt, c'eft uniquement à caufe de fa tranfparence.

DE la tranfparence muqueufe à la blancheur il n'y a qu'un dégré, & la fimple évaporation fuffit pour le produire. Dans l'Animal vivant la Graiffe eft diaphane ; le contact de l'Air l'épaiffit & la rend blanche.

LE blanc eft donc la première couleur de l'Animal ; & la tranfparence muqueufe paroît conftituer fon premier état. Les Expériences nombreufes de l'Auteur fur les Quadrupédes & fur les Oifeaux, conftatent cette vérité.

PEN·

PENDANT les premiers jours qui fuivent la fécondation, l'Oeuf d'une Brebis paroît ne renfermer qu'une efpèce de Lymphe. Il eft encore gélatineux le dixfeptième jour. Après ce terme, l'on diftingue fort bien le Fœtus enveloppé de fes Membranes. Sa longueur eft d'environ trois lignes. Il avoit donc pris un accroiffement confidérable fous la forme de Fluïde, & enfuite fous celle de Gêlée ; mais, fa tranfparence ne permettoit pas de le reconnoître (*).

145. 4me. *Fait : Naiffance des couleurs & des faveurs.*

Remarque fur un paffage de Mr. DE HALLER *fur la Caufe des couleurs dans les Végétaux.*

QUATRIÈME FAIT. LES Vaiffeaux dilatés de plus en plus par l'impulfion du Cœur, admettent des Particules plus groffières, plus hétérogènes, & par là même plus colorantes que les Particules diaphanes. De là les différentes couleurs qui parent fucceffivement l'Animal. La chaleur naturelle & celle du climat paroiffent y contribuer auffi. Nôtre Auteur dit à cette occafion, que *dans les Végétaux, c'eft la chaleur feule qui colore* (†). Mais, il me femble que mes Expériences fur l'*Etiolement*, prouvent que

(*) Mr. DE HALLER, Hift. de l'Acad. Roy. des Sciences, An. 1753. pag. 134, 135. in 4to.
(†) Page 181.

I

cette coloration dépend moins de la chaleur que de la lumière. Je renvoye là-deſſus aux Articles LXXIX. & CXIII. de mon Livre ſur l'*Uſage des Feuilles dans les Plantes.*

LES couleurs précèdent les ſaveurs. La Bile eſt verte avant que d'être amère. Les Fibres de la Vuë ont plus de ſenſibilité que celles du Goût : ou les Particules qui affectent le Goût, différent de celles qui affectent la Vuë, & ſe développent plus tard.

> 146. 5me. *Fait : que les Parties de l'Embrion révêtent ſucceſſivement de nouvelles formes, & de nouvelles poſitions, qui aident avec l'opacité à les faire reconnoître.*
> *Ordre de ces changemens & leurs Cauſes méchaniques.*
> *Que le Poulet eſt originairement un Animal à deux Corps & comment.*

CINQUIEME FAIT. A' meſure que l'Embrion ſe développe, ſes Parties révêtent de nouvelles formes, & de nouvelles ſituations, & ces changemens concourent avec l'opacité à faire reconnoître chaque Partie.

LE premier jour, le Fœtus ne reſſemble pas mal à un Têtart. Sa Tête eſt groſſe, & l'Epine dorſale qui eſt fort grèle, paroit lui compoſer une petite Queuë ou un court appendice. Des Membres & des Viſcères ſortent enfin de cette petite Queuë, de ce Filet preſqu'inviſible, & la Tête en devient à ſon tour un appendice.

PENDANT les premiers jours de l'Incubation,

les Intestins du Poulet sont invisibles ; mais a-lors ils sont pourvûs d'un appendice énorme, qui tient au petit Animal par un Canal de communication. Le Jaune est cet appendice, placé ainsi hors du Corps du Poulet. A la fin de l'Incubation, & sur-tout après la naissance, tout se montre ici sous une nouvelle face. Les Intestins sont devenus grands, le Canal de communication s'est oblitéré, le Jaune a disparû, & il n'est plus rien hors du Corps du Poulet qui lui appartienne.

Ainsi le Jaune & les Intestins demeurent à l'extérieur du Poulet presque jusqu'à la fin de l'Incubation. Dans ces premiers tems, le Poulet paroît donc un Animal à deux Corps. La Tête, le Tronc, & les Extrêmités composent l'un de ces Corps; le Jaune & ses Dépendances composent l'autre. Mais, à la fin de l'Incubation, la Membrane ombilicale se flêtrit; le Jaune & les Intestins sont repoussés dans le Corps du Poulet par l'irritabilité qu'acquièrent les Muscles du Bas-Ventre; & le petit Animal n'a plus qu'un seul Corps.

C'est par une Méchanique analogue que le Cœur change de place, & se montre sous sa véritable forme. Il ne paroît d'abord que sous celle d'un demi anneau éloigné des Vertébres, & placé en quelque sorte hors de la Poitrine. En prenant de jour en jour plus de consistance, la Tunique cellulaire retire toutes les Parties du Cœur les unes vers les autres, & les rapproche des Vertébres.

ENFIN, ce font encore des Caufes analogues, qui en repliant peu à peu le Fœtus fur lui même, changent fa fituation droite en une fituation oppofée.

> 147. 6me *Fait: que les Viſcères encore fluïdes s'acquittent déjà de leurs fonctions.*
> *Obſervation ſur la manière dont les Sécrétions s'opèrent.*

SIXIEME FAIT. L'ETAT de Fluïdité où ſont d'abord tous les Organes, ne les empêche point de s'acquitter de leurs fonctions eſſentielles. Ils digèrent, préparent & filtrent les Humeurs comme ils le feront pendant toute la vie du Poulet. Les Reins encore inviſibles, féparent déjà l'Urine.

POUR rendre raiſon des Sécrétions, (*) j'ai joint à la dégradation des Vaiſſeaux l'hypothèſe fort ſuivie de l'Imbibition originelle des Glandes. Les Obſervations ſur le Poulet prouvent la fauſſeté de cette hypothèſe. Elles nous apprennent que les mêmes Vaiſſeaux filtrent en différens tems des Humeurs qui paroiſſent différentes. Dans le Poulet de neuf jours, la Bile eſt fluïde, tranſparente & ſans amertume. C'eſt une pure Lymphe très différente de la Bile de l'Animal adulte. Il en eſt de même de la Liqueur féminale qui n'eſt d'abord dans l'Enfant qu'une Séroſité.

(*) Chap. VI. Art. 85.

148. *Conséquence importante de ces Faits sur la première Origine du Germe.*

VOILA des Faits que nous devons aux soins & à la sagacité d'un excellent Physicien, & qui fournissent une base solide à nos raisonnemens.

IL ne s'agit plus à présent de discuter la Question qui a si long tems partagé les Anatomistes sur la première Origine du Germe. Nous avons dans l'exposition du *premier Fait* des preuves incontestables qu'il appartient à la Femelle. Il résulte de cette exposition, que le Jaune est une Partie essentielle du Poulet : or le Jaune existe dans les Oeufs qui n'ont point été fécondés : le Poulet existe donc dans l'Oeuf avant la fécondation.

Nous sommes donc fondés à tirer de ce Fait cette conséquence importante, que les Ovaires de toutes les Femelles contiennent originairement des Embrions préformés, qui n'attendent pour commencer à se développer, que le concours de certaines Causes.

149. *Que les Ovaires des Vivipares contiennent de véritables Oeufs.*
Nouvelle preuve tirée du Puceron vivipare dans un temps & ovipare dans un autre.

L'ANATOMIE nous produit des Ovaires dans les Femelles *Vivipares*. On peut regarder les

I 3

Véficules qui les compofent comme de véritables Oeufs.   Un grand Anatomifte avoit prouvé il y a long tems l'exiftence de ces Oeufs : (*)
il étoit parvenu à diftinguer le Fœtus dans une
Véficule qui tenoit encore à l'Ovaire.

LE *Puceron* met ceci dans un nouveau jour :
j'ai démontré (†) que cet Infecte fingulier eft
Vivipare en été, & Ovipare en automne. Les
Pucerons qui naiffent vivants étoient donc renfermés dans des Oeufs.

150. *Reffemblances & diffemblances des Vivi-*
     pares & des Ovipares.
Analogies du Végétal & de l'Animal.

AINSI les Petits des Vivipares éclofent dans
le Ventre de leur Mère ; ceux des Ovipares,
après en être fortis. Ces derniers prennent dans
l'Oeuf, pendant l'Incubation, un accroiffement
proportionnel à celui que les autres prennent
dans la Matrice.

LA plûpart des Végétaux font à la fois Ovipares & Vivipares.   La Graîne eft analogue à
l'Oeuf, le Bouton à la Véficule.   L'Embrion
s'implante dans la Matrice ; la petite Plante ca-
chée dans le Bouton s'unit au Tronc.

151. *Que la Graîne & l'Oeuf, le Bouton &*
     la Véficule renferment originairement un

(*) Mr. LITTRE, Mém. de l'Acad. des Scienc. An. 1701.
p. 109. in 4to.
(†) *Traité d'Infectologie*, 1re Part. Obf. VIII, IX, XIX.

Embrion que sa petitesse & sa transparen-
ce rendent invisible.
Passage de Mr. DE HALLER *qui achève de le*
démontrer.

LA Graîne & l'Oeuf, le Bouton & la Vésicule renferment donc un Germe que sa petiteffe & sa transparence rendent invisible. S'il est
démontré que le Jaune est une continuation des
Intestins du Poulet, il l'est que le Poulet a exis-
té dans l'Oeuf avant la fécondation. (P R E M.
F A I T.) Les Oeufs qui n'ont point été fécondés ont un Jaune, qui ne diffère point de celui
qu'on trouve dans les Oeufs fécondés. Mr. DE
HALLER, fait sentir l'absurdité qu'il y auroit à
suppofer que le Jaune fourni par la Poule se feroit greffé avec le Germe fourni par le Coq.
„ Le Jaune, dit-il, (*) a des Vaiffeaux, des
„ Artères, & des Veines. Sans les Artères sa
„ Liqueur ne seroit pas née, sans les Veines,
„ elle n'auroit point eu de circulation, & on
„ ne sauroit suppofer d'Artères sans Veines.
„ Mais ces Artères du Jaune & ces Veines naif-
„ fent uniquement des Artères & des Veines
„ Méfentériques du Fœtus. La Caufe du mou-
„ vement du Sang du Jaune vient donc du Fœ-
„ tus: le terme de la réforbtion du Jaune est
„ encore dans le Fœtus; le Jaune en est donc
„ une Partie, & n'a pû exifter sans lui.”

(*) *Obf. fur le Poulet* &c. pag. 188. &c. Mém. II.

I 4

CETTE réponse porte également contre la supposition qu'on voudroit faire, que le Germe fourni par le Mâle se greffe avec les Parties de la Vésicule destinées à le nourrir, & à le faire croître. Sans doute que la Vésicule est douée d'une Organisation analogue à celle de l'Oeuf, & rélative à la même fin.

152. *Fausseté de l'opinion qui veut que le Germe réside originairement dans la Liqueur que fournit le Mâle.*

LES Liqueurs séminales ne sont donc point des véhicules qui portent le Germe dans la Graîne ou dans l'Oeuf, comme dans le logement préparé pour le recevoir. Il faut aujourdhui renoncer à une opinion qui n'a plus en sa faveur que des noms célèbres. La découverte de la préexistence du Poulet à la fécondation nous ramène à la conjecture que j'ai exposée dans le Chapitre III. (*) sur l'usage de ces Liqueurs.

153. *Combien la Découverte de Mr. DE HALLER, peut contribuer à répandre de jour sur le Mystère de la Génération. Sagacité qu'elle prouve dans son Auteur. Art de voir.*

CETTE Découverte est un des grands pas que

(*) Consultez les Articles 39, 40, 41, 42 & 43. Je développerai davantage mon hypothèse à la fin de cet Ouvrage, & en l'appliquant à de nouveaux cas, j'en ferai mieux sentir la probabilité.

la Phyſique des Corps organiſés ait fait de nos jours. On attendoit la déciſion de la Queſtion, des Expériences multipliées qu'on tenteroit ſur les *Mulets* ; & on n'avoit pas ſoupçonné que la ſeule inſpection d'un Oeuf de Poule pût ſuffire pour la décider. Tout le Monde ſçavoit que les Oeufs qui n'ont point été fécondés ont un Jaune ; mais, perſonne avant Mr. DE HALLER, n'avoit apperçû les rapports qui lioient ce Fait ſi connu à la grande Queſtion de l'origine du Germe. C'eſt ainſi que NEWTON s'élevoit de la contemplation d'une Bulle de Savon à la Théorie de la Lumière. L'Art de voir eſt l'Art d'appercevoir les rapports, & tout s'enchaîne aux yeux du Génie.

154. *Récapitulation des Faits ſur le Poulet, & Remarques ſur ces Faits. Que l'Etat de fluidité n'eſt qu'une aparence.*

LE Germe paroît d'abord fluïde, il eſt tranſparent ; peu à peu il perd de ſa tranſparence ; il devient gélatineux : enfin il offre des Parties ſolides. (II. III. IV. FAIT.)

ON ſe tromperoit ſi l'on penſoit que le Germe eſt originairement un véritable Fluïde. Les Fluïdes ne ſont pas organiſés ; le Germe l'eſt, & l'a été dès le commencement. Lors qu'il s'offre à nous ſous l'apparence trompeuſe d'un Fluïde, il a des Vaiſſeaux, & ces Vaiſſeaux s'acquittent de leurs fonctions eſſentielles.

I 5

(VI. FAIT.) Ils font donc folides ; mais, leur délicateffe extrême paroît les raprocher de la fluïdité.

L'IMPULSION des Liquides dilatant de plus en plus les Vaiffeaux, ils admettent des Particules de plus en plus hétérogènes. La tranfparence s'altère ; la blancheur lui fuccède, & à celle-ci les couleurs. (IV. FAIT.)

TANDIS que les Vifcères demeurent immobiles & tranfparents ils font invifibles, quoi qu'ils ayent déjà acquis une grandeur bien fupérieure à celle qui pourroit les rendre perceptibles. (III. FAIT.)

LA forme & la fituation concourrent avec le repos & la tranfparence à tromper l'Obfervateur préocupé, ou peu attentif. On a peine à reconnoitre le Poulet fous la forme d'un petit Filet blanchâtre, immobile, étendu en ligne droite, & terminé par une excroiffance. On méconnoit le Cœur fous celle d'un Anneau demi-circulaire, placé en apparence hors de la Poitrine. (V. FAIT.)

155. *Réflexions fur l'Efprit de Syftème.* *Comment Mr.* DE HALLER, *eft revenu de* l'Epigénéfe *à* l'Evolution.

JE viens de réfumer les Faits. Nôtre illuftre Auteur en déduit une conféquence générale en faveur de *l'Evolution*, ou du *Développement*. Ce qu'il dit (*) fur ce fujet revient

_____

(*) *Obfervation fur le Poulet &c.* Pag. **178. 186.** Mém. II.

précisément à ce que je disois dans le Chapitre VIII, art. 125. J'y renvoye mon Lecteur. Il jugera que je n'ai pas dû être surpris des Observations de Mr. DE HALLER, & de la conséquence judicieuse qu'il en tire.

L'ESPRIT de Système enfante quelques fois des Théories qu'il s'efforce ensuite de confirmer par des Expériences. Nôtre Siècle nous fournit des exemples célèbres qui prouvent trop bien que cet Esprit n'est pas heureux à saisir la Nature, pour qu'il ne faille pas se défier beaucoup des Expériences par lesquelles il prétend la consulter. Si l'on ignoroit à quel point Mr. DE HALLER excelle dans l'Art d'observer, on ne craindroit pas qu'il s'en fut laissé imposer, quand on sauroit, qu'avant ses Observations sur les Oeufs, il n'inclinoit point vers l'*Evolution. Je n'ai aucun Système sur la Génération*, m'écrivoit-il un jour : *déprévenu de l'Evolution, je vois de plus en plus une Matière simple & gluante se construire & se figurer peu à peu.*

C'A donc été l'Expérience seule, & point du tout les intérêts d'un système chéri, qui a porté nôtre savant Physicien à embrasser enfin une idée qu'il ne m'avoit jamais été possible de dépouiller. J'avois toûjours pensé qu'une Glu qui paroit s'organiser, étoit déjà organisée. Il n'avoit jamais pû m'entrer dans l'esprit, que les Parties d'une Plante, ou d'un Animal, se formassent successivement. Plus je réfléchissois sur une telle formation, & plus je sentois l'insuffi-

ſance des moyens méchaniques célébrés avec
tant de complaiſance par divers Auteurs. J'inſiſtois là-deſſus auprès de Mr. DE HALLER,
lorſque j'en reçus cette réponſe. *Je ſuis fort
de vôtre ſentiment ſur la Glu organique. Un
Sel diſſous dans l'Eau, conſerve des cubes inviſibles. Il y auroit un ſaut ſi le petit Animal devenu viſible par le ſecours de l'eſprit de vin au
18me. jour, & déjà tout formé, avoit été fluide le jour d'auparavant. Il exiſtoit ſans doute
à peu-près de même; mais ſa tranſparence nous
le déroboit.*

Les Obſervations ſur les progrès du Poulet
dans l'Oeuf, ont achevé de convaincre Mr. DE
HALLER, de la probabilité de l'Evolution. Il
faut l'entendre lui-même dans ſes *Corollaires
mêlés* (*).

„ J'AI aſſés laiſſé entrevoir dans mes Ouvra-
„ ges que je panchois vers l'*Epigénéſe*, & que
„ je la regardois comme le ſentiment le plus
„ conforme à l'Expérience. Mais ces matières
„ ſont ſi difficiles, & mes Expériences ſur l'Oeuf
„ ſont ſi nombreuſes, que je propoſe avec moins
„ de répugnance l'opinion contraire, qui com-
„ mence à me paroître la plus probable. Le
„ Poulet m'a fourni des raiſons en faveur du
„ développement, que je crois devoir offrir
„ au jugement du Lecteur ".

Notre Auteur s'explique plus clairement en-

*) *Mémoires ſur le Poulet &c.* pag. 172.

core dans le Paragraphe fuivant (*) qui forme
fa Conclufion.

„ Je crois en avoir affez dit pour faire fen-
„ tir les raifons, qui me raprochent de l'Evo-
„ lution. Il me paroît très probable, que les
„ Parties effentielles du Fœtus fe trouvent fai-
„ tes de tout tems; non pas à la vérité telles
„ qu'elles paroiffent dans l'Animal adulte : el-
„ les font difpofées de façon, que des Caufes
„ certaines, & préparées, preffant les accroif-
„ femens de quelques-unes de ces Parties, em-
„ pêchant celui des autres, changeant les fi-
„ tuations, rendant vifibles des Organes autre-
„ fois diaphanes, donnant de la confiftence à
„ des Fluïdes & à de la Mucofité, forment à
„ la fin un Animal bien différent de l'Embrion,
„ & dans lequel il n'y a pourtant aucune Par-
„ tie, qui n'ait exifté effentiellement dans l'Em-
„ brion. C'eft ainfi que j'explique le dévelop-
„ pement.

156. *Réfultats généraux des Obfervations de Mr.* DE HALLER *fur le Poulet.*

Toutes les Obfervations de Mr. DE HAL-
LER concourent donc à établir;

I. Que le Germe préexifte à la Fécondation.

II. Que toutes fes Parties effentielles ont co-
exifté dans le même tems.

III. Que le développement des unes paroît

(*) Page 186.

précéder celui des autres.

IV. Que leur confiftance, leurs proportions rélatives, leur forme, leur fituation fubiffent peu à peu de très grands changemens.

157. *Parallèle de ces Obfervations avec celles de* HARVEY *fur la Génération des Biches, expofées par l'Auteur de la* Vénus Phyfique.

LES Partifans de la Production méchanique & fucceffive du Fœtus, produifent en leur faveur les belles Expériences de HARVEY, fur la Génération des Biches, & les oppofent avec confiance au Syftème du Développement. Perfonne ne les a expofées avec plus d'art que l'Auteur de la *Vénus Phyfique*, cet Ouvrage ingénieux, mais dont la manière peu philofophique eft fouvent plus propre à exciter des fenfations que des perceptions. Je tranfcrirai ici le précis que cet Auteur nous donne des Découvertes de HARVEY, & je le comparerai au précis que j'ai donné de celles de Mr. DE HALLER. On ne foupçonnera pas l'Auteur de la *Vénus Phyfique* d'avoir affoibli les Expériences du Phyficien Anglois; il étoit trop intéreffé à y trouver des preuves directes de l'*Epigénéfe*.

„ DES (*) filets déliés étendus d'une cor„ ne à l'autre de la Matrice, formoient une éf„ pèce de réfeau femblable aux toiles d'Arai-

_____
(*) *Vénus Phyfique*, Chap. VII. Edition de 1745. en 2 Parties.

„ gnée ; & s'infinuant entre les rides de la
„ Membrane interne de la Matrice, ils s'entre-
„ laçoient autour des Caroncules, à peu près
„ comme on voit la *Pie-mère* fuivre & em-
„ braffer les contours du Cerveau.

„ CE réfeau forma bientôt une poche, dont
„ les dehors étoient enduits d'une matière fé-
„ tide ; le dedans liffe & poli, contenoit une
„ Liqueur femblable au blanc d'Oeuf, dans la-
„ quelle nageoit une autre enveloppe fphéri-
„ que remplie d'une Liqueur plus claire & crif-
„ talliné. Ce fût dans cette Liqueur qu'on ap-
„ perçût un nouveau prodige. Ce ne fût point
„ un Animal tout organifé, comme on le de-
„ vroit attendre des Syftèmes précédens : ce
„ fût le principe d'un Animal, *un Point* vi-
„ vant (*) avant qu'aucune des autres Parties
„ fuffent formées. On le voit dans la Liqueur
„ criftalline fauter & battre, tirant fon accroif-
„ fement d'une Veine qui fe perd dans la Li-
„ queur où il nage ; il battoit encore, lors
„ qu'expofé aux rayons du Soleil, HARVEY le
„ fit voir au Roi.

„ LES Parties du Corps viennent bientôt s'y
„ joindre ; mais en différent ordre, & en dif-
„ férens tems. Ce n'eft d'abord qu'un Muci-
„ lage divifé en deux petites maffes, dont l'u-
„ ne forme la Tête, l'autre le Tronc. Vers
„ la fin de Novembre le Fœtus eft formé ; &
„ tout cet admirable ouvrage, lorfqu'il paroît

(*) *Punctum Saliens.*

„ une fois commencé, s'achève fort prompte-
„ ment. Huit jours après la première appa-
„ rence du Point vivant, l'Animal eſt tellement
„ avancé, qu'on peut diſtinguer ſon Sexe. Mais
„ encore un coup cet ouvrage ne ſe fait que
„ par Parties ; celles du dedans ſont formées
„ avant celles du dehors ; les Viſcères & les
„ Inteſtins ſont formés avant que d'être cou-
„ verts du *Thorax* & de l'*Abdomen*; & ces der-
„ nières Parties deſtinées à mettre les autres à
„ couvert, ne paroiſſent ajoutées que comme
„ un toît à l'édifice ”.

L'AUTEUR termine le récit de ces Expériences par quelques réflexions qu'il préſente comme des réſultats, & qu'il fait oppoſer ſans af-
fectation aux différens Syſtèmes dont il médite
la ruïne.

„ VOILA`, dit-il, (*a*) quelles furent les
„ Obſervations DE HARVEY. Elles paroiſſent
„ ſi peu compatibles avec le Syſtème des Oeufs
„ & celui des Animaux ſpermatiques, que ſi
„ je les avois raportées avant que d'expoſer ces
„ Syſtèmes, j'aurois craint qu'elles ne prévinſ-
„ ſent trop contr'eux, & n'empêchaſſent de
„ les écouter avec aſſez d'attention ”.

„ Au-lieu de voir croître l'Animal par l'*In-
„ tuſſuſception* d'une nouvelle matière, com-
„ me il devroit arriver s'il étoit formé dans
l'Oeuf

(*a*) Chap. VII. *ſub fine.*

„ l'Oeuf de la Femelle, ou si c'étoit le petit
„ Ver qui nage dans la semence du Mâle ; ici
„ c'est un Animal qui se forme par la *Juxta-*
„ *position* de nouvelles Parties. HARVEY voit
„ d'abord se former le Sac, qui le doit conte-
„ nir : & ce Sac, au-lieu d'être la Membrane
„ d'un Oeuf qui se dilatéroit, se fait sous ses
„ yeux, comme une toile dont il observe les
„ progrès. Ce ne sont d'abord que des filets
„ tendus d'un bout à l'autre de la Matrice ; ces
„ filets se multiplient, se serrent, & forment
„ enfin une véritable Membrane. La forma-
„ tion de ce Sac est une merveille qui doit ac-
„ coutumer aux autres.

„ HARVEY ne parle point de la formation
„ du Sac intérieur dont, sans doute, il n'a pas
„ été témoin : mais il a vû l'Animal qui y na-
„ ge, se former. Ce n'est d'abord qu'un point,
„ mais un point qui a la vie, & autour du-
„ quel, toutes les autres Parties venant s'ar-
„ ranger forment bientôt un Animal (*a*).

APRE's avoir combattu le Système des Oeufs
& celui des Animalcules, l'Auteur de la *Vénus*
Physique passe à l'exposition de son propre Système, & conclud (*b*) *qu'il est le seul qui puis-*
se subsister avec les Observations de HARVEY.

CETTE conclusion n'est pas aussi favorable à

(*a*) GUILLELM. HARVEY. *De Cervarum & Damarum coïtu*
Exercit. LXVI.
(*b*) Chap. XVII. à la fin.

K

nôtre Auteur qu'il l'avoit préfumé, & il le re-
connoîtroit peut-être aujourd'hui fi la mort ne
l'avoit enlevé à la République des Lettres dont
il étoit un grand Ornement. Loin que les Expériences de HARVEY favorifent l'étrange Syftème de la *Vénus Phyfique*, il eft aifé d'apercevoir qu'elles ont une grande conformité avec
celles de Mr. DE HALLER fur la Formation du
Poulet. HARVEY avoit beaucoup vû, mais à
travers un nuage : les nouvelles Découvertes
nous aident à percer ce nuage, & à démêler le
vrai des Expériences de ce grand Homme.

158. *Obfervation de l'Auteur fur le* Point vivant. *Suite du Parallèle.*

CE Point vivant, *Punctum Saliens*, dont
l'Auteur de la *Vénus Phyfique* parle comme d'un
prodige, & qu'il fait envifager comme le premier principe d'un Animal qui fe forme par *juxta-pofition*, ce Point, dis-je, Mr. DE HALLER
l'a beaucoup obfervé dans le Poulet. Je l'y ai
obfervé moi-même une infinité de fois, il y
a bien des années. Je m'arrêtois avec plaifir
à en contempler les mouvemens, toûjours fi
prompts, fi réglés, fi conftants. Je l'ai vû
auffi diftinctement dans le Germe de la Caille,
que dans celui du Poulet. Les Fours que Mr.
DE REAUMUR a inventés (*a*) mettent à portée
de jouïr en tout tems d'un fpectacle fi propre

(*a*) *Art de faire éclorre & d'élever en toute Saifon des Oifeaux domeftiques de toutes Efpéces,* &c. Paris 1751. Vol. 2.

à intéreſſer la curioſité d'un Phyſicien , & lui
permettent de ſuivre à ſon gré le Développement du Germe dans des Oiſeaux de toute eſpèce. Il ne faut pas même une grande habi-
leté dans l'art d'obſerver pour découvrir ce Point
vivant ; il ne faut que des yeux , & un jour
tant ſoit peu favorable. Aristote l'avoit aperçû le premier : Harvey lui-même l'avoit auſſi
obſervé, & après lui bien d'autres Auteurs (a).

Le Point vivant , dit l'Auteur de la *Vénus
Physique* , *tiroit ſon accroiſſement d'une Veine
qui ſe perdoit dans la Liqueur où il nageoit :* on
ne peut méconnoître ici les rapports qui lient
cette Veine aux Vaiſſeaux par leſquels le Germe du Poulet reçoit ſa nourriture.

Les Parties du Corps , c'eſt toûjours nôtre
Auteur qui parle, *venoient bientôt ſe joindre au
Point vivant ; mais en différent ordre , & en
différens tems. Ce n'étoit d'abord qu'un Mucilage diviſé en deux petites Maſſes , dont l'une
formoit la Tête, l'autre le Tronc.* C'eſt encore
ainſi que le Poulet ſe montre d'abord : il eſt
mucilagineux, & diviſé de même en deux petites Maſſes, dont l'une forme la Tête , &
l'autre le Tronc. (V. Fait.) Mais ces Parties
ne vont pas ſe joindre au Point vivant , il eſt
aiſé de reconnoître qu'elles coëxiſtent dès le
commencement avec lui.

(a) *Mémoires de Mr.* de Haller *ſur le Poulet : Expoſé des
Faits ;* page 4. & ſuivantes.

Tout cet admirable ouvrage, continuë l'Auteur, lorsqu'il paroît une fois commencé, s'achève fort promptement. *Huit jours après la première apparence du Point vivant, l'Animal est très avancé. Mais encore un coup, cet ouvrage ne se fait que par Parties : celles du dedans sont formées avant celles du dehors ; les Viscères & les Intestins sont formés avant que d'être couverts du Thorax & de l'Abdomen ; &c.* Les accroissements du Poulet ne sont jamais plus rapides que pendant les premiers jours. Ses Viscères paroissent de même se former successivement, & avant les Parties destinées à les recouvrir. Le Cœur se montre le premier sous la forme d'un Point vivant : il est très visible sur la fin du second jour. (III. Fait.) Autour de ce Point on voit naître successivement tous les Viscères. Le Foye est celui dont la formation paroît s'achever le plutôt : on le découvre le quatrième jour. L'estomach, le Poûmon, les Reins s'offrent ensuite le cinquième & le sixième jour. Enfin, les Intestins apparoissent le septième jour ; la Vésicule du Fiel, le huitième (*a*). Les Téguments ne semblent pas exister encore.

Si l'Auteur de la *Vénus Physique*, toûjours prévenu de l'*Epigénèse*, avoit eu à exposer ces Phénomènes, il en auroit sans doute tracé un tableau parfaitement semblable à celui qu'il nous

(*a*) *Mémoires sur le Poulet*, Sect. VIII. IX. X. *Corollaires mêlés*, page 176. 177.

a tracé des Expériences de HARVEY. Il est
pourtant des preuves incontestables que ce ne
font là que de simples phases, de pures apparences, & que toutes les Parties du Poulet co-
exiftent à la fois. Dès qu'un Viscère devient
vifible, on l'aperçoit en entier. On ne le voit
point fe former par un aggrégat de molécules,
croître par *juxta-pofition*. Le Poûmon n'est vifible que lorfqu'il a atteint dix centièmes de
longueur : il eft démontré qu'il auroit pû l'être
avec quatre de ces centièmes feulement. (HI.
FAIT.) S'il ne l'étoit pas, c'étoit donc uniquement à caufe de fa tranfparence ; car il n'a pû
acquérir tout d'un coup dix centièmes de longueur. Les Reins ne font vifibles que le fixième jour, & cependant ils fourniffoient déjà
l'Urine à une *Allantoïde* confidérable dès la fin
du troifième jour (*a*). Des Membranes d'une
fineffe & d'une tranfparence parfaites, s'épaif-
fiffant peu à peu, forment enfin les *Téguments*
(*b*) qui, pour me fervir des termes de l'Auteur de la Vénus Phyfique, *ne paroiffent ajou-*
tés que comme un Toît à l'Edifice.

JE ne pousserai pas plus loin ce parallèle entre les Obfervations de HARVEY & celles de Mr.
DE HALLER : les traits de reffemblance que je
viens de recueillir font les plus faillants, & fuf-
fifent à mon but.

(*a*) *Mém. fur le Poul.* Sect. X. *Corollaires mélés* pag, 192.
(*b*) Corol. mél. pag. 175.

K 3

CHAPITRE X.

Remarques sur les Métamorphoses, *sur l'Evolution & sur l'Accroissement.*

> 159. *Uniformité dans la manière dont les Quadrupédes & les Oiseaux se développent.*
>
> *Changemens du Poulet comparés aux Métamorphoses des Insectes.*

Les Quadrupédes, comme les Oiseaux, parviennent donc à l'état de perfection par une *Evolution*, dont les dégrés sont plus ou moins sensibles. Des Organes qui n'existoient point à nôtre égard, existoient par rapport à l'Embrion, & s'acquittoient de leurs fonctions essentielles, le terme de leur apparition, est ce qu'on a pris, par erreur, pour le commencement de leur existence.

Les changements que le Poulet subit dans l'Oeuf, peuvent être comparés aux *Métamorphoses* des Insectes. Sous sa première forme le Poulet paroît ne différer pas moins du Poulet parfait, que la *Chenille* diffère du *Papillon.* Mais, le Papillon comme le Poulet, parvient à l'état de perfection par une Evolution dont les MALPIGHI, (*a*) les SWAMMERDAM, (*b*) les REAUMUR, (*c*) nous ont dévoilés les dégrés.

(a) *Dissert. Epist. de Bomb.*
(b) *Hist. Insect. Gen. Bib. Nat.*
(c) *Mém. pour servir à l'Hist. des Ins.* Tome I. Mém. VIII & XIV.

160. *Apparences trompeuses dans les Métamorphoses des Insectes. Réflexions sur ce sujet. Le* Papillon *existoit déjà dans la* Chenille *& comment.*

IL ne faut à la Chenille que quelques instants
pour paroître à nos yeux sous la forme de *Chrysalide*, & l'on sçait que la Chrysalide n'est que
le Papillon lui-même emmaillotté. L'Insecte
paroît donc passer subitement de l'état de Chenille à celui de Papillon. Avant qu'on se fut
avisé de soupçonner que tous les Secrets de la
Nature n'étoient pas renfermés dans les Anciens, on regardoit le changement subit de la
Chenille en Papillon comme une véritable Métamorphose, dont on se mettoit peu en peine
d'expliquer le comment. Des Hommes qui re-
cevoient sans scrupule les Générations *équivoques*, pouvoient-ils ne pas admettre les Métamorphoses? Mais, enfin, le tems est venu où
les Naturalistes se sont aperçus qu'ils avoient
des yeux pour observer, & des doigts pour dis-
séquer: on a donc observé & disséqué, & les
Métamorphoses ont disparu. On est allé chercher le Papillon dans la Chenille elle-même, &
l'on est parvenu à l'y découvrir. Sa Trompe,
ses Antennes, ses Aîles étoient roulées, con-
tournées, & pliées avec un tel art qu'elles n'oc-
cupoient qu'une très petite place sous les deux
premiers anneaux de la Chenille. Dans les six
premières Jambes de celle-ci, étoient emboî-

tées les six Jambes du Papillon. Ce n'est pas
tout encore, l'on est parvenu à découvrir les
Oeufs du Papillon dans la Chenille assés long-
tems avant la transformation. (a)

161. Conséquence sur la Préexistence origi-
nelle du Papillon.
La Chenille comparée à un Oeuf.

TOUTES les Parties extérieures & intérieures
du Papillon qu'on a découvertes dans la Chenille, y avoient déjà acquis une grandeur considérable: elles existoient donc auparavant, &
on les découvriroit sans doute dans la Chenille
naîssante, si l'Art humain pouvoit aller jusques
là.

CE que l'Oeuf est au Poulet, la Chenille
l'est donc au Papillon. Elle rassemble, dige-
re & façonne les sucs destinés à procurer le développement de celui-ci. Les Viscères de la
Chenille font les espèces de Laboratoires où
ces préparations s'opèrent.

162. Faits qui prouvent que les Végétaux sui-
vent, comme les Animaux, la Loi de
l'Evolution.

LA même Evolution qui conduit les Animaux
à la perfection qui est propre à leur Espèce, y
conduit tous les Végétaux. On les retrouve
dessinés en mignature dans les Graînes & dans

(a) *Mém. pour servir à l'Hist. des Ins.* Tome I. pag. 359.
in 4to.

les Boutons. Les Fleurs du *Poirier* que nous voyons s'épanouïr au printemps, étoient déjà visibles dès l'année précédente. La sagacité de quelques Observateurs a percé cette nuit, & surpris la Nature occupée à préparer de loin les *Pépins*. (*a*) On remonte plus haut encore dans la formation des Plantes *à Oignons*. Le Noyau de *l'Amande* renferme originairement une substance glaireuse analogue au Jaune de l'Oeuf, surmontée d'une Vésicule pleine d'une Liqueur transparente analogue au Blanc , & qui sont l'une & l'autre destinées à nourrir l'Embrion caché dans le Fruit. (*b*) Il tire cette nourriture par de petits Vaisseaux qu'on voit ensuite se ramifier dans l'intériéur des *Lobes* , & qui peuvent être comparés aux Vaisseaux *ombilicaux* du Poulet. Je suis parvenu à les rendre très sensibles par des injections colorées. (*c*) L'Embrion offre deux Parties très distinctes, la *Plumûle* & la *Radicule*. La première contient les éléments de la Tige & des Branches; la seconde ceux de la Racine & de ses Ramifications. Lá Radicule perce bientôt la Terre pour y puiser des nourritures plus fortes, & les injections m'ont encore appris que c'est à son extrêmité, terminée en pointe, que se trou-

(*a*) *La Physique des Arbres*, par Mr. DUHAMEL , Liv. III. Art. I. page 203. Ire Partie ; in 4to Paris. 2 Parties 1758.
(*b*) *Phys. des Arb.* Liv. III. Art. VIII. Ire Partie, Liv. IV. Chap. I. Pag. 3. 2de Partie.
(*c*) *Recherches sur l'usage des Feuilles dans les Plantes*, &c. pag. 256.

K 5

vent les Organes qui pompent ces nourritures &
les font paſſer dans le Corps de la Plante. (*a*)
Ces Organes ſont à la Plante, ce que la Bouche eſt à l'Animal. Les Parties de l'Embrion
logé dans la Graîne, ou dans le Bouton, y
ont des formes & un arrangement qui diffèrent
beaucoup de ceux qu'elles auront après s'être
développées ; mais elles n'en renferment pas
moins dès le commencement, tout ce qui eſt
eſſentiel à l'Eſpèce.

163. *Que l'Impulſion du Cœur eſt la princi-*
pale puiſſance qui opère le Développement
dans l'Animal.
Remarques ſur les changemens de couleur du
Sang & ſur l'Oſſification.

LES Corps organiſés croiſſent donc par le
Développement de leurs Parties en tout ſens,
& à meſure qu'elles ſe développent, leurs formes & leur ſituation primitives ſubiſſent des
changemens plus ou moins conſidérables, &
plus ou moins rapides. (V. FAIT.) La principale puiſſance qui paroît opérer ce Développement dans les Animaux, eſt l'Impulſion du
Cœur. Animé dans la conception par l'influence de la Liqueur ſéminale, il ſe dilate, & en ſe
contractant ſubitement, il chaſſe le Fluïde dans
les Vaiſſeaux. Ce Fluïde, qui ſera dans la ſuite du véritable Sang, n'eſt encore qu'une Liqueur tranſparente, & preſque ſans couleur.

(*a*) *Recherches ſur l'uſage des Feuilles* &c. pag. 250, 251.

Bientôt il perd fa tranfparence & devient jaune, & au bout de trois jours, d'un rouge très
vif. (*a*) L'Impulfion du Sang contre les Membranes les étend de plus en plus. De cette extenfion réfultent le prolongement & l'élargiffe-
ment des principaux Troncs, & le Développement fucceffif de toutes les Branches. Les fucs
nourriciers en pénétrant en même tems dans
les Mailles des Tiffus, augmentent les maffes.
(CHAP. II.) Les Eléments fe rapprochent, &
leur attraction mutuelle croit en raifon de leur
approximation, & du contact. (II. FAIT.) L'Offification ne commence que lors que les Vaiffeaux devenus plus larges admettent des Globules rouges. Le battement continuel des Artères qui rampent entre les Lames offeufes,
tend à endurcir ces Lames. La *Terre* que les
Globules rouges charient avec eux, & dont la
proportion augmente de jour en jour, contribuë auffi à la dureté & à la fragilité des Parties
offeufes. (*b*) La pulfation des Artères qui rampent entre les Parties molles, peut concourir de
même à augmenter la confiftence de ces Parties.

Tous ces effets dépendent en dernier reffort
de la force du Cœur ; celle-ci dépend elle-mê-
mê de la chaleur. Dans les Fœtus foibles, ou
mal couvés, le Sang demeure plus long-tems

(*a*) Mr. DE HALLER, *Mém. II. fur le Poulet*, Section IV.
page 35. & fuivantes.
(*b*) *Mémoires fur la Formation des Os*, par Mr. DE HALLER,
page 252. & fuivantes: à Laufanne chez Bousquet, in 12mo
1758.

jaune ; l'Offification commence plus tard , & le Développement eft plus lent. (*a*)

164. *Exemple remarquable de l'Evolution dans la* Membrane ombilicale *du Poulet.*

LA Membrane ombilicale fournit un exemple de l'Accroiffement , qui peut s'appliquer à toutes les Parties du Corps. Cette Membrane n'eft d'abord qu'une efpèce de parenchyme , une pulpe molle. La force du Cœur y fait naître par dégrés des traces réticulaires. Ces traces ne font au commencement que des points. Bientôt elles deviennent des lignes. Ces lignes fe colorent peu à peu , & ce font enfin des Artères & des Veines divifées à de fort petits angles. Ces angles grandiffent ; des aires blanches fe forment entre les Vaiffeaux ; elles fe dilatent infenfiblement , à peu près comme fe dilatent les efpaces compris entre les Nervures d'une Plante. (*b*) ,, Qu'on rétrograde , dit ,, Mr. DE HALLER , dans la confidération des ,, changemens fucceffifs de cette Membrane ,, ombilicale, on fe convaincra aifément qu'elle a toûjours exifté avec fes Vaiffeaux, qu'elle a été repliée fur elle-même , que l'impulfion du Sang a prolongé les Artères , ou dévidé ces plis , qu'elle a éloigné les Vaiffeaux ,, les uns des autres , & a donné à la Membra-

(*a*) *Mém.* II. *fur la Formation du Poulet*, pag. 35. & fuivantes. 262.
(*b*) *Corollaires mêlés*, pag. 173. & fuivantes.

„ ne fa largeur, fa longueur, fes aires blan-
„ ches, fa folidité même.”

165. Solides *de l'Embrion repliés originaire-*
ment fur eux-mêmes : exemple pris des Jam-
bes & des Aîles du Papillon.

IL femble donc que les Solides de l'Embrion
foient repliés originairement fur eux-mêmes, &
que l'impulfion du Sang tende continuellement
à les déployer. On découvre à l'oeil ce replie-
ment dans les Jambes du Papillon pendant qu'elles font encore emboîtées & comme concentrées
dans celles de la Chenille incomparablement plus
courtes. On **croit** voir un Reffort à *boudin* chargé d'un poids. Bientôt l'impulfion des humeurs
déploye ces Jambes & en efface les plis. (*a*)
Il en eft à peu près de même des Aîles. Avant
la naiffance du Papillon, elles ont beaucoup d'é-
paiffeur & fort peu d'étenduë. Elles femblent
être repliées fur elles-mêmes en manière de
zic - zac. Immédiatement après la naiffance,
l'impulfion des liquides, aidée de certains mouvemens, les déploye, & elles perdent en é-
paiffeur ce qu'elles gagnent en étenduë. (*b*)

166. *De l'augmentation de maffe des Solides*
par l'incorporation des Matières alimentai-
res. Injections colorées propres à répandre
du jour fur cette Incorporation.

(*a*) *Mémoires pour fervir à l'Hiftoire des Infectes*, Tom. I.
pag. 365 & 366.
(*b*) Ibid. pag. 614. & fuivantes.

Mais, fi le Méchanifme organique fe réduifoit à cette fimple Evolution, les Corps organifés n'acquerroient pas plus de maffe en fe développant. Il en feroit de tous les Solides comme des Aîles du Papillon. L'augmentation de maffe qu'ils acquièrent en croiffant, leur vient du dehors. Elle eft le produit de l'affociation d'un nombre infini de Molécules différentes, que la Nutrition leur affimile. Nous ignorons, & nous ignorerons long-tems le fecret de cette Affimilation. Nous voyons en général qu'elle peut dépendre de l'appropriation du calibre des Vaiffeaux, à la groffeur, & peut-être encore à la figure des Molécules qu'ils doivent admettre ou féparer pour une certaine fin. Il paroît clairement que la Nature fait paffer la matière alimentaire par une fuite de Vaiffeaux dont les diamètres fe dégradent de plus en plus, & qui l'introduifent enfin dans les Mailles, ou le Tiffu cellullaire des Solides. L'incorporation de la *Garance* dans le Tiffu cellullaire des Os, (*a*) & celle des matières colorantes dans le Tiffu des Plantes qu'on injecte (*b*), donnent une légère idée de l'affociation des matières alimentaires. Les Artères ne fe nourriffent pas de ce même Sang qu'elles diftribuent par-tout : elles ont de petits Vaiffeaux qui apportent à leurs Tuniques la nourriture qu'ils ont féparée du

(*a*) *Mémoires fur la Formation des Os*, par Mr. DE HALLER, page 257.
(*b*) *Recherches fur l'Ufage des Feuilles dans les Plantes*, Art. V. *Phyfique des Arbres*, Liv. V. Chap. II. Art. VII.

Sang. J'ai déjà touché à l'Accroiſſement dans le Chap. II. J'ai traité dans le Chap. VI. de la Nutrition conſidérée rélativement à la Génération : je renvoye mon Lecteur à ces deux Chapitres.

167. De la tranſpiration inſenſible qui ſe fait tandis que l'Embrion ſe développe.
Idée des moyens d'abréger ou de prolonger à volonté la vie de l'Embrion.
Du Principe vital dans l'Animal.
Conſéquences.

TANDIS que le Fœtus ſe développe dans l'Oeuf, il tranſpire ; car la Coque dure & cruſtacée, ſous laquelle il eſt renfermé, a des pores préparés pour laiſſer paſſer la matière de la tranſpiration inſenſible. L'Enveloppe cruſtacée des Chryſalides, a auſſi ſes pores, & pour la même fin. Des Expériences curieuſes que je n'ai fait encore qu'indiquer, nous ont appris qu'en accélérant ou en retardant la tranſpiration inſenſible, l'on abrège, ou l'on prolonge preſque à volonté la durée de la vie des Papillons, & de pluſieurs autres eſpèces d'Inſectes. On voit aſſés que je veux parler des Expériences dont Mr. DE RÉAUMUR a donné le détail dans le premier Mémoire du Second Volume de ſa belle Hiſtoire des Inſectes. Pour devenir Papillons, quelques eſpèces de Chryſalides doivent perdre par la tranſpiration inſenſible environ la dix-huitième partie de leur poids. Cette quantité varie en différents ſujets. La maſ

tière de la transpiration est une Liqueur très
limpide. Pendant que cette matière demeure
renfermée dans l'intérieur de l'Animal, elle sépare en quelque sorte les éléments, elle s'op-
pose à leur union, & retarde ainsi l'Accroissement & l'endurcissement. On accélérera donc
l'un & l'autre, ou ce qui revient au même,
l'on abrégera la durée de la vie de l'Insecte, si
on le tient dans un lieu chaud, par exemple,
dans une Etuve, ou dans un Four à Poulet.
Là, un jour sera pour l'Insecte, ce qu'auroient
été pour lui, dans l'ordre naturel, une semai-
ne, ou même un mois. Le contraire arrivera
si l'on renferme la Chrysalide dans un lieu froid,
tel qu'une Cave, ou une Glacière, ou si on
l'enduit d'un vernis impénétrable à l'Eau. Aucun de ces procédés ne nuira à l'Insecte. Dans
les Oeufs enduits de même de graisse ou de
vernis, le Germe se conserve très long-tems,
& ces Oeufs sont des mois & des années dans
l'état d'Oeufs frais. La longue vie des Poissons, & de quelques Peuples du Nord, a pro-
bablement pour cause principale la diminution
de la transpiration insensible, toûjours excessive
dans les Habitants des Climats chauds.

Ainsi la Vie dans les Machines animales
n'est proprement que la suite des mouvemens
du Cœur & des Vaisseaux. Le Principe vital
paroit être dans l'*Irritabilité*, cette propriété
de la Fibre musculaire dont nous devons encore la connoissance aux profondes recherches de
Mr.

Mr. DE HALLER (*a*). Le Cœur eſt le Muſcle qui poſſède cette propriété dans le dégré le plus éminent. C'eſt par un effet de ſa nature irritable qu'il ſe contracte au ſeul attouchement du Sang, ſoit qu'il tienne encore à l'Animal, ſoit qu'il s'en trouve ſéparé. En ſe contractant, il exprime le Sang hors de ſa cavité, & le chaſſe dans les Vaiſſeaux encore repliés ſur eux-mêmes. L'impulſion du Liquide les déploye, & la durée de cette Evolution eſt la durée de l'Accroiſſement. Il diminue à proportion que la réſiſtance augmente. Il ceſſe lorſqu'elle s'eſt accruë au point d'anéantir l'effet de la force expanſive. Les Solides endurcis ne ſont plus ductiles. Cela ſe voit clairement dans les Os, & mieux encore dans les Vers que j'ai multipliés de *Boutures* (*b*). Le *Tronçon* ne s'étend point; mais de nouveaux anneaux ſe développent aux extrêmités. L'Accroiſſement ſe meſure donc par l'eſpace parcouru, & par le tems employé à le parcourir. L'Inſecte à qui il n'a fallu que peu de jours pour parvenir à ſon parfait Accroiſſement, a autant vêcu que l'Inſecte de même eſpèce qui n'a atteint ce terme qu'au bout de pluſieurs mois ou de pluſieurs années (*c*). Quelques compoſées

---

(*a*) *Diſſertation ſur l'Irritabilité. Mémoire ſur le Mouvement du Cœur*, à Lauſane in 12°.
(*b*) *Traité d'Inſectologie*, ſeconde Partie, Obſ. VII.
(*c*) *Mémoires pour ſervir à l'Hiſtoire des Inſectes*, Tom. 2. Mém. Ier.

L

que foient les Machines organiques, leur Développement eft fufceptible d'une certaine latitu-
de, dont les circonftances ou l'art peuvent ref-
ferrer ou étendre les limites. Les rouës qui
mefurent la Vie organique précipitent ou re-
tardent leurs révolutions ; mais la fomme des
effets demeure toûjours la même.

168. *Recherches fur la Puiſſance qui opère le
Développement dans le Vétégal. Expérience de l'Auteur fur la viteſſe du mouvement
de la Séve & fur les Injections colorées.*

Nous ne voyons rien dans les Végétaux qui
leur tienne lieu de Cœur & d'Artères. Les
mouvements fi remarquables de leurs Tiges,
de leurs Feuilles, de leurs Fleurs, de leurs
Graînes, de leurs Trachées (*a*) paroiſſent dépendre de toute autre cauſe que de l'Irritabilité,
& ce caractère plus aprofondi ferviroit peut-être à diftinguer l'Animal du Végétal. Cependant la Séve, qui eft le Sang des Plantes, s'y
meut avec une force capable d'élever le Mer-
cure à plufieurs pouces, & qui équivaut quelquefois à tout le poids de l'Atmofphère, & le
furpaſſe même. J'ai pû juger à l'oeil de la rapidité de la Séve dans les Plantes que j'ai abreuvées de Liqueurs colorées. J'ai vû la Liqueur
parcourir fous mes yeux une étenduë d'un pouce & demi en demi heure (*b*). Mr. HALES,

(*a*) *Recherches fur l'Uſage des Feuilles dans les Plantes,* Mém.
2. & 5. *Phyſique des Arbres,* Liv. IV. Chap. VI.
(*b*) *Rech. fur l'Uſage des Feuilles,* pag. 255.

dans son admirable *Statique des Végétaux* a très bien prouvé que les Feuilles sont les principaux Organes de la transpiration. Il les a regardées comme les Puissances qui élèvent la Séve. Mais la force prodigieuse des *pleurs* de la Vigne nous aprend que les Feuiles ne sont pas les seules Puissances que la Nature met ici en œuvre (*a*). Les Injections m'ont confirmé la même vérité: la matière colorante s'est élevée assés haut dans des Branches dépourvuës de Feuilles, & dans une Saison assés froide. Mais d'un autre côté, je ne l'ai point vû s'élever dans des Plantes dessèchées & à larges pores. La Séve ne s'introduit donc pas dans les Plantes, comme l'Eau dans une Éponge : son mouvement dépend d'une Méchanique qui nous est encore inconnuë, & que de nouvelles Expériences pourront nous découvrir. Le ressort des Trachées qu'excite celui de l'Air, influë sans doute sur ce mouvement, mais l'on a peine à concevoir leur action dans l'épaisseur d'un Bois très dur.

169. *Effets généraux de la Puissance vitale dans les Plantes.*
Exposition abrégée de la manière dont les Arbres croissent.
Parallèle de cet Accroissement avec celui des Os.

QUELLE que soit la Puissance qui préside au

(*a*) *Physique des Arbres*, Liv. V. Art. IV:

L 2

mouvement de la Sève , il eſt certain qu'elle
exiſte , & qu'elle produit dans le Végétal les
mêmes effets eſſentiels que la force du Cœur
produit dans l'Animal. C'eſt cette Puiſſance
qui chaſſe la Sève dans les Tuyaux repliés ou
concentrés , qui les déploye, & étend en tout
ſens les Lames infiniment déliées qu'ils compoſent par leur aſſemblage. Ces Lames ſont autant de petits cônes inſcripts les uns dans les
autres , & dont le nombre eſt indéfini. Les
plus extérieurs contiennent les rudiments de l'E-
corce : les plus intérieurs , ceux du Bois. Tous
ne ſont dans le Germe qu'une eſpèce de gêlée ; c'eſt l'état ſous lequel l'Animal ſe montre
les premiers jours. (II. & III. FAIT.) Ils deviennent herbacés par dégrés ; & cet état répond à celui que revêt le Cartilage quand il
ceſſe d'être membraneux , ou plutôt muqueux.
Enfin, les cônes intérieurs s'endurciſſent peu à
peu ; ils acquièrent ſucceſſivement la conſiſtence de l'Ecorce , & celle du Bois : c'eſt le Cartilage qui acquiert enfin la conſiſtence de l'Os.
Le cône le plus intérieur s'endurcit le premier
& ceſſe de croître. L'Accroiſſement continuë
dans celui qui l'enveloppe immédiatement. Les
Lames qui ſont les rudiments de la véritable
Ecorce ne ſe convertiſſent pas en Bois ; celui-
ci a une Organiſation qui lui eſt propre ; ſes
Tuyaux ſont plus fins , plus ſerrés , & il a des
Trachées qui manquent à celle - là. Mais les
Lames qui contiennent les éléments du Bois
paſſent par l'état de ſubſtance corticale : des

couches ligneuſes ſemblent ſe détacher de l'E-
corce pour s'appliquer au Bois. De l'épaiſſiſſe-
ment des Lames réſulte l'Accroiſſement en groſſeur, de leur prolongement réſulte l'Accroiſſement en hauteur. Celui-ci ceſſe avant celui-
là. L'endurciſſement commence toûjours à la
baze des cônes; les ſommets ſont encore ductiles : c'eſt le Corps de l'Os qui s'oſſifie le premier ; enſuite les extrèmités & les Epiphyſes.
La Racine ne croît que dans ſon extrèmité. Je
ne parle ici que des Arbres (*a*). A l'extrèmité de la jeune Tige qu'a fourni la *Plumule*, paroît en automne un Bouton. Ce Boûton contient le Germe d'une nouvelle Tige. Il s'ouvre
au printemps. La petite Tige en ſort encore
herbacée; elle s'étend en tout ſens & s'endurcit à ſon tour comme la première. Un Bouton paroît auſſi à ſon extrémité qui donne naiſſance à une autre Tige. L'Arbre ſe forme ainſi
annuellement d'une ſuite de Tiges ou de petits
Arbres implantés les uns ſur les autres. Dans
les Herbes *annuelles* une ſeule Tige ſe développe qui prend peu à peu l'Accroiſſement &
la conſiſtence propres à ſon eſpèce. Dans les
Herbes *vivaces*, des Boutons ſortent de la
baze, ou des Racines de l'ancienne Tige.

L'Accroissement des Végétaux peut être ac-
céléré ou retardé comme celui des Animaux. Les
Végétaux tranſpirent, & ils s'endurciſſent d'au-

(*a*) *Phyſique des Arbres*, Liv. IV. Ch. III.

tant plutôt que leur transpiration est plus accélérée, ou plus abondante. Par la raison des
contraires, plus une Plante tire de nourriture,
& plus son endurcissement est lent ; elle croît
donc plus long-tems. A l'aide de certaines précautions, ou de certaines circonstances, le Germe vit pendant un tems fort long, dans la
Graîne, comme l'Embrion dans l'Oeuf.

Il faut lire dans l'excellent Ouvrage de Mr.
du Hamel, les détails intéressants & si sage-
ment exposés, dont je viens de crayonner l'esquisse. Tout y concourt à établir l'*Evolution*.

170. *Elémens de la Théorie de l'Auteur sur la Méchanique de l'Accroissement.*

Toutes les Parties d'un Corps organisé ont
à croître, & tandis qu'elles croissent elles continuent à s'acquiter des fonctions qui leur sont
propres. L'aptitude à s'en acquitter dépend de
leur structure. La structure des Parties ne
change donc point pour l'essentiel pendant toute la durée de l'Accroissement. Cependant elles augmentent de masse, & cette augmentation provient de l'incorporation des Molécules
que la Nutrition assimile. La Méchanique de
chaque Partie est donc telle qu'elle arrange ou
dispose les Molécules alimentaires dans un rapport direct à sa structure. Cette structure est
essentiellement la même dans le Germe que dans
l'Animal développé. Le Poulet le démontre.
Les Molécules alimentaires ne forment donc

rien ; mais elles aident au Développement de ce qui eſt préformé & en augmentent la maſ- ſe. Le Développement & l'Intuſſuſception ſui- vent ainſi la Loi de la conſtitution primordiale des Parties. Cette conſtitution dérive en der- nier reſſort de la nature , de l'arrangement, & en général de toutes les déterminations des Eléments propres à chaque eſpèce d'Organes ; & ce que je dis des Organes, je puis le dire des Fibres dont ils ſont compoſés. Ce ſont donc les Eléments des Parties du Germe qui déterminent, dès le commencement, l'union & l'arrangement des nouveaux Eléments que la Nutrition leur aſſocie. Ce ſont encore ces Eléments qui déterminent le dégré d'Accroiſſe- ment , de conſiſtence ou d'endurciſſement que chaque Partie peut acquérir. (Chap. II. & VI.) Au delà de ces Principes généraux je ne vois que ténèbres plus ou moins épaiſſes.

Au reſte , en développant ailleurs cette eſ- pèce de Théorie , j'eſſayerai de montrer , com- ment un Tout organiſé, parvenu à ſon parfait Accroiſſement, eſt un compoſé de ſes Parties originelles ou *élémentaires*, & des Matières que la Nutrition leur a aſſociées : en ſorte que ſi l'on pouvoit extraire ces Matières du Tout , on le concentreroit, pour ainſi dire , en un point , & on le ramèneroit ainſi à ſon état primitif de *Germe*. C'eſt de la même manière, à peu près, qu'en extraiſant d'un Os la ſubſtance *crétacée*, qui eſt le principe de ſa dureté , on le ramène à ſon état primitif de Cartilage ou de Membrane.

CHAPITRE XI.

Que les Observations sur la Formation du Poulet achèvent de détruire le Système des Molécules organiques.

Faits qui concernent les Graînes & les Boutons, ainsi que les Greffes & les Boutures soit végétales, soit animales, & la Multiplication par Rejettons, & celle par Division naturelle.

171. *Que tous les Faits exposés dans les Chapitres précédens, établissent l'Evolution comme une Loi de la Nature.*

JE viens de mettre sous les yeux de mes Lecteurs bien des Faits intéressants, qui semblent se réunir pour faire de *l'Evolution* une Loi générale du Système organiqué. Cette Loi suppose manifestement la préexistence des Germes; rien ne peut se développer qui n'ait été préformé. L'Animal végète comme la Plante. Mais l'Evolution n'exclut point par elle-même *l'Epigénése.* L'Animal formé par *juxta-position* du concours des deux semences, subiroit ensuite la Loi du Développement. Il falloit donc démontrer que l'Animal existe dans l'Oeuf indépendamment du concours des Sexes; & c'est ce que les Observations de Mr. DE HALLER ont mis dans une pleine évidence.

172. *Qu'il n'eſt donc point de véritable Génération dans la Nature.*

JE ſuis donc ramené plus fortement que jamais au grand Principe dont je ſuis parti en commençant cet Ouvrage; c'eſt qu'il n'eſt point dans la Nature de véritable Génération; mais, nous nommons improprement *Génération* le commencement d'un Développement qui nous rend viſible ce que nous ne pouvions auparavant apercevoir. Les Reins nous paroiſſent engendrés au moment qu'ils tombent ſous nos ſens; ils ſéparoient pourtant l'Uriné lorſque nous ne nous doutions pas le moins du monde de leur exiſtence. (VI. FAIT.) Ce qui eſt vrai d'un Organe, l'eſt de l'Animal qui réſulte de l'aſſemblage de tous les Organes. Ne jugeons donc pas du tems où les Etres organiſés ont commencé à exiſter, par celui où ils ont commencé à nous devenir viſibles, & ne renfermons pas la Nature dans les limites étroites de nos Sens & de nos Inſtruments.

173. *Oppoſition des Découvertes ſur le Poulet avec les Syſtèmes qui les avoient précédés.*

LES Phyſiciens qui ont crû qu'il n'y a point de Germe dans les Oeufs inféconds, ont pris une idée favorite pour la règle des choſes. Ils

L 5

voyoient des Animalcules dans la Semence des
Mâles, & ils en concluoient que ces Animalcules étoient deſtinés à s'introduire dans les Oeufs,
& à y devenir le principe de la Génération.

CEUX qui ont rejetté les Oeufs & retenu les
Animalcules, ont voulu qu'il y eut dans la Matrice un lieu aſſigné où ils ſe fixoient & ſe dé-
veloppoient.

L'EXAMEN d'un Oeuf de Poule a ſuffi pour
renverſer ces hypothèſes fameuſes, ſoutenuës a-
vec tant de chaleur par d'habiles Gens.

174. *Réflexions ſur les Anciens à l'occaſion*
de leur opinion ſur le mêlange des deux Se-
mences. De quelques opinions modernes peu
philoſophiques ſur l'origine des Etres or-
ganiſés.

LES Anciens penſoient que le Fœtus réſultoit
du mêlange des deux Semences, & cette idée
vient ſi naturellement à l'eſprit, que ce n'é-
toit pas la peine de leur en faire un mérite.
L'Auteur de la *Venus Phyſique*, qui s'eſt plû à
réchauffer cette opinion, louë pourtant à ce
ſujet les Anciens. ,, Lors, dit-il, (*a*) que
,, nous croyons que les Anciens ne ſont demeu-
,, rés dans telle ou telle opinion, que parce
,, qu'ils n'avoient pas été auſſi loin que nous,
,, nous devrions peut-être plutôt penſer que
,, c'eſt parce qu'ils avoient été plus loin; &

(*a*) Chap. XVI. page 97.

„ que des expériences que nous n'avons pas
„ encore faites, leur avoient fait sentir l'insuf-
„ fisance des Systèmes dont nous nous con-
„ tentons. ”

J'ADMETTRAI si l'on veut que les Anciens ont
vû tout ce qu'ils pouvoient voir : la Nature leur
avoit fait d'aussi bons yeux qu'à nous, mais elle ne les avoit pas armés d'un Verre. Ils aper-
cevoient le *Point sautillant*, & ils ne pouvoient en démêler les *Phases*. Ils ont voulu
faire à force de Génie ce que les Modernes ont
exécuté à force de méthode & d'instruments.
Les Anciens ont été loin ; ils auroient été plus
loin encore si, sans avoir nos instruments, ils
avoient eu seulement nos méthodes, & ce sont
ces méthodes qui distinguent le plus nôtre Siècle. Les erreurs de l'Antiquité n'ont pas de-
quoi nous surprendre ; elles étoient l'appanage
de la primo-géniture. Mais, ce qui doit nous
étonner, c'est de voir des Physiciens qui, dans
un Siècle aussi éclairé que le nôtre, se ressaisis-
sent de ces erreurs, & déployent toute la force
de leur génie pour nous persuader qu'un Animal se forme comme un Cristal, & qu'un amas
de Farine se convertit en *Anguilles*. On a rap-
pellé les Qualités *occultes* que la bonne Philosophie avoit bannies de la Physique. On a eu
recours à des *Instincts*, à des *Forces de rapports*,
à des *Affinités chymiques*, (*a*) à des *Molécu-*
les organiques qui ne sont ni Végétal ni Ani-

(*a*) *Venus Physique*; Chap. XVII. XVIII. XIX.

mal, & qui forment par leur réunion le Végétal & l'Animal. (a)

175. Remarques fur l'expofition que l'Auteur a donnée du Syftème de Mr. DE BUFFON, & fur un paffage de la Vénus Phyfique.

BIEN des Lecteurs me reprocheront fans doute de m'être trop étendu fur le Syftème de Mr. DE BUFFON. Ils prétendront que des Songes qui ne font pas même philofophiques ne méritoient pas qu'on s'y arrêtat. Je ne chercherai point à me juftifier de ce reproche; mais j'avouerai que j'ai cru devoir quelque chofe à la célébrité du Songeur, & à la fingularité de fes Songes. Je les ai donc expofés avec toute la clarté dont ils étoient fufceptibles, & je n'en ai pas fait un examen en forme. Je me fuis borné à indiquer quelques Faits qui m'ont parû évidemment contraires à l'hypothèfe de l'illuftre Auteur. Tel eft celui que nous offre le *Mulet* chez les Abeilles. Si le Fœtus réfulte du concours des Molécules organiques que renferment les deux Semences; fi ces Molécules font moulées dans les différentes Parties qui compofent le Corps du Mâle & celui de la Femelle; fi enfin elles acquièrent par là la capacité de repréfenter en petit le Fœtus, pourquoi l'Abeille *ouvrière* a-t-elle des Organes qu'on ne trouve ni à la *Reine Abeille*, ni aux *Bourdons*? Pourquoi encore la Reine Abeille & les Bourdons

(a) *Hiftoire Naturelle générale & particulière &c.* Tom. II.

ont-ils des Organes qu'on ne trouve point à l'Abeille *ouvrière*? L'Auteur de la *Venus Physique* fait une réflexion judicieuse, qui reçoit ici une application très naturelle. „ Je demande pardon, dit-il, (*a*) aux Physiciens modernes, si je ne puis admettre les Systèmes „ qu'ils ont si ingénieusement imaginés. Car je „ ne suis pas de ceux qui croyent qu'on avance „ ce la Physique en s'attachant à un Système „ malgré quelque Phénomène qui lui est évidemment incompatible ; & qui, ayant remarqué quelqu'endroit d'où suit nécessairement la ruïne de l'Edifice, achèvent cependant de le bâtir, & l'habitent avec autant de „ sécurité, que s'il étoit le plus solide." Je demande pardon à mon tour aux Partisans des *Instincts* & des *Molécules organiques*, si je ne puis admettre leur Système, & si je n'ose me loger dans un Edifice ruïneux, *qu'ils habitent cependant avec autant de sécurité que s'il étoit le plus solide.*

176. *Que les Observations de Mr.* DE REAUMUR *sur les* Globules mouvans *prouvent leur véritable origine & la fausseté des opinions contraires.*

CES *Globules mouvants* (*b*) qu'on découvre dans les Infusions végétales, ou animales, & en particulier dans la Semence de diver-

(*a*) Chap. XVI. page 96 & 97.
(*b*) Voyez le Chap. VII.

ſes eſpèces d'Animaux; ces Globules que Mr. DE BUFFON aime à nous repréſenter comme de nouveaux ordres d'Etres organiſés, qui n'appartiennent proprement ni à la claſſe des Végétaux, ni à celle des Animaux, & qui forment pourtant les Végétaux & les Animaux : ces Globules, dis-je, dont j'ai recherché la nature dans le Chapitre VIII. un grand Obſervateur les a étudiés depuis avec toute l'attention qu'ils exigeoient. Il a reconnu ce qui en avoit impoſé à M. M. NEEDHAM & de BUFFON. Il s'eſt aſſuré *que ce ſont de véritables Animaux, qui ont des Ordres de Génération ſemblables qui ſe ſuccèdent; qu'il eſt très faux que ces Générations ſoient d'Animaux de plus en plus petits, comme l'ont avancé les Auteurs du nouveau Syſtème; que tout va ici à l'ordinaire, que les Petits deviennent grands à leur tour.* C'eſt ce qu'on a pû voir dans la Note que j'ai miſe à la fin de l'Article 135. L'Autorité de Mr. DE REAUMUR eſt ici d'un trop grand poids pour qu'on puiſſe l'infirmer. Les petits Animaux étoient ſon domaine, & perſonne n'a poſſédé à un plus haut dégré que cet illuſtre Académicien l'art de ſe conduire dans la recherche des vérités phyſiques.

A l'égard de la manière dont ces Animalcules ſont produits dans les Infuſions, un Philoſophe pourroit-il ſe réſoudre à admettre qu'ils proviennent de la transformation de la matière même de l'Infuſion en Animalcules? Une telle Phyſique choqueroit également le raiſonnement & l'expérience. Ce feroit renouveller les Générations *équivoques*, dont la fauffeté eft fi bien prouvée. En vérité, il n'y a qu'un amour étrange du paradoxe, qui puiffe porter à débiter férieufement de telles fables, & j'ai regret que la Poftérité ait à les reprocher à nôtre Siècle. N'eft-il pas plus raifonnable de penfer que les Oeufs de ces Animalcules, ou les Animalcules eux-mêmes, exiftoient dans la matière de l'Infufion; ou qu'ils ont paffé de l'Air dans cette matière? Tout ce que nous connoiffons de plus certain fur la Génération des Infectes nous follicite à embraffer ce fentiment, & pour s'y refufer il ne faudroit pas moins qu'une démonftration rigoureufe, de la vérité du fentiment contraire.

177. *Que les découvertes de Mr.* DE HALLER *fur le Poulet détruifent de fond en comble l'édifice élevé par Mr.* DE BUFFON, *& comment.*

MAIS quand les Molécules organiques auroient toute l'exiftence qu'il a plû à Mr. DE BUFFON, de leur accorder, il n'en feroit pas plus avancé. Les Obfervations fur le *Poulet* achèvent de ruïner de fond en comble tout fon édifice. Dès qu'il eft démontré que le Poulet exifte dans l'Oeuf avant la Fécondation, (I. FAIT.) il l'eft qu'il ne tire point fon origine des Molécules organiques que renferme la Semence du Coq. Il ne fauroit non plus la tirer des Molécules organiques de la Poule; car dans le Syſtème de nôtre Auteur , comment pourroit-elle lui fournir les Parties propres au Mâle ?

Au reſte , tout ce que j'ai dit des *Molécules organiques* ne m'a point été inſpiré par le déſir de critiquer Mr. DE BUFFON. Les Critiques n'ont jamais été de mon goût. Je reſpecte ce grand Ecrivain ; mais je reſpecte encore plus la vérité.

178. *Réfutation du Sentiment de Mr.* NEEDHAM *ſur l'Origine du Germe dans la Graine , & ſur la manière dont celle-ci eſt fécondée.*

Nous devons à la ſagacité de Mr. NEEDHAM des découvertes intèreſſantes ſur la Fécondation des Végétaux, & dont cet Obſervateur a tiré une conſéquence qui me paroît hazardée. Il convient que je tranſcrive ici ſes propres termes (*a*). „ La Semence ne contient point, „ avant que d'être fécondée, la Plante en mi- „ gnature, comme quelques Auteurs l'ont crû: „ mais c'eſt la Pouſſière de la Fleur qui ren- „ ferme le premier Germe ou Bouton de la „ nouvelle Plante ; ce Germe pour ſe déve- „ lopper & pour croître, n'a beſoin que du ſuc, „ qu'il trouve tout préparé dans l'Ovaire. Car „ ſi l'on réfléchit ſur les conſéquences d'une „ ob-

(*a*) *Nouvelles Découvertes faites avec le Microſcope*, pag. 89. 90.

,, obſervation qui a déjà été faite par divers
,, Naturaliſtes, c'eſt qu'avec les meilleurs Mi-
,, croſcopes, on ne découvre rien dans la Graîne
,, d'une Plante, juſqu'à ce que les ſommets des
,, Etamines ſe ſoient déchargés de leur Pouſ-
,, ſière; que juſqu'à ce tems-là cette Graîne
,, eſt tout à fait vuide, & qu'on n'y voit rien
,, que ſa peau, ou ſon enveloppe extérieure;
,, mais que dès qu'elle a été impregnée de la
,, Pouſſière, on y aperçoit un véritable Germe,
,, ou une petite tache verdâtre qui nage dans
,, une Liqueur limpide &c.''.

MR. NEEDHAM admet, comme l'on voit,
qu'il n'y a point de Germe dans la Graîne qui
n'a pas été fécondée. Il veut que ce ſoit la
Pouſſière des Etamines qui l'introduiſe dans la
Graîne. Cette hypothèſe n'a rien d'abſurde,
& elle revient préciſément à celle qu'ANDRY &
d'autres Auteurs ont adoptée pour expliquer la
Génération par les Animalcules. Mais ſur quoi
repoſe l'aſſertion de Mr. NEEDHAM? uniqué-
ment ſur ce *qu'avec les meilleurs Microſcopes,
on ne découvre rien dans la Graîne d'une Plante, juſqu'à ce que les ſommets des Etamines ſe
ſoient déchargés de leur Pouſſière.* Qui ne voit
que cette manière de raiſonner n'eſt pas exacte,
& que c'eſt argumenter de l'inviſibilité à la non-
exiſtence? A l'aide des meilleurs Microſcopes,
découvre-t-on le Germe dans l'Oeuf qui n'a pas
été fécondé? Cependant n'avons-nous pas
des preuves directes qu'il y exiſte? (I. FAIT.)

M

Je l'ai déjà remarqué ; la grande analogie qu'on obferve entre les Plantes & les Animaux, & qui fe manifefte chaque jour par de nouveaux traits, ne laiffe pas lieu de douter qu'il n'en foit ici de la Graîne comme de l'Oeuf, & il doit nous être permis de le penfer jufques à ce qu'on nous produife des preuves directes du contraire. La petiteffe & la tranfparence des Parties du Germe peuvent les mettre hors de la portée des plus excellents Verres. L'action de la Pouf. fière les développe & diminuë leur tranfparence. Elles commencent ainfi à devenir vifibles ; & de-là, cette *petite tache verdâtre qui nage dans une Liqueur limpide*, & qu'on n'aperçoit qu'après l'impregnation.

179. *Que la Découverte fur l'Origine du Poulet conduit par analogie à celle de tous les Etres organifés.*

Quand on s'eft affuré que le Poulet exifte très en petit dans l'Oeuf avant la Fécondation ; quand on a obfervé la manière dont fes Parties fe développent après la Fécondation, & les différentes phafes fous lefquelles elles fe montrent fucceffivement, on peut légitimement en inférer qu'il en eft de même de toutes les Productions organiques, qu'elles font toutes renfermées originairement en petit dans certaines enveloppes. C'eft à cet état primitif qu'on a donné le nom de *Germe.*

Ainsi lorfque nous voyons une Branche fe former fur l'Ecorce d'un Arbre, un Polype fur la Peau d'un autre Polype ; nous pouvons en conclure que la Branche étoit renfermée en petit fous l'Ecorce de l'Arbre, le petit Polype fous la Peau du Polype Mère.

180. *Origine des Branches dans les Arbres. Les Boutons.*

UNE Branche naiffante eft un Arbre en mignature. Ce très petit Arbre eft d'abord logé dans un Bouton. Il eft recouvert extérieurement de plufieurs rangs d'Ecailles pofées en recouvrement, fous lefquelles on découvre différentes Membranes plus ou moins épaiffes. Toutes les Parties de l'Arbre font repliées avec beaucoup d'art, & ne paroiffent que comme des rudiments ou des ébauches.

181. *Origine de la* Plantule. *La Graîne. Comparaifon de la Graîne avec l'Oeuf. Différence de la* Graîne *&* du *Bouton. La* Bouture.

IL n'y a pas moins d'art dans la manière dont la Plantule eft logée au Cœur de la Graîne : mais celle-ci a des Parties que n'a pas le Bouton. La Graîne eft un Oeuf dans lequel un Embrion doit prendre fes premiers accroiffemens. Cet Oeuf eft couvé dans la Terre. L'Embrion qu'il renferme ne peut tirer aucune nourriture de la Plante qui l'a produit, & dont il eft actuellement féparé : mais, la Nature a mis en referve dans la Graîne les nourritures

deſtinées à ſes premiers accroiſſemens. Des Vaiſſeaux (*a*) analogues aux Vaiſſeaux ombilicaux
du Poulet, puiſent ces nourritures & les portent
dans l'Embrion. C'eſt une eſpèce de Lait dont
il eſt d'abord abreuvé. Devenu plus fort, il
va puiſer dans la Terre un aliment plus groſ-
ſier ou plus ſubſtantiel. Le Bouton au contraire ne contient aucun aliment : la petite Plante
qu'il cache peut s'en paſſer. Elle demeure attachée à l'Arbre, & trouve ſous l'Écorce des
nourritures préparées. On peut cependant la
ſevrer de ces nourritures dès qu'elle a pris un
certain accroiſſement. On la détache du Sujet, & c'eſt une *Bouture*, qui miſe en terre y
pouſſe des Racines & devient un Arbre.

182. *Expérience curieuſe pour découvrir l'u-ſage des* Lobes *dans la Graîne.*

On peut de même ſevrer la Plantule du Lait
qu'elle puiſe dans la Graîne. On y parvient
en coupant adroitement les deux troncs de Vaiſſeaux qui la tiennent attachée aux Lobes. J'i-
maginai cette Expérience délicate pour m'aſſurer de l'uſage des Lobes, & elle m'a réuſſi bien
des fois. Mais, les Plantes que j'avois ainſi
privées de leur Lait, ſont reſtées toute leur vie
des Plantes en mignature d'une petiteſſe ſingulière, & dont un Botaniſte auroit méconnu
l'Eſpèce. Ces mignatures ont pourtant pouſſé des Feuilles & des Fleurs, & cette curieuſe

(*a*) Voyez le Chapitre précédent, page 153.

Expérience m'a appris combien les Lobes font utiles aux premiers accroiffemens de l'Embrion (*a*).

183. *La* Greffe. *Idée de la manière dont elle s'unit avec le* Sujet. *Expérience contraire à l'opinion qui admet ici une efpèce de* Filtre *pour féparer les fucs.*

Si au-lieu de planter en terre la Bouture, on l'infère dans le Tronc d'un Arbre, ce fera une *Greffe*, qui s'unira à cet Arbre comme une Branche naturelle. Cette union ne fera point l'effet d'une production nouvelle : mais, des Vaiffeaux de la Greffe & des Vaiffeaux du *Sujet* qui ne fe feroient point développés fans le fecours de l'opération, fe développeront, & s'abouchant les uns avec les autres par différents points, formeront une infinité d'entrelaffements. Ils fe montreront d'abord fous la forme d'une fubftance gélatineufe, puis herbacée, & enfin corticale & ligneufe. (*b*) Un *Bourlet* naîtra à l'infertion, & recouvrira la playe. On a crû que ce Bourlet étoit une Glande *végétale* deftinée à féparer du Sujet les fucs propres à la Greffe. Cette idée ingénieufe me paroît peu d'accord avec l'expérience. J'ai fait tirer de l'Encre à un Sep de *Vigne* qui portoit des Rai-

(*a*) *Recberches fur l'ufage des Feuilles dans les Plantes*, Article. LXXXIX.

(*b*) *Pbyfique des Arbres*, Liv. IV. Art. VI.

M 3

fins *violets*, & fur lequel on avoit *enté* un Rameau qui avoit appartenu à un Sep qui portoit des Raifins *blancs*. J'ai vû la matière colorante paſſer ſans altération ſenſible du *Sujet* dans la *Greffe*, & s'élever par les *Fibres ligneuſes* jusqu'au ſommet de celle - ci.

184. Greffes naturelles, ſources de diverſes Monſtruoſités.

DIFFERENTES Parties des Plantes ſe greffent naturellement les unes aux autres *par aproche* tandis qu'elles font encore renfermées dans le Bouton, & cette forte de Greffe donne naiſſance à des *Monſtruoſités* très variées. Tantôt ce font deux Fruits qui ſe collent l'un à l'autre, & ne forment plus qu'un ſeul Tout organique. Tantôt ce font deux Feuilles, ou pluſieurs Folioles de la même Feuille qui ſe réuniſſent pour n'en compoſer qu'une ſeule. On peut voir quantité d'exemples de ces Monſtres dans le quatrième Mémoire de mon Livre *ſur l'Uſage des Feuilles*.

185. Polypes multiplians par Rejettons & comment.

UN très petit *Bouton* paroît ſur le Corps d'un Polype *à Bras*. Ce Bouton groſſit & s'étend. Il ne renferme pas un Polype; mais il eſt lui-même un Polype en petit. Il eſt uni à ſa Mère comme un *Rejetton* l'eſt à ſon Sujet. La comparaiſon eſt exacte. La nourriture que

prend le Polype naiſſant paſſe à ſa Mère, & ſi
cette nourriture eſt colorée, elle la teint. La
nourriture que prend la Mère paſſe de même à
ſon Petit, & le colore. Le Corps des Polypes
eſt aſſés ſimple: il eſt façonné en manière de
Tuyau. A l'extrèmité du Tuyau dont eſt formé
le Polype naiſſant, eſt un trou, qui s'ouvre
dans l'Eſtomach de la Mère. C'eſt par ce trou
de communication que les aliments paſſent réciproquement de l'un à l'autre. Le jeune Polype croît, & lors qu'il a pris un certain accroiſſement, le trou de communication ſe ferme peu à peu. Le Polype ſe détache enfin
de ſa Mère, & voilà l'étrange manière dont les
Polypes *à Bras en forme de Cornes* multiplient
naturellement *par Rejettons.* (*a*)

186. *Rejettons des Végétaux. Multiplication
de la* Lentille aquatique *par Rejettons, qui
imite celle des Polypes.*

UN grand nombre de Plantes pouſſent des
Rejettons; mais, ils ne ſe ſéparent pas d'eux-
mêmes de leur Sujet; ſeulement ils peuvent
en être ſéparés par art, & multiplier ainſi l'Eſpèce. Il eſt pourtant une Plante très commune, dont les Rejettons ſe détachent naturelle-

(*a*) *Mémoires pour ſervir à l'Hiſtoire d'un genre de Polypes
d'Eau douce, à Bras en forme de Cornes, par* Mr. TREMBLEY.
Troiſième Mémoire, Edition in 4to. Leide, chez les Freres
Verbeeck; 1744. Edition in 8vo. Paris chez Durand, 1744.
2 Vol. Tom. 2. page 7, 8 & 9.

ment pour propager l'Espèce. Telle est la *Lentille aquatique* qui couvre les Eaux croupissantes d'un tapis verd. Une Feuille de cette Plante flotte sur l'Eau. Il part de sa surface inférieure un Filet terminé par un petit renflement qu'on peut regarder comme la Racine. D'autres Feuilles se développent autour de la première, & s'en détachent ensuite avec leur Filets. (*a*)

187. *Polypes chargés à la fois de plusieurs Générations de Polypes.*

PLUSIEURS *Boutons* paroissent à la fois sur le Polype, & il n'est presque aucun point de son Corps dont il n'en puisse sortir. Ce sont autant de Polypes naissants qui croissent sur un Tronc commun. Tandis qu'ils se développent; ils poussent eux-mêmes des Boutons, c'est-à-dire de petits Polypes, qui en poussent d'autres à leur tour. Ce sont des Branches qui produisent d'autres Branches, & celles-ci des Rameaux. Plusieurs Générations demeurent ainsi attachées les unes aux autres, & toutes à la Mère Polype. Cela ne ressemble pas mal à un petit Arbre fort touffu. La nourriture que prend un des Polypes se communique bientôt à tous les autres. Enfin le petit Arbre se décompose en ses Branches & en ses Rameaux: les jeunes Polypes se détachent de leur Mère, & vont donner naissance à de nouvelles suites

(*a*) *Ibid.* Edit. in 8vo. tom. 2. page 116. & suivantes.

de Générations, ou à de nouveaux Arbres *Gé-néalogiques.* (*a*)

188. *Polypes à* Fourreaux. *Origine de quelques Productions marines qui ont été prises pour des Plantes.*

Diverses Espèces de Polypes *de Mer* sont logées à leur naissance dans des Fourreaux de matière crustacée.   Ces Polypes multiplient comme ceux *d'Eau douce par Rejettons.*   Les Fourreaux demeurent implantés les uns sur les autres, & imitent la forme & le port d'une Plante.   Ce sont des *Polypiers* qui ont été pris pour de très belles *Plantes marines* par d'habiles Botanistes qui aimoient à retrouver par-tout des Végétaux.   La célèbre découverte des *Fleurs du Corail* n'étoit que celle d'une espèce de Polype dont le *Corail* est le Fourreau. (*b*)

189. *Polypes multipliants de* Bouture *par la section, & comment.*

A` la propriété de multiplier par Rejettons, les Polypes joignent encore celle de pouvoir être multipliés comme les Plantes *de Boutures.* Un Polype coupé transversalement ou longitudinalement en deux ou plusieurs Parties, ne meurt point, mais chaque Partie devient en

(*a*) *Ibid.* Tom. 2. Edit. in 8vo. page 56 & 57.
(*b*) Voyez la belle Préface que Mr. de Reaumur a mise à la tête du Sixième Volume de ses *Mémoires pour servir à l'Histoire des Insectes.*

M 5

peu de tems un Polype complet. Cette forte de fécondité eft fi grande dans ces Infectes, qu'un très petit morceau de la Peau d'un Polype peut devenir un Animal parfait. Cette réproduction fi remarquable a lieu également dans les jeunes Polypes qu'on partage tandis qu'ils font encore attachés à leur Mère, & fi l'on mutile la Mère elle-même pendant qu'elle produit des Petits, elle recouvrera en affés peu de tems les Parties qu'on lui aura enlevées. Un fimple Tronçon met au jour des Petits, & reprend enfuite une Tête, des Bras & une Queuë. Quelques fois il produit des Petits fans fe completter lui-même. D'autres fois la Tête d'un jeune Polype prend la place de celle qui auroit dû pouffer à la Partie antérieure du Tronçon.

190. Hydres *produites par la fection.*

Si l'on fend un Polype en commençant par la Tête, & qu'on ne pouffe la fection que jufques vers le milieu du Corps, on aura un Polype à deux Têtes qui mangera à la fois par deux Bouches. Si l'on répète l'opération fur chaque Tête, l'on fera une Hydre à quatre Têtes, & en répétant encore, une Hydre à huit Têtes. Enfin, fi l'on abbat ces Têtes, l'Hydre en repouffera de nouvelles, & ce que la Fable même n'avoit ofé inventer, chaque

(*a*) Hiftoire des Polypes par Mr. TREMBLEY, Mémoire 3e & 4e. *Effai fur l'Hiftoire naturelle du Polype Infecte* par MR. BACKER.

Tête abbatuë produira un Polype dont on pourra faire une nouvelle Hydre. (*a*)

Si au-lieu de fendre ainſi un Polype, on l'ouvre ſimplement d'un bout à l'autre, & qu'après en avoir étendu la Peau on la déchiquette à l'extrèmité antérieure, l'on aura de même une Hydre; & ce qu'il importe beaucoup de remarquer, les nouvelles Têtes ſe détacheront quelques fois d'elles-mêmes de leur Tronc, & deviendront autant de Polypes. (*b*)

191. *Polypes hachés & ce qui en reſulte. Comment ſe forme le nouvel Eſtomach dans les plus petits Fragmens.*

Enfin, un Polype haché donne autant de Polypes qu'on a fait de fragments. J'ai dit que le Corps de ces Inſectes eſt façonné en manière de Tuyau. La Cavité de ce Tuyau leur tient lieu d'Eſtomach. Les bords oppoſés d'un fragment ne ſe raprochent pas pour former ce Tuyau; comme il arrive dans les Polypes partagés ſuivant leur longueur; mais, le fragment ſe renfle intérieurement; il y nait une petite cavité, qui eſt l'ébauche d'un Tuyau. (*c*)

192. *Expériences de l'Auteur ſur des Vers aquatiques qui multiplient comme les Polypes, de Boutures. Idée de l'Organiſa-*

(*a*) Mémoires ſur les Polypes par Mr. Trembley, Mém. 4. Edit. in 8vo. tom. 2. page 194, 195.
(*b*) *Ibid.* page 197.
(*c*) *Ibid.* page 206, 207.

tion de ces Vers.

Régularité de la circulation du Sang jusques dans les moindres Portions.

Echelles des accroissements des Parties coupées.

Ver qui repousse successivement douze Têtes.

RIEN d'unique dans la Nature. Dès qu'on s'est convaincu qu'une propriété a été accordée à une Espèce, on peut en conclurre qu'elle l'a été à d'autres. Avant que je sçusse si le Polype appartenoit à la Classe des Animaux, je m'étois assuré par une expérience, qu'il a été donné à l'Animal de pouvoir être multiplié de *Bouture* (*a*). J'avois suivi la réproduction d'un Ver aquatique, *sans Jambes*, que j'avois partagé transversalement en deux. L'intérieur du Polype n'offre rien qui ressemble aux Viscères des autres Insectes. C'est un Tuyau vuide, & la Peau qui le forme, ne présente à l'œil armé du Microscope, qu'une multitude innombrable de petits Grains qui se colorent par la nourriture. L'intérieur de mon Ver m'offrit au contraire le même appareil d'Organes, ou à peu près, qu'on découvre dans celui de la plûpart des Insectes. La principale Artère sur-tout, avec ses ramifications latérales, formoit un grand spectacle. Je ne pouvois me lasser d'y contempler la circulation du Sang qui se faisoit

(*a*) *Traité d'Insectologie ; ou Observations sur quelques espèces de Vers d'Eau douce, qui coupés par morceaux, deviennent autant d'Animaux complets.* Seconde Partie, Introduction. Paris 1745. 2 Vol.

réguliérement de la Queuë vers la Tête (*a*).
Un Etre en qui l'on découvroit un Cœur, un
Eſtomach, des Inteſtins ; un Etre en qui circuloit une Liqueur analogue au Sang, ne pouvoit
être pris un inſtant pour une Plante ; & ſi cet
Etre ſe multiplioit de Bouture, il étoit démontré que cette propriété étoit commune au Végétal & à l'Animal. J'obſervai donc les Viſcères ſe prolonger dans chaque Partie du Ver
coupé ; je vis de nouveaux Organes ſe former
peu à peu, une Tête, des Anneaux, une
Queuë ; & en aſſés peu de tems j'eus deux
Vers très complets (*b*).

Je partageai de ces Vers en vingt-ſix Portions
qui n'étoient preſque que des Atomes, & ces
Atomes devinrent ſous mes yeux des Animaux
parfaits (*c*). La circulation du Sang étoit
auſſi régulière dans ces Atomes avant la réproduction, qu'elle l'étoit dans le Tout dont ils
faiſoient auparavant partie (*d*).

Je dreſſai des Echelles de l'accroiſſement gra-
duel de différentes Portions de ces Vers, & ces
Echelles m'apprirent ce que l'on n'auroit pas
ſoupçonné, que des huitièmes & des dixièmes,
faiſoient en tems égal autant de progrès que des
moitiés & des quarts (*e*).

Je vis le même Individu laiſſé dans l'Eau pu-

(*a*) *Ibid.* Obſ. I.
(*b*) *Ibid.* Obſ. II.
(*c*) *Ibid.* Obſ. III.
(*d*) *Ibid.* Obſ. XV.
(*e*) *Ibid.* Obſ. IV. IX.

ré, pousser successivement douze Têtes, après avoir été mutilé onze fois dans sa Partie antérieure (*a*).

JE découvris ensuite plusieurs autres Espèces de Vers d'Eau douce, du même genre que les précédents, & que je multipliai de même par la section. Mais, parmi ces Espèces il y en eût une qui m'offrit une grande singularité dont j'ai fait mention dans le Chapitre IV. page 34. & suivantes (*b*).

193. *Que les Vers de Terre multiplient aussi de Boutures.*

LES *Vers de Terre* font des Eléphants comparés à ceux dont je viens de parler; & ces Eléphants peuvent être aussi multipliés par Bouture, mais beaucoup plus lentement. Je m'en suis assuré en faisant sur eux les mêmes expériences que j'avois faites sur les Vers d'Eau douce (*c*).

194. *Que la même propriété a été découverte depuis dans d'autres Espèces d'Animaux.*

JE n'ai eu que l'avantage d'avoir confirmé le premier une Découverte qui sera à jamais célèbre en Histoire Naturelle, & dont on est redevable à la grande sagacité de Mr. TREMBLEY,

(*a*) *Ibid.* Obf. **X.**
(*b*) *Ibid.* Obf. **XXI.** & suivantes.
(*c*) *Ibid.* Explication des Figures, page 202. & suivantes.

mon Ami & mon Compatriote ; elle l'a été depuis par d'excellents Obſervateurs qui ont étendu leurs recherches à des Inſectes de différens genres. Les *Etoiles* & les *Orties* de Mer qui ont tant de rapport par leur ſtructure avec les Polypes, n'en ont pas moins par la manière dont elles ſe produiſent après avoir été partagées. Une Etoile pouſſe de nouveaux rayons à la place de ceux qui lui ont été enlevés. Coupée ou déchirée elle donne autant d'Etoiles qu'on a fait de fragments. L'Ortie, dont la forme eſt conique, coupée en différens ſens, donne de même pluſieurs Cônes ou Orties à qui rien ne manque. Une Eſpèce de *Millepiés*, malgré le grand nombre de ſes Anneaux & de ſes Jambes, peut auſſi être multipliée de Bouture, & cette propriété appartient encore à une Eſpèce de *Sangſuë* (*a*).

195. *Que cette propriété n'eſt pas moins étenduë dans le Végétal que dans l'Animal. Preuves : les Boutures de Feuilles, &c.*

Lors qu'on voit un Polype ou un Ver haché en pièces ſe réproduire dans des Portions d'une petiteſſe extrême, on ſeroit tenté de croire que l'Animal poſſède cette propriété dans un dégré plus éminent que le Végétal. Mais, une Feuille eſt bien à peu près à tout le Corps d'une Plante, ce qu'eſt une de ces Portions à

____

(*a*) Voyez la Préface du Sixième Volume des *Mémoires pour ſervir à l'Hiſtoire des Inſectes.*

tout le Corps de l'Insecte. Or, une Feuille peut devenir une Plante, elle peut comme une Plante entière, ou comme une Boutûre, pousser des Racines, & végéter ainsi par elle-même. C'est ce que j'ai eu le plaisir de voir plusieurs fois (a), & qui lève les doutes raisonnables qu'on pouvoit former sur les curieuses Expériences d'A-GRICOLA (b).

ON sçait encore que certaines Racines, coupées par rouelles très minces, peuvent devenir autant de Plantes parfaites.

196. *Cause finale de cette Propriété dans les Insectes.*

LES divers accidents auxquels plusieurs Espèces d'Insectes sont naturellement exposées, exigeoient apparemment qu'elles pussent reparer les pertes que ces accidents leur occasionnent. J'ai pêché dans les Ruisseaux de ces Vers que j'ai multipliés de Boutûres, dont les uns avoient perdu la Tête, les autres la Queuë, d'autres la Tête & la Queuë à la fois. Parmi ces Vers il y en avoit qui commençoient à se completter, & qui ont achevé de se completter sous mes yeux (c).

ON pêche de même des Etoiles de Mer qui n'ont qu'un seul Rayon, accompagné d'un, ou de plusieurs Rayons naissants (d).

197.

(a) Recherches sur l'usage des Feuilles dans les Plantes, Art. LXXVIII.
(b) L'Agriculture parfaite &c.
(c) Traité d'Insectologie. Obs. VI.
(d) Préf. du 6e. Vol. des Mémoires pour servir à l'Histoire des Insectes.

197. *Polypes & Anguilles qui multiplient* naturellement *de Bouture.*

LA multiplication par Bouture de quelques Efpèces d'Infectes, ne dépend pas toûjours de l'art, ou des circonftances extérieures. Il paroît qu'il leur a été accordé de fe multiplier naturellement par cette voye. Les Polypes à Bras fe partagent quelquesfois d'eux-mêmes. Il fe forme quelque part fur leur Corps un léger étranglement. Cet étranglement augmente peu à peu, & devient enfin fi profond, que les deux Parties ne tenant plus l'une à l'autre que par un fil délié, le plus petit mouvement de l'Animal fuffit pour les féparer. Elles reprennent enfuite ce qui leur manquoit pour être des Polypes parfaits (*a*).

MES obfervations fur une très petite Efpèce d'Anguilles d'Eau douce, conduifent à penfer qu'il lui a été auffi donné de fe multiplier naturellement de Bouture. J'ai montré jufqu'où cette étrange multiplication peut aller (*b*).

198. Millepié *qui multiplie auffi de lui-même par Bouture & comment.*

UNE petite Efpèce de *Millepiés* aquatique, remarquable par un Dard charnu dont fa Tête eft armée, fe multiplie auffi de Bouture; mais

(*a*) *Mémoires fur les Polypes*, &c. Mém. 3. in 8vo. Tom. 2. pag. 94. & 95.
(*b*) *Traité d'Infectologie.* Obf. XXI.

N

d'une façon très fingulière. Il nait une Tête, environ aux deux tiers du Corps de l'Infecte, à compter du bout antérieur. On voit le Dard de cette nouvelle Tête s'élever perpendiculairement fur le Corps du Millepié. La Partie poftérieure, garnie de cette nouvelle Tête, fe fépare du refte du Corps ; & c'eft ainfi que d'un feul Millepié il s'en forme deux (*a*). Cet Infecte peut auffi être multiplié par la fection (*b*).

199. *Multiplication des Polypes* à Bouquet *par divifion* naturelle.

LES Ruiffeaux font peuplés d'une très petite Efpèce de Polypes, qui s'attache à différents Corps & qu'on prendroit pour une moififfure. Sa forme imite celle d'une Cloche renverfée. L'ouverture de cette Cloche eft la Bouche du petit Animal ; les bords en font les Lèvres. On y découvre un mouvement très rapide, qui fixe agréablement l'attention, & que l'on compareroit volontiers à celui d'un petit Moulin. Ce mouvement excite dans l'Eau un courant qui entraine dans la Bouche les petits Corps dont l'Infecte fe nourrit. La Cloche eft portée par un court Pédicule, qui s'allonge peu à peu, & dont l'extrèmité fe fixe à quelque appui. La Génération de ces très petits Polypes diffère beaucoup de celle des Polypes *à Bras*. Lors qu'un de ces Polypes eft fur le point de multiplier,

(*a*) *Mémoires fur les Polypes.* Mém. 3e. in 8vo. Tom. 2. p. 152.
(*b*) *Ibid.* Préf. du Sixiéme Vol. des *Mémoires pour fervir à l'Hiftoire des Infectes.* pag. 59.

à perd peu à peu la forme de Cloche : sa Partie antérieure se ferme & s'arrondit. Les Lèvres rentrent en dedans, & leur mouvement disparoit. L'Animal s'accourcit ensuite de plus en plus ; & enfin il se partage insensiblement par le milieu suivant sa longueur. Après cette division, on voit deux Corps séparés & arrondis par leur Partie antérieure, & attachés au Pédicule commun par un Pédicule propre. Ce sont deux nouveaux Polypes, plus petits que celui dont ils ont été formés. Leur Partie antérieure s'évase peu à peu ; les Lèvres se montrent davantage. On y aperçoit un mouvement d'abord très lent ; & qui s'accélère à mesure que la Cloche s'ouvre. Vingt-quatre heures après, chaque Polype se partage encore suivant sa longueur, & l'on voit quatre Polypes attachés à la même Tige. Cette division singulière croît ainsi de jour en jour : elle va de quatre à huit, de huit à seize, de seize à trente-deux &c. Tout cet assemblage forme un joli Bouquet, qui a fait donner à ces Polypes le nom de *Polypes à Bouquet*. Ils se détachent ensuite, & l'on ne trouve plus à la place du Bouquet, que la Tige accompagnée de ses Branches. Les Polypes qui se sont détachés, vont en nageant se fixer sur quelque Corps où ils donnent naissance à de nouveaux Bouquets (*a*).

(*a*) *Mémoire sur les Polypes à Bouquet*, par Mr. Trembley, tiré des *Transactions Philosophiques*, à Leide chez Elie Luzac le Fils. 1747.

N 2

200. *Multiplication des Polypes* en Entonnoir *par division* naturelle.

D'AUTRES Polypes encore plus petits, dont la forme approche de celle d'un Entonnoir, multiplient de même en se partageant en deux; mais tout autrement que les Polypes à *Bouquet*. Les Polypes *en Entonnoir* se partagent en biais ou en écharpe. Ainsi des deux Polypes qui proviennent de cette division, l'un a l'ancienne Tête & une nouvelle Queuë, l'autre, une nouvelle Tête & l'ancienne Queuë. On comprend que la Tête est ici l'embouchure de l'Entonnoir, la Queuë le fond. Ce que l'on apperçoit d'abord dans le Polype qui commence à se partager, ce font les nouvelles Lèvres du Polype inférieur, ou de celui qui a l'ancienne Queuë. Elles ont un mouvement affès lent qui aide à les faire reconnoître. Elles ne font pas disposées en ligne droite sur la longeur du Polype; mais en biais. La portion du Corps qui est bordée par ces Lèvres, se ramasse peu à peu; les Lèvres se rapprochent infensiblement, & il se forme sur un côté du Polype, un renflement, qui devient enfin une nouvelle Tête. Avant que ce renflement ait fait des progrès, on distingue déjà les deux Polypes qui se forment; & lors qu'il est fort avancé, le Polype supérieur ne tient plus au Polype inférieur que par son extrèmité postérieure. Le Polype supérieur se donne alors des mouvements qui tendent à le détacher de l'autre. Il se détache enfin, & va en nageant se fixer ailleurs. Le Polype inférieur reste atta-

ché à l'endroit où étoit le Polype dont il est u-
ne moitié. Ainsi cette Espèce de Polypes ne
forme point de Bouquet (*a*).

201. *Multiplication par division naturelle de
certains Polypes à Bouquet, surnommés Polypes* à Bulbes.

ON trouve dans les Ruisseaux une Espèce de
Polypes *à Bouquet* beaucoup plus remarquable
que celle dont j'ai parlé, & qui multiplie en se
partageant aussi en deux. Ces Polypes ont,
comme les autres, la forme d'une Cloche ; mais,
le Bouquet qu'ils composent, est différent. Les
Branches qui partent de la Tige commune ne
font pas simples ; elles portent elles-mêmes des
Branches plus petites, dont l'arrangement imite celui des Nervures d'une Feuille. A l'extrèmité de toutes les Branches est une Cloche ou
un Polype : & çà & là sur ces Branches on découvre de petits Boutons qui, par leur forme,
par leur position & par leur immobilité ne res-
semblent pas mal aux *Galles* qui s'élèvent sur
les Nervures des Feuilles du Chêne. Si l'on
juge de ces Polypes uniquement par analogie,
l'on ne doutera point qu'ils ne se multiplient
comme les autres Polypes à *Bouquet*, par la division successive de leurs Cloches : mais l'analogie nous trompe souvent, & il faut que la Nature nous redresse. D'abord ce ne font point

(*a*) *Ibid.* sub. fine.

N 3

les Cloches qui se divisent ; mais ce sont les petits Boutons dont je viens de parler.   Ils croîs-
sent assés vîte, & lors qu'ils ont pris tout leur
accroissement, ils sont beaucoup plus gros que
les Cloches.   Ils se détachent alors du Bouquet,
& vont en nageant se fixer sur quelque Corps.
Ils s'y attachent par un très court Pédicule, qui
s'allonge beaucoup en peu de tems.   Ils quit-
tent bientôt leur forme sphérique, pour prendre celle d'un ovale.   Chaque Bouton se partage ensuite par le milieu suivant sa longueur ;
& après la division l'on voit deux Boutons el-
lyptiques plus petits que le premier, mais, plus
gros encore qu'un Polype en Cloche, qui tiennent à la même Tige.   Ils ne tardent pas eux-
mêmes à se partager, & à former ainsi une sorte d'aigrette terminée par quatre Boutons, plus
petits que les deux premiers ; mais plus gros encore qu'un Polype en Cloche.   Les subdivisions
continuent de la même manière, & bientôt le
Bouquet se trouve composé de seize Boutons.
Ils ne sont pas tous égaux.   Les plus petits commencent à se montrer sous la forme d'une Cloche, les autres continuent à se partager.   Cette division ne cesse que lorsque tous les Boutons sont parvenus à la forme & à la grandeur
propres aux Polypes de cette Espèce.   Cela va
si vîte, qu'en moins de 24. heures l'on voit un
Bouquet composé de 110. Polypes, provenus
de la division d'un seul Bouton (*a*).   Mais,

_____

(*a*) Mémoire de Mr. TREMBLEY, qui contient les dernières

lorſque les Polypes ont pris la forme de Cloche, l'accroiſſement du Bouquet ſe fait par leur ſubdiviſion, préciſément comme dans l'Eſpèce dont on a parlé ci-deſſus, & dans tant d'autres.

202. *Polypes greffés.*

DES Inſectes qui multiplient comme les Plantes, par Rejettons & de Bouture, ont encore avec elles une autre conformité qui n'eſt pas moins frappante. Ils peuvent être *greffés*. La même Main qui d'un ſeul Polype *à Bras*, en a fait pluſieurs, a pû encore de pluſieurs Polypes n'en faire qu'un ſeul. Si après avoir partagé tranſverſalement différents Polypes en deux ou pluſieurs portions, on rapproche ces portions les unes des autres, & qu'en les mettant bout à bout, on les force à ſe toucher, elles ſe réuniront, & ſe grefferont ainſi *par aproche*. L'union ne ſe fera d'abord que par un fil très court & très délié. Les Portions paroîtront ſéparées par de profonds étranglements, qui diminueront peu à peu, & diſparoîtront enfin entièrement. On verra donc le contraire de ce qu'on voit arriver lorſque les Polypes ſe partagent naturellement, comme je l'ai dit ci-deſſus (*a*). Tandis que l'étranglement ſera encore profond, l'union ſera déjà très intime.

Découvertes ſur différentes Eſpèces de Polypes *à Bouquet.* Ce Mémoire a été imprimé dans les *Transactions Philoſophiques.*

(*a*) Voyez page 193.

N 4

Les aliments paſſeront immédiatement de l'une des Portions dans l'autre. Non ſeulement les Portions d'un même Polype, ou celles de Polypes de même eſpèce, peuvent être greffées, mais encore celles d'eſpèces différentes. On peut greffer la Tête, ou la Partie antérieure d'un Polype ſur le Corps, ou la Partie poſtérieure d'un Polype d'une autre eſpèce. Le Polype unique qui proviendra de cette union, mangera, croîtra, & multipliera comme tout autre Polype. L'on verra ſortir des Petits ſoit de la Partie antérieure, ſoit de la poſtérieure (*a*).

Si ce qu'un Auteur rapporte eſt exact, les Polypes *à Bras* ſe grefferoient naturellement *par aproche*, comme j'ai dit que le font quelques Parties des Plantes (*b*). Deux Rejettons, ou deux jeunes Polypes qui pouſſoient fort près l'un de l'autre, étant parvenus à ſe toucher, ſe font greffés, & s'étant enſuite détachés de leur Mère, ſont reſtés unis par la Queuë, & ont parû former un Polype unique à deux Têtes (*c*).

Il eſt une autre manière de greffer les Polypes plus ſingulière & plus difficile que celle dont j'ai fait mention. Elle conſiſte à introduire un Polype par ſa Queuë dans la Bouche d'un autre Polype, à l'y enfoncer juſques près de ſa

---

(*a*) *Mémoires ſur les Polypes à Bras*, par Mr. TREMBLEY, Mém. 4. in 8vo. Tom. 2. pag. 285. & ſuivantes.

(*b*) Voyez page 182.

(*c*) *Eſſai ſur l'Hiſtoire Naturelle du Polype Inſecte*, par Mr. BAKER ; page 84, 85.

Tête, à l'endoubler pour ainsi dire, & à l'y tenir assujetti pendant quelque tems. On sait que le Corps du Polype est une sorte de Tuyau: ce sont donc deux Tuyaux à peu près de même longueur, que l'on insère en entier l'un dans l'autre. C'est si l'on veut, une espèce de Greffe *en flute*. Quand l'insertion est faite, l'on ne voit qu'un seul Polype; mais dont la Tête est beaucoup plus garnie de Bras que ne l'est celle du commun des Polypes, puis qu'elle réunit à la fois les Bras de deux Individus. Le Polype que l'on a ainsi forcé d'entrer dans un autre Polype, s'y trouve mal. Il fait de grands efforts pour en sortir; & malgré les précautions que l'on prend pour l'y retenir, il parvient souvent à déchirer la Peau du Polype qui le renferme; & à s'en séparer en tout, ou en partie. Cette Greffe réussit pourtant quelquefois: le Polype intérieur reste dans le Polype extérieur. Les deux Têtes se greffent l'une à l'autre, & n'en composent plus qu'une seule, & ce Polype d'abord double, & ensuite unique, mange, croît, & multiplie (*a*).

Les *Orties de Mer* peuvent aussi être *greffées*. On peut réunir les moitiés de différentes Orties: mais pour les assujettir, on est obligé d'avoir recours à la suture (*b*).

(*a*) *Mémoires sur les Polypes à Bras*; Mém. 4. in 8vo. Tom. 2. pag. 282.
(*b*) *Ibid.* Expérience faite par Mr. de VILLARS, & rapportée dans une Lettre de Mr. DE REAUMUR, à Mr. TREMBLEY. Mém. sur les Polyp. Tom. 2. pag. 294. & 295. in 8vo.

203. *Autre Exemple de Greffes* animales :
la Greffe de l'Ergot du Coq fur la Crête.

Nous avons un autre exemple de Greffe *a-
nimale* dont je dirai un mot. Après avoir coupé la Crête à un jeune Coq, on lui fubftituë un
de fes Ergots. Il s'y greffe, & devient une
Corne de plufieurs pouces de longueur. Cette
Corne tombe enfuite naturellement en tout ou
en partie, & fe réproduit. Le méchanifme de
cette chute & de cette réproduction eft très
fimple. La Corne eft compofée de plufieurs Cornets emboités les uns dans les autres, & qui
s'endurciffent fucceffivement. Les Cornets extérieurs s'endurciffent les premiers ; & l'endurciffement commence toûjours à la pointe de la
Corne. Celle-ci eft déjà offeufe, tandis que
la baze eft encore cartilagineufe. Lorfque les
Cornets les plus extérieurs ont achevé de s'endurcir, ils ne peuvent plus céder à l'impulfion
de ceux qui font au deffous, & qui tendent à les
prolonger en tout fens. Ils fe détachent &
tombent, & une nouvelle Corne prend la place de l'ancienne (*a*).

204. *Réfutation de l'opinion fingulière de*
VALLISNIERI *fur la Formation du* Tœnia
ou Solitaire.

Avant que l'expérience eut appris qu'un A-
nimal pouvoit être greffé comme une Plante,

(*a*) Mr. DUHAMEL : *Mémoires de l'Académie Royale des Sciences*, années 1746, 1751.

l'on avoit imaginé que le *Tœnia* étoit formé d'une suite de Vers qui se greffoient en quelque sorte les uns aux autres. VALLISNIERI cet excellent Observateur, qui a tant enrichi l'Histoire Naturelle, a accrédité le premier cette étrange opinion, & son autorité a entrainé des suffrages illustres. J'ai osé le réfuter dans une Dissertation que L'ACADEMIE ROYALE DES SCIENCES a publiée dans le 1er. Volume des *Sçavants Etrangers*, & qui devoit composer la 3me. Partie de mon *Insectologie*. J'ai suivi cet Auteur pas à pas, & j'ai fait voir ce qui lui en avoit imposé. Il y a lieu de s'étonner que cet habile Naturaliste se soit contenté d'arguments aussi foibles que ceux sur lesquels il appuye son sentiment. Ils peuvent tous se reduire à ces trois. 1°. Les Anneaux du *Tœnia* après avoir été séparés les uns des autres, lui ont parû capables des mêmes mouvemens que les Vers sans Jambes ont coutume de se donner. 2°. Il croit avoir découvert à l'extrèmité antérieure de ces Anneaux deux espèces de Crochets, lesquels vont s'insèrer dans deux petites fosses qu'on observe à l'extrèmité postérieure de l'Anneau qui précède. 3°. Il n'a pû appercevoir de Vaisseau continu d'un bout à l'autre du Tœnia. On peut voir dans ma Dissertation (*a*)

(*a*) *Dissertation sur le Ver nommé en Latin* Tœnia, *& en François* Solitaire, *où après avoir parlé du nouveau Secret pour l'expulser des Intestins dans lesquels il est logé, qui a eu d'heureux succès, l'on donne quelques Observations sur cet Insecte.* Quest. IV. Mém de Math & de Phys. présentés à l'Académie Royale des Sciences par divers Sçavants &c. pages 513. & suivantes. Tome Ier. in 4to. 1750.

la difcuffion de chacun de ces arguments. Je
me contenterai de rappeller ici , 1°. Que les
Membres de quantité d'Infectes confervent a-
près avoir été féparés de l'Animal , les mêmes
mouvemens qu'ils avoient avant que d'en être
féparés. 2°. Que ces prétendus Crochets ne
font que des appendices charnus incapables des
fonctions que l'Auteur leur affigne. 3°. Que
l'on a injecté les Vaiffeaux du Tœnia , & que
l'injection a paffé fans interruption d'un Anneau
à un autre. Mais , ce qui achève de diffiper
les doutes fur l'*unité* du Tœnia , c'eft la découverte que j'ai faite de fa Tête. L'on fait combien l'exiftence de cette Tête a excité de dif-
putes parmi les Naturaliftes. J'ai prouvé qu'elle eft garnie de quatre Mamelons ou Succoirs,
dont j'ai décrit la forme, & qui font placés à
l'extrèmité de ce fil délié qui compofe la Partie antérieure de l'Infecte (*a*). Ce Fil eft formé d'une fuite de petits Anneaux , qui augmentent de grandeur par dégrés , à mefure qu'ils
s'éloignent du bout antérieur. Or , fi le premier Anneau du Tœnia a des Parties qu'on ne
trouve point aux autres Anneaux ; fi ces Parties font propres par leur ftructure à faire l'office de Bouche , comment fe refufer à la conféquence naturelle qui en réfulte , que le Tœnia eft , comme tous les Vers que nous connoiffons , un feul & unique Animal ? Le jugement de Mr. DE REAUMUR eft d'un fi grand
poids dans cette matière , que je ne puis me

(*a*) *Ibid*. Addition, pag. 495 , & 496.

dispenser de le transcrire ici. Je le tire d'une Lettre qu'il me fit l'honneur de m'écrire le 17. Août 1747, dont voici l'extrait. *L'observation que vous n'aviez pas encore faite, lorsque vous écriviez sur la 4e. Question, & que vous avez ajoutée à votre Lettre, décide cette Question mieux que tous les bons raisonnemens par lesquels vous réfutez le sentiment de* VALLISNIE-RI. *Dès que le dernier Anneau d'un des bouts a des Parties qui ne se trouvent pas aux autres Anneaux, & que ces Parties sont faites comme celles qui sont destinées à succer, il est bien démontré que cette longue chaîne n'est pas faite d'une suite d'Anneaux semblables; & dès que le dernier de la Chaîne a seul les Parties propres à succer, il n'est pas moins démontré que ce dernier Anneau est chargé de nourrir tous les autres, & qu'il est la Tête.* Mais, quand je dis que le Tœnia n'est point formé d'une suite de Vers, je ne prétends point que ses Anneaux séparés les uns des autres, & rapprochés sur le champ, ne puissent se réunir, comme il arrive aux Portions d'un Polype. J'ai montré dans ma Dissertation, Question V., qu'il est très probable que le Tœnia repousse après avoir été rompu : il pourroit donc ressembler encore au Polype par une autre propriété, par celle de pouvoir être *greffé*. Mr. DE REAU-MUR paroît porté à le soupçonner : c'est au moins ce qu'il m'est permis d'inférer d'un autre endroit de sa Lettre. *Il me semble*, dit-il, *qu'on ne peut guères nier que les Vers Cucurbi-*

tains ne s'attachent quelquefois les uns aux autres ; je crois avoir lû fur cela des Obfervations
que je n'oferois croire fauffes ; mais pour les
croire vrayes , je voudrois les tenir de vous.
Vous ne vous feriez pas contenté de conftater le
fait, vous auriez examiné comment ces Vers s'u-
niffent , & fi c'eft avec une régularité, qui puiffe donner les apparences d'un Ver compofé de
plufieurs Anneaux, s'il n'y a pas des irrégula-
rités qui décèlent la jonction faite pour ainfi dire par art. J'ajouterai cependant , qu'il me
paroît très difficile que la Greffe dont il s'agit,
puiffe s'opèrer dans un lieu tel que les Inteftins,
où les mouvements font presque continuels, &
les obftacles à la réunion fi multipliés. Mr.
TREMBLEY a remarqué que fi les Portions du Polype qu'on veut réunir, ne fe touchent pas exactement , & né font pas dans un repos parfait , leur réunion ne fe fait point.

205. *Polypes* retournés & déretournés. *Phénomènes remarquables qui fuivent les* dé-
retournemens *incomplets.*

JE fuis las de raconter des prodiges. Les Polypes *à Bras* en ont un autre à nous offrir dont
nous n'avions encore aucun exemple ni dans le
Règne végétal, ni dans le Règne animal. Ils
peuvent être retournés comme un Gand ; & ce
qui eft vrai fans être vraifemblable, les Polypes
ainfi retournés , mangent, croîffent & multiplient comme s'ils n'avoient point été retournés. Cette opération qui ne pouvoit être ima-

ginée & exécutée que par Mr. TREMBLEY, fait
donc de l'extérieur du Polype son intérieur, &
de l'intérieur son extérieur. Les Parois de l'Estomach deviennent ainsi l'Epiderme, & ce qui
étoit auparavant l'Epiderme devient les Parois
d'un nouvel Estomach. On n'a pas oublié que
tout le Corps du Polype n'est qu'une espèce de
Boyau ou de Sac: l'opération consiste donc à
retourner ce Sac, & à le maintenir dans cet é-
tat (a). Un Polype qu'on retourne, a souvent des Petits naissants attachés à ses côtés.
Après l'opération ces Petits se trouvent renfermés dans l'intérieur du Sac. Ceux qui ont déjà pris un certain accroissement, s'étendent dans
l'Estomach de la Mère, & vont sortir par sa
Bouche, pour s'en séparer ensuite (b). Ceux
au contraire qui n'ont pris que peu d'accroissement se retournent d'eux-mêmes, & se placent
ainsi à l'extérieur de la Mère, sur les côtés de
laquelle ils continuent à pousser (c).

UN Polype retourné plusieurs fois ne cesse
point de s'acquitter de toutes ses fonctions. Il
y a plus; le même Polype peut être successivement coupé, retourné, recoupé, & retourné
encore sans que l'Oeconomie animale en souffre
le moins du monde (d). Le Polype n'aime
pas à demeurer retourné; il tâche à se remettre

(a) *Mém. sur les Polypes*, Mém. 4. Edit. in 8vo, page 208.
& suivantes Tom. 2.
(b) *Ibid.* page 253.
(c) Ibid. page 226.
(d) Ibid. page 232.

dans son premier état: il se *déretourne* en tout, ou en partie. On l'empêche d'y parvenir en le transperçant près de la Bouche avec une Soye de Sanglier, & cette espèce de Bride ne nuit à aucune des fonctions de l'Animal.

LES Polypes qui se font déretournés en partie ne font pas moins singuliers que ceux qui demeurent retournés en entier. Quelquefois les efforts que fait le Polype transpercé pour se déretourner, déchirent un peu ses Lèvres, & cette petite playe donne lieu à la production de deux Têtes, qui d'abord n'ont point de Col, & qui en acquierrent un dans la suite (*a*).

MAIS, ce font les Polypes retournés laissés à eux-mêmes, & qui font parvenus à se déretourner en partie, qui offrent le plus de Phénomènes intéressants. Ils révêtent successivement des formes très bizarres; ils font des productions de tout genre, & dont je ne sçaurois donner une idée nette sans recourir à des Figures. Je me bornerai à quelques traits.

QUAND un Polype entreprend de se déretourner, il renverse sa Partie antérieure sur la Portion de son Corps qui demeure retournée. Celle-là s'applique & se greffe sur celle-ci. La Peau du Polype est comme doublée à cet endroit. Les Lèvres répondent ainsi au milieu du Corps, qu'elles embrassent comme une ceinture garnie de franges: ces franges font les Bras du Polype;

(*a*) *Ibid.* page 224, 225.

pe, dirigés alors vers son bout postérieur. Le
Polype n'a donc plus que la moitié de sa longueur. On s'attend apparemment qu'il va pousser une nouvelle Tête au bout antérieur, à ce
bout où la Peau a le double de l'épaisseur qu'elle a ordinairement, à ce bout, en un mot, qui
est demeuré ouvert ; car le bout opposé est tou-
jours fermé ; il arrive toute autre chose : ici l'on
risque souvent de se tromper en voulant deviner
la Nature ; les Polypes sont d'excellents Maîtres
de Logique qu'il faut consulter. Ne cherchons
donc point à deviner & observons.

LE bout antérieur se ferme ; il devient une
Queuë surnuméraire, qui s'allonge de jour en
jour. Que fera donc ce Polype à deux Queuës
& sans Tête ? Comment se nourrira-t-il ? Ne
nous défions pas des ressources que la Nature
s'est ménagée dans l'œconomie merveilleuse de
l'Insecte. Sur le milieu du Corps, près des anciennes Lèvres, il se forme non une seule Bouche, mais plusieurs ; & ce Polype dont nous
demandions, il n'y a qu'un moment, comment
il se nourriroit, a maintenant plus d'Organes
qu'il n'en faut pour cela (a). On sçait que la
Bouche des Polypes de ce genre est garnie d'un
assés grand nombre de Bras, qui ne sont que
des Fils déliés, capables de mouvemens très
variés, & qui s'allongent & se raccourcissent au
gré de l'Animal. C'est avec ces Fils qu'ils sai-

(a) Ibid. page 238. &c.

O

fissent les Insectes dont ils se nourrissent. Les nouvelles Bouches qui se forment près des anciennes Lèvres, ont quelquefois un de leurs côtés garni des anciens Bras, tandis que de l'autre elles en poussent de nouveaux, d'abord très courts, & qui atteignent peu à peu la longueur des anciens. Si on laisse tomber sur une de ces Bouches un petit Insecte vivant, les Bras s'en saisissent aussi-tôt, la Bouche l'avale, & la nourriture se répand dans tout le Corps. Immédiatement après que le Polype est parvenu à se déretourner en partie, il est étendu en ligne droite. Bientôt il se coude : la Portion déretournée commence à faire un angle avec celle qui demeure retournée. Cet angle devient peu à peu aigu. La principale Bouche est au sommet. Les deux Queuës du Polype sont les Jambes de l'angle. Elles prennent de jour en jour plus d'accroîssement, & de petits Rejettons sortent de toutes deux. Dans un Polype qui s'étoit déretourné en partie & coudé en suite, un Petit parut au bout antérieur de la Portion qui étoit demeurée retournée : il s'y greffa & ne composa plus avec elle qu'un seul Polype, d'autant plus singulier qu'il étoit formé d'un Petit & d'une Portion de sa Mère sur laquelle il étoit enté (a).

206. *Promptitude des Réproductions dans les Polypes.*

(a) *Mémoires sur les Polypes à Bras &c.* Mém. 4. in 8vo. Tom. 2. pag. 256.

Au reste, tout s'opère très promptement dans les Polypes. Soit qu'on les coupe transversalement, ou suivant leur longueur; soit qu'on les ente ou qu'on les retourne, il ne leur faut en été qu'un jour ou deux pour qu'ils puissent s'acquitter de leurs fonctions. Ils multiplient d'autant plus qu'ils prennent plus de nourriture, & ils prennent d'autant plus de nourriture qu'il fait plus chaud. Les Polypes *à Bouquet*, & ceux en *Entonnoir*, se partagent en moins d'une heure (*a*).

207. *Réflexion sur la belle Histoire des Polypes de* Mr. TREMBLEY, *& sur un passage de l'Histoire de l'Académie de Prusse.*

L'ESQUISSE que je viens de crayonner des découvertes de Mr. TREMBLEY, répond si imparfaitement au tableau qu'il nous en a lui-même tracé dans ses beaux Mémoires, que je ne puis que renvoyer mon Lecteur à l'Ouvrage même. Je ne sçais ce que je dois y admirer le plus, des merveilles qu'il renferme, ou de la sagesse avec laquelle il est écrit. Je le proposerai avec confiance aux Naturalistes comme le meilleur modèle qu'ils puissent suivre, & comme une Logique où ils doivent étudier l'art trop peu connu encore de se conduire dans la recherche des vérités de la Nature.

JE ne sçaurois finir ce Chapitre, sans relever

(*a*) *Ibid.* Mém. 3. & 4. *Mém. sur les Polypes à Bouquet.*

O 2

un passage de l'Histoire de l'Académie Royale des Sciences de Prusse, pour l'année 1745. Dans ce passage le célèbre Historiographe de cette sçavante Compagnie, Mr. FORMEY, entreprend de prouver que la découverte des Insectes qu'on multiplie de Bouture, n'est pas aussi nouvelle qu'elle l'avoit paru. „ Je remarquerai dit-il (*a*), „ que quelque étonnante que soit la découver- „ te des Polypes, elle n'est pourtant pas aussi „ nouvelle qu'elle l'a paru. Il y a là-dessus quel- „ que chose de bien singulier & de bien mar- „ qué dans le petit Traité *de la Connoissance* „ *des Bêtes* (*b*) que le Père *Pardies* publia „ vers la fin du Siècle passé. Je vais en trans- „ crire un passage auquel je suis surpris qu'on „ n'ait pas fait plus d'attention. *Considérons* „ *un de ces petits Animaux à plusieurs pieds,* „ *semblable à celui dont parle* ST. AUGUSTIN *au* „ *Livre de* la Quantité de l'Ame. Ce Saint „ *Docteur raconte qu'un de ses Amis prit un* „ *de ces Animaux, qu'il le mit sur une table,* „ *& qu'il le coupa en deux, & qu'en même temps* „ *ces deux Parties ainsi coupées se mirent à mar-* „ *cher & à fuir fort vite, l'une d'un côté, &* „ *l'autre de l'autre. . . . . J'ai fait souvent* „ *une semblable expérience avec bien du plaisir ;* „ *& Aristote dit que cela arrive à la plûpart* „ *des Insectes longs à plusieurs pieds ; & même* „ *il dit dans un autre endroit, qu'il arrive à* „ *peu près à de certains Animaux ce que nous*

(*a*) *Hist. de l'Acad. de Prus.* 1745. page 84.
(*b*) Page 48. de l'Edition de la Haye.

„ *voyons dans les Arbres : car comme en prenant*
„ *un Rejetton & le transplantant, nous le voy-*
„ *ons vivre, & de partie d'Arbre qu'il étoit*
„ *auparavant, devenir lui-même un Arbre par-*
„ *ticulier ; auffi dit ce Philofophe*, EN COUPANT
„ UN DE CES ANIMAUX, LES PIECES QUI AUPA-
„ RAVANT NE FAISOIENT ENSEMBLE QU'UN ANI-
„ MAL, DEVIENNENT ENSUITE AUTANT D'ANI-
„ MAUX SEPARE'S. ST. AUGUSTIN *dit que cette*
„ *expérience le ravit en admiration, & qu'il*
„ *demeura quelque temps, fans favoir que pen-*
„ *fer de la nature de l'Ame.*

„ C'eft ainfi qu'on a tous les jours occafion
„ de fe convaincre de la maxime du Sage,
„ qu'il n'y a rien de nouveau fous le foleil ".

JE ferai remarquer à mon tour à Mr. FOR-
MEY, que la découverte dont il eft queftion,
ne confiftoit pas à prouver que des Portions de
Vers de terre, de Millepiés, &c. confer-
voient la vie & le mouvement après avoir été
féparées de l'Animal. Les Enfans ont fçu cela de tout temps. Mais il s'agiffoit de démontrer par des expériences bien faites, que chaque portion acquèroit ce qui lui manquoit pour
être un Infecte parfait, qu'elle pouffoit une
Tête, des Bras, une Queuë, &c. qu'il s'y dé-
veloppoit de nouveaux Viscères, un nouveau
Cœur, un nouvel Eftomach, &c. & voilà ce
qu'ARISTOTE, St. AUGUSTIN & le P. PARDIES
n'ont pas vû, & n'ont pas même cherché à
voir. Ils n'ont parlé que d'un petit Fait, très

remarquable à la vérité, & qui étoit sous les yeux de tout le monde; & quand ARISTOTE conclud de ce Fait, que certains Insectes multiplient de Bouture, à la manière des Plantes, sa conclusion est hazardée, puis qu'elle ne repose sur aucune preuve : car quelle conséquence tirer de la conservation de la vie & du mouvement dans les Portions de l'Insecte divisé, à la réproduction, d'une Tête, d'un Cerveau, d'un Cœur ? &c. Une Guêpe partagée par le milieu du Corps, continue à marcher, & son Ventre darde l'Aiguillon comme le feroit la Guêpe elle-même. Seroit on bien fondé à en conclurre que la Guêpe multiplie de Bouture? la conclusion feroit très fausse.

LA maxime du Sage ne trouve donc pas ici son aplication. Le *Retournement* & la *Greffe* des Polypes n'ont-ils pas été *quelque chose de nouveau sous le soleil*? Et combien de merveilles inconnuës au Sage & aux Anciens, que nos Instrumens & nos méthodes nous ont dévoilées ! En rendant justice aux Anciens, il faut éviter de faire tort aux Modernes.

CHAPITRE XII.

Réflexions sur la Découverte des Poly-
pes, sur l'Echelle des Etres Natu-
rels & sur les Règles prétendues gé-
nérales.

Exposition abrégée de divers Faits con-
cernans les Végétaux, & à cette
occasion de l'Analogie des Arbres &
des Os.

Essai d'explication de ces Faits.

208. *Que nous sommes mieux placés pour ex-*
pliquer les merveilles des Polypes, qu'on
ne l'étoit au tems de leur Découverte. Ré-
flexions sur les Causes qui ont retardé cette
Découverte.

A présent que nous sommes un peu reve-
nus de l'excès d'admiration dans lequel les Polypes nous avoient jettés, & que nous sommes en état de comparer des Faits de tout genre ; nous pouvons commencer à raisonner sur
la Génération & sur la Réproduction de ces Insectes.

TANDIS que les Naturalistes n'ont eu dans la
Tête que les Modèles des Animaux les plus
connus, ils ne pouvoient soupçonner qu'il eut

O 4

été accordé à l'Animal de se multiplier par des voyes qui avoient toûjours paru propres au Végétal. Il étoit cependant des Faits bien constatés qui invitoient à faire en ce genre des expériences nouvelles. On avoit vû cent & cent fois des Vers de terre, des Millepiés, &c. dont les Portions séparées continuoient de vivre & de se mouvoir. Il étoit sans doute très naturel de chercher à découvrir ce que devenoient ces Portions, & si elles réproduisoient l'Espèce. Mais, quand on connoit la force des préjugés, on n'est pas étonné que depuis ARISTOTE jusqu'à Mr. TREMBLEY, personne n'ait tenté une Expérience si facile. Les Anciens & les Modernes connoissoient pourtant des Animaux, qui s'éloignent beaucoup des autres par leur manière de croître, je veux parler des Insectes qui se *métamorphosent*. Il étoit, ce semble, très simple d'en tirer cette conséquence, qu'il ne falloit pas juger de tous les Animaux par ceux qui étoient les plus connus; & cette conséquence devoit conduire à abandonner ici l'Analogie pour se livrer à l'Expérience. C'est néanmoins ce qui n'est point arrivé. L'idée d'un Animal qui renaît de Bouture, étoit pour tous les Physiciens une sorte de contradiction, & l'on ne s'avise pas de combattre une contradiction par des Expériences. Mais, les préjugés & les erreurs mêmes sont quelquefois utiles. Le préjugé sur l'impossibilité de la multiplication d'un Animal par Bouture, qui sembloit n'être propre qu'à nous éloigner toûjours

de l'Expérience, ce préjugé, dis-je, est précisément ce qui a valu à Mr. Trembley sa belle
Découverte. Il en étoit imbu comme tous les
Naturalistes; & ce fut pour s'assurer si son Polype étoit une Plante ou un Animal, qu'il s'a-
visa de le partager. Il en fait lui-même le mo-
deste aveu dans ses Mémoires (*a*), „ L'i-
„ dée, dit-il, dans laquelle on a été, qu'au-
„ cun Animal ne pouvoit être multiplié par
„ Bouture, ne paroit propre qu'à faire perdre
„ les occasions de découvrir la propriété qu'on
„ a trouvé aux Polypes lors qu'on les a cou-
„ pés : cependant il est arrivé par un hazard
„ assez singulier, que cette idée a beaucoup
„ contribué à cette Découverte ; car je n'ai
„ entrepris l'expérience dont elle a été une sui-
„ te, que parce que j'ai supposé que les mor-
„ ceaux d'un Animal ne pouvoient pas devenir
„ des Animaux complets ".

209. *Que le Polype met en évidence la* Gradation *qui est entre toutes les Parties de la
Nature*.

Extrait d'une Lettre de Leibnitz , *qui
prouve qu'il avoit soupçonné l'existence de
cet Insecte*.

*Réflexions sur l'Echelle des Etres Naturels
publiée par l'Auteur*.

La Découverte de Mr. Trembley a beau-

(*a*) *Mém. pour servir à l'Histoire des Polypes à Bras*, page
328. Tom. 2. in 8vo.

coup étendu nos connoiſſances ſur le *Syſtème Organique*. Elle a mis pour ainſi dire en évidence cette Gradation admirable que quelques Philoſophes avoient apperçuë dans les Productions naturelles. LEIBNITZ avoit dit *que la Nature ne va point par ſauts*; & il eſt très remarquable que la Métaphyſique de ce grand Homme l'eut conduit à ſoupçonner l'exiſtence d'un Etre tel que le *Polype*. ,, Les Hommes, ,, écrivoit-il (*a*) à ſon Ami HERMAN, tien-,, nent aux Animaux, ceux ci aux Plantes, & ,, celles-ci derechef aux Foſſiles, qui ſe lieront ,, à leur tour aux Corps, que les Sens & l'I-,, magination nous repréſentent comme parfai-,, tement morts & informes. Or puiſque la ,, loi de la continuïté exige, que, *quand les* ,, *déterminations eſſentielles d'un Etre ſe rap-* ,, *prochent de celles d'un autre, qu'auſſi en con-* ,, *ſéquence toutes les propriétés du premier doi-* ,, *vent s'approcher graduellement de celles du* ,, *dernier*, il eſt néceſſaire, que tous les ordres ,, des Etres naturels ne forment qu'une ſeule ,, chaîne, dans laquelle les différentes claſſes, ,, comme autant d'anneaux, tiennent ſi étroi-,, tement les unes aux autres, qu'il eſt impoſ-,, ſible aux Sens & à l'Imagination de fixer pré-,, ciſément le point, où quelqu'une commence ,, ou finit : toutes les Eſpèces, qui bordent, ,, ou qui occupent, pour ainſi dire, les Régions ,, d'inflexions & de rebrouſſement, devant ê-

(*a*) *Appel au Public* par M. KOENIG; Leide, chez Elie Luzac, 1752. pag. 44. & ſuivantes.

„ tre équivoques & douées de caractères, qui
„ peuvent se rapporter aux Espèces voisines é-
„ galement. Ainsi l'existence de Zoophytes,
„ par exemple, ou comme BUDDEUS les nom-
„ me, de *Plant-Animaux*, n'a rien de mon-
„ strueux; mais il est même convenable à l'or-
„ dre de la Nature, qu'il y en ait. Et telle
„ est la force du Principe de continuïté chez
„ moi, que non seulement je ne serois point
„ étonné d'apprendre, qu'on eut trouvé des
„ Etres, qui par rapport à plusieurs proprié-
„ tés, par exemple, celles de se nourrir, ou
„ de se multiplier, puissent passer pour des Vé-
„ gétaux à aussi bon droit que pour des Ani-
„ maux, & qui renversassent les règles com-
„ munes, bâties sur la supposition d'une sépa-
„ ration parfaite & absolüe des différens or-
„ dres des Etres simultanés, qui remplissent
„ l'Univers; j'en serois si peu étonné dis-je,
„ que même je suis convaincu qu'il doit y en
„ avoir de tels, que l'Histoire Naturelle par-
„ viendra peut-être à les connoitre un jour,
„ quand elle aura étudié davantage cette infi-
„ nité d'Etres vivants, que leur petitesse dé-
„ robe aux observations communes, & qui se
„ trouvent cachés dans les entrailles de la Ter-
„ re & dans l'abîme des Eaux. Nous n'ob-
„ servons que depuis hier, comment serons-
„ nous fondés à nier à la Raison ce que nous
„ n'avons pas encore eu occasion de voir?"

RAREMENT la Métaphysique est aussi heu-
reuse à deviner la Nature. L'espèce de prédic-

tion qu'elle avoit inspirée à LEIBNITZ, s'est ac-
complie. Le Polype a été découvert dans les
Eaux, & les deux Règnes *organiques* se font
unis. Frappé de cet enchaînement, je hazar-
dai en 1744. de dresser une Echelle des Etres
naturels, qu'on a pû voir à la fin de la Préface de mon *Traité d'Insectologie.* Je ne la don-
nai alors que pour ce qu'elle étoit en effet, je
veux dire pour une foible ébauche, & je n'en
pense pas plus favorablement aujourdhui. Il y
a certainement une Gradation dans la Nature ;
bien des Faits concourent à l'établir. Mais
nous ne faisons qu'entrevoir cette Gradation ;
nous n'en connoissons qu'un petit nombre de
termes. Pour la saisir dans toute son étenduë,
il faudroit avoir épuisé la Nature, & nous n'a-
vons fait encore que l'efleurer, ou comme le
dit LEIBNITZ, nous n'observons que depuis
hier. Si le Polype nous montre le passage du
Végétal à l'Animal, d'un autre côté nous ne
découvrons pas celui du Minéral au Végétal,
Ici la Nature nous semble faire un saut ; la
Gradation est pour nous interrompuë, car l'Organisation apparente de quelques Pierres & des
Cristalisations, ne répond que très imparfaitement à celles des Plantes.

210. *Observations sur le sentiment de Mr.*
BOURGUET *& de quelques autres Auteurs*
touchant la prétenduë Organisation des
Sels, des Cristaux, des Pierres.
Que nous ignorons le passage du Fossile *au*
Végétal.

UN Sçavant eftimable dont l'imagination s'eft pluë à tout organifer, a voulu nous faire envifager les *Sels* & les *Criftaux* comme des Touts organiques, qui lient le Minéral au Végétal (*a*). Il avoit fait de curieufes recherches fur leur formation, qui l'avoient conduit à y reconnoitre une merveilleufe régularité. Il avoit découvert que le Criftal eft formé de la répétition d'un nombre prefqu'infini de triangles qui repréfentent pour ainfi dire le Tout très en petit. Mais, le Criftal, comme tous les Corps *bruts*, fe forme *par appofition*, & un Corps organifé ne fe *forme* point à proprement parler ; il eft *préformé* & ne fait que fe développer. Les molécules triangulaires qui font les éléments fenfibles du Criftal, s'arrangent & s'uniffent par les feules loix du mouvement & du contact. Les atomes nourriciers s'arrangent & s'uniffent dans le Tout organique conformément aux loix d'une Organifation primitive. Ainfi les atomes nourriciers ne forment point le Tout organique; mais ils aident à fon développement. Je renvoye là-deffus à ce que j'ai expofé dans le Chapitre VI., & en particulier dans le dernier Paragraphe du Chapitre X. Ce feroit donc abufer de la fignification du mot d'*Organifation* que de l'appliquer au Criftal, aux Sels, & aux autres Corps bruts dans lefquels on découvre

---

(*a*) *Lettres Philofophiques fur la Formation des Sels & des Criftaux, & fur la Génération & le Méchanifme organique des Plantes & des Animaux &c.* par Mr. BOURGUET, à Amfterdam chez François l'Honoré 1729. in 8vo. pages 57. & 58.

une régularité conftante. Comparer un Sel, ou un Criftal à une Plante, c'eft comparer une Pyramide à une Machine Hydraulique. Il y a bien loin encore du Corps brut le plus parfait à la Plante la moins élevée dans l'Echelle. De nouvelles Obfervations viendront peut-être un jour remplir ce vuide.

Si les prétenduës Plantes marines, qu'on avoit nommées *pierreufes*, étoient en effet des *Plantes*, la chaîne paroîtroit prefqu'auffi continuë du Minéral au Végétal, qu'elle l'eft du Végétal à l'Animal: mais, on a vu ci-deffus, art. 188. ce qu'on doit penfer de ces Productions marines. Cependant quand il y auroit des Plantes vrayement *pierreufes*, fi ces Plantes ne différoient des autres que par la nature de leurs fucs, cette différence feroit bien légère en comparaifon de celle que l'Organifation met entre le Végétal & le Minéral. Celui-ci eft-il contenu originairement dans un Germe? Regardera-t-on les petites Pyramides des Sels & des Criftaux comme autant de Germes? Ce feroit s'écarter beaucoup de l'idée qu'on attache au mot de *Germe* & que j'ai tâché à bien définir dans cet Ouvrage. On feroit prefqu'auffi fondé à dire, que la Nature paffe du Minéral à l'Animal; parce qu'on a découvert un Coquillage dont tout le Corps eft compofé extérieurement & intérieurement de petits Criftaux (*a*).

_____

(*a*) SWAMMERDAM a décrit ce Coquillage fingulier dans fa magnifique Bib. de la Nat. *Concha, vivipara, mirabilis.*

RIEN ne prouve mieux ce que peut la prévention en faveur d'un système, que la persuasion où étoit TOURNEFORT que les Pierres végétoient. On sçait ce qui en avoit imposé à cet habile Homme, & avant lui à THEOPHRASTE, à PEIRESC, & depuis à d'autres (a). Aujourd'hui les Pierres ne végètent plus, & l'Art les imite : que dis-je ! il égale en ce point la Nature. Un Physicien est parvenu par une voye très simple à faire des Cailloux artificiels semblables en tout aux Cailloux naturels (b).

CONCLUONS que nous ignorons encore par quels dégrés la Nature s'élève du Minéral au Végétal, & quel est le lien qui unit l'accroissement *par apposition* à celui par *intussusception*. Le Minéral ne travaille pas les sucs dont il est formé : le Végétal s'assimile ceux dont il est nourri. Mais, ne prononçons pas qu'il y a ici un saut, une lacune : la lacune n'est que dans nos connoissances actuelles.

211. *Observations sur l'opinion de* Mr. DE MAUPERTUIS *touchant la prétendue réalité des interruptions dans l'Echelle des Etres naturels.*
Réflexions sur les progrès de l'Esprit humain dans les recherches physiques.

FEU Mr. DE MAUPERTUIS a pensé différem-

(a) *Voyage au Levant. Hist. de l'Acad.* 1708. *Obs. curieuses sur la Phys.* Tom. I. page 419. & suivantes 1730.
(b) M. BAZIN; *Hist. de l'Acad.* 1739. pag. 1. & 2.

ment. Il a imaginé que l'approche d'une Comête avoit détruit une partie des Espèces, & que de là resultoient les interruptions que nous remarquons dans l'Echelle (a) : mais avant que de chercher une cause à ces interruptions, il falloit s'être assuré de leur réalité. Tandis que le *Polype* étoit encore ignoré, un chaînon sembloit manquer à la chaîne. LEIBNITZ osa prédire qu'on découvriroit ce chaînon, & il n'imagina point qu'une Comête l'avoit détruit. Que penseroit-on d'un Physicien qui ne faisant que d'entrer dans un riche Cabinet d'Histoire Naturelle se presseroit de prononcer que les *suites* n'en sont pas complettes ? Combien d'Espèces ou de chaînons dont nous ne soupçonnons point l'existence, & que d'heureux hazards, ou de nouvelles recherches pourront nous découvrir ! Voyez les progrès de la Physique & de l'Histoire Naturelle depuis la renaissance des Lettres : combien de vérités inconnuës aux Anciens, & de conséquences sûres à déduire de ces vérités ! On ne sçauroit dire quelles sont les bornes de l'Intelligence humaine en matière d'Expérience & d'Observation ; parce qu'on ne sçauroit dire ce que l'Esprit d'Invention peut ou ne peut pas. L'Antiquité pouvoit-elle deviner l'Anneau de Saturne, les merveilles de l'Electricité, celles de la Lumière, les Animalcules des Infusions, &c. ? L'invention de quelques

(a) *Essai de Cosmologie*; Leide, *chez Elie Luzac*, 1751. page 54. & suivantes.

ques Inſtruments nous a valu toutes ces vérités : & ne pourra-t-on pas un jour les perfectionner ces Inſtruments, & en inventer de nouveaux, qui porteront nos connoiſſances fort au-
delà du terme où nous les voyons aujourdhui ?
L'Hiſtoire Naturelle eſt encore dans l'enfance :
quand elle aura atteint l'âge de perfection, je
veux dire, quand on aura la nomenclature exacte de toutes les Eſpèces que nôtre Globe
renferme, alors, & ſeulement alors, on pourra
dire ſi l'Echelle des Etres naturels eſt réellement
interrompuë. En attendant, au-lieu de ſuppoſer qu'une Comète a frappé la chaîne de nôtre
Monde, l'on préférera ſans doute de penſer
que ſi elle a frappé quelque choſe, c'eſt au plus
le Cerveau trop mobile de l'Auteur. Ce Globe où il ne voit qu'un *amas de ruïnes*, eſt pour
les vrais Architectes un Edifice très régulier &
dont toutes les Parties ſont étroitement liées
par des rapports qu'on aperçoit, dès qu'on n'a
aucun intérêt à ne les pas voir. *La plûpart des
Etres ne paroiſſent* à Mr. DE MAUPERTUIS *que
comme des Monſtres (a) : il ne trouve qu'obſ-
curité dans nos connoiſſances : la Terre lui paroit un Edifice frappé de la foudre.* Je ne ſuis
point ſupris qu'un Homme qui voyoit tant de
monſtruoſités dans les détails, ait combattu les
Fins, & leur ait ſubſtitué la Loi de la *Minimi-
té* (b). Je ſuis très éloigné de chercher à in-

(a) Ibid. page 57.
(b) Ibid. *Avant-Propos*, page 12, 13. & ſuivantes.

P

firmer la preuve que cette Loi si chère à l'Auteur, lui fournit en faveur de l'Existence de DIEU ; mais je crois que le Sens commun avouera toûjours que *l'Oeil a été fait pour voir*, & je ne pense pas que cette preuve le cède en évidence à celle qu'on peut tirer de la considération d'une Loi de la Nature.

212. *Lumières que les Polypes peuvent répandre sur divers points de Physiologie.*

NON seulement la Découverte des Polypes conduit à admettre une Gradation dans les Productions naturelles ; elle peut encore contribuer à l'éclaircissement de plusieurs points intéressants de Physiologie. De grands Anatomistes qui ont médité les Polypes, un ALBINUS, un HALLER savent tout ce que peut fournir cette Branche féconde de l'Anatomie *comparée*. Il se passe mille choses dans le Corps humain sur lesquelles la réproduction des Polypes répand du jour. Les Fibres élémentaires semblables en quelque sorte à ces Insectes, se réproduisent aussi dans les Playes de tout genre, & leur réproduction devient plus facile à saisir, lors qu'on la compare à celle des Polypes, & des autres Insectes qui peuvent être greffés, & multipliés de Bouture. Les Expériences qu'on tente sur ces Animaux, peuvent encore servir à éclaircir les grandes questions que nous offrent la *Sensibilité* & *l'Irritabilité* (*a*). Enfin, je

(*a*) Voyez l'Ouvrage de Mr. DE HALLER qui a pour titre, *Mémoires sur les Parties sensibles & irritables du Corps animal.*

montrerai ailleurs, que la Découverte dont je parle concourt à diminuer les ténèbres qui couvrent la première origine des Etres organisés.

213. *Que les Polypes nous enseignent à nous défier des Règles générales.*
Réflexions sur l'usage & sur l'abus de l'Analogie.

MAIS cette Découverte nous donne sur-tout l'importante leçon de nous défier des Règles générales, & d'user sobrement de l'Analogie. La Nature a certainement des Loix constantes: la conservation du Système les suppose. De puissants Génies nous ont découvert quelquesunes de ces Loix : & combien en est-il que nous ignorons encore! Combien de Forces, de Propriétés, de Modifications de la Matière qui se dérobent à nos Sens & à nôtre Entendement! On a voulu juger de la totalité des Etres par un petit nombre d'Individus. On a tiré des conclusions générales de cas particuliers. On s'est pressé de faire des Règles avant que d'avoir étudié tous les Etres que l'on supposoit gratuitement leur être soumis. C'étoit avoir beaucoup fait que d'avoir démontré la fausseté des Générations *équivoques* : mais, on étoit allé trop loin quand on en avoit inféré que toute Génération exigeoit le concours des

Tom. 4. Réponse à Mr. WHYTT. Lausanne, (chez d'Arnay 1760.

Sexes. Le *Puceron* est venu démentir cette Règle prétenduë générale. On avoit regardé comme un caractère distinctif du Végétal la propriété de pouvoir être multiplié de Bouture : le *Polype* nous a appris que cette propriété est commune à un grand nombre d'Espèces d'Insectes. On a divisé les Animaux en deux classes générales, en *Vivipares* & en *Ovipares* : aujourdhui nous connoissons des Animaux qui sont Vivipares dans un tems & Ovipares dans un autre. Nous en connoissons encore qui ne sont ni Vivipares, ni Ovipares ; mais, qui multiplient en se divisant & en se subdivisant naturellement. Enfin, parce qu'on voyoit le Sang *circuler* dans les grands Animaux, on en a conclu qu'il circuloit dans tous, & on a étendu cette conclusion jusqu'aux Plantes. Cependant la *Moule* & le *Polype* ne nous offrent rien qui ait rapport au Système de la circulation, & j'ai montré dans le 5me. Mémoire de mes *Recherches sur l'Usage des Feuilles dans les Plantes*, combien il est probable qu'on a trop donné à l'Analogie quand on a soutenu la circulation de la Séve. Il nous manque une *Logique* qui seroit infiniment utile, non seulement dans les Sciences physiques, mais encore dans les Sciences morales ; je veux parler d'un *Traité de l'Usage & de l'Abus de l'Analogie*. J'y joindrois les Principes de l'*Art d'observer*, cet Art si universel, & dont je puiserois les préceptes & les exemples dans les grands Maîtres qui nous ont découvert tant de vérités. Je voudrois que

cet Ouvrage fut l'Histoire de la marche de leur
Esprit dans la découverte de ces vérités. Si
l'Analogie nous égare quelquefois ; elle peut
auffi nous conduire au but. Le fecret de la
Méthode analogique confiste principalement à
raffembler fur chaque genre le plus de Faits
qu'il eft poffible , à les comparer, à les combiner , & à fe rendre attentif aux conféquences qui en découlent le plus immédiatement.
C'eft de la collection de ces conféquences que
doit naître l'hypothèfe qui éclairera le côté obfcur du Phénomène.

214. *Introduction à l'effai d'explication des
Réproductions végétales & animales.*

Je vais effayer , fuivant ces principes , d'expliquer d'une manière fatisfaifante , ce qui con-
cerne les Greffes & les Boutures foit végétales,
foit animales , & en général tous les Faits que
j'ai expofés dans le Chapitre précédent. Je
m'en fuis déjà occupé dans le Chapitre IV. ;
mais, je dois traiter à préfent plus en détail ,
ce que je n'ai encore confidèré que d'affés loin,
& approfondir autant que j'en fuis capable un
fujet fi digne des recherches du Phyficien. Je
commencerai par les *Végétaux*, parce qu'ils font
plus généralement connus, & plus faciles à obferver. J'expoferai quelques nouveaux Faits ,
& je développerai un peu ceux que je n'ai fait
qu'indiquer.

P. 3

215. *Des* Playes *des Arbres & de ce qui se passe dans leur consolidation.*

Si l'on fait une *Playe* à un Arbre en enlevant un fragment d'Ecorce, & qu'on mette ainsi le bois à découvert, il sortira des couches les plus intérieures de l'Ecorce, où si l'on veut d'entre l'Ecorce & le Bois, un Bourlet verdâtre. Ce Bourlet se montrera d'abord à la partie supérieure de la Playe ; puis sur les côtés, & enfin à la partie inférieure où il demeurera toûjours plus petit qu'à la partie supérieure. Ce sera une nouvelle Ecorce qui s'étendra insensiblement sur le Bois, qui le recouvrira peu à peu ; mais sans s'unir jamais avec lui. Celui-ci servira seulement d'appui à la nouvelle Ecorce ; & si cet appui venoit à lui manquer, la Playe ne se cicatriseroit point. Voilà ce qui se passe dans les Playes qu'on laisse à découvert : le Bois n'y fait aucune production parce qu'il se dessèche. Si l'on prévient ce dessèchement en renfermant la Playe dans un tuyau de Cristal qui mette le Bois à l'abri du contact de l'Air, il concourra à former la cicatrice. On verra alors sortir du haut de la Playe un Bourlet galleux, qui se montrera ensuite sur les côtés & à la partie inférieure. Peu après on observera ç'à & là sur la surface du Bois de petits Mammelons gélatineux & isolés, qui paroitront naître des interstices des Fibres de l'*Aubier* qui étoient demeurées attachées au Bois. On remarquera encore en divers endroits de la surface du Bois de petites taches rouffes, qu'on reconnoitra bientôt pour des Membranes ou des couches naiffantes. On les verra s'épaiffir par dégrés. Des productions grenuës, blanchâtres, demi-tranfparentes, gétatineufes paroitront foulever les Feuillets membraneux. Cette matière gélatineufe deviendra grifâtre, puis verte; & toutes ces productions en fe prolongeant de haut en bas recouvriront la Playe, & formeront la cicatrice. Cette cicatrice ne fera pas liffe; mais comme elle réfultera de la réunion de plufieurs Parties qui étoient d'abord ifolées, on y découvrira bien des inégalités. Si au-lieu d'enlever fimplement un fragment d'Ecorce; l'on fait au Tronc une incifion annulaire qui pénètre jufqu'au Bois, la Playe fe cicatrifera un peu différemment. Il naîtra comme à l'ordinaire un Bourlet cortical, qui tendra à recouvrir le Bois, mais ce Bourlet ne fortira que de la partie fupérieure de la Playe (*a*).

216. *Loix de la confolidation des Playes végétales.*
Réfultats généraux.

LA *réunion* des Playes des Arbres fuit donc des Loix conftantes. C'eft toûjours le bord fupérieur de la Playe qui fournit le plus à la réparation; & dans certaines circonftances il l'o-

(*a*) *Phyfique des Arbres* par Mr. DUHAMEL, Liv. IV. Chap. III. Art. III. & V.

père feul. Les Fibres qui en fe développant recouvrent peu à peu le Bois, tendent à fe prolonger de haut en bas. Elles reffemblent d'abord à une fubftance mucilagineufe : elles deviennent enfuite herbacées, & enfin corticales, ou ligneufes, comme je l'ai dit ailleurs. (Article 169.) On a vû ci-deffus (*a*) (VI. FAIT.) qu'au commencement de l'Incubation les Vifcères du Poulet font prefque fluïdes, & que cette forte de fluïdité qui n'eft qu'apparente, cache une véritable Organifation. Une Expérience démontre qu'il en eft de même de l'état de mucilage que les Fibres des Arbres paroiffent d'abord révêtir. Si l'on remplit d'Eau le tuyau de Criftal dans lequel on renferme la Playe, le mucilage ne s'y diffoudra point, & la Playe fe cicatrifera. Ce mucilage n'eft donc qu'apparent, & il eft effentiellement organifé (*b*).

217. *Expérience qui conftate la production d'un nouveau Bois.*

Nous venons de voir que le Bois peut dans certaines circonftances produire une nouvelle Ecorce ; l'Ecorce peut auffi dans certaines circonftances produire un nouveau Bois. Si l'on applique fur le Bois mis à découvert une Feuille de Papier ou d'Etain, & qu'on remette fur le champ en place le morceau d'Ecorce qu'on

(*a*) Article 147.
(*b*) *Phyf. des Arbr.* Liv. IV. Chap. III. Art. II. §. VII.

avoit détaché, il se greffera aux Parties voisines par le prolongement réciproque des Fibres
latérales, & au bout de quelques tems l'on
trouvera la Feuille de Papier recouverte d'une
nouvelle couche ligneuse (*a*).

218. *Que le Bois parfait est incapable de faire de nouvelles productions.*
*Ordre & progrès de l'endurcissement dans les
différentes couches.*

Mais, quand on dit que le Bois peut faire
des productions, cela ne doit s'entendre que
du Bois encore imparfait, ou qui n'a pas achevé de s'endurcir. Car comme la Fibre *animale* devenuë *osseuse* ne s'étend plus, de même
aussi la Fibre *végétale* devenuë *ligneuse* n'est
plus susceptible d'accroissement. J'ai insisté là-
dessus dans le Chapitre X. J'y ai fait remarquer qu'un Arbre est un composé d'un nombre presque infini de petits cônes inscripts les
uns dans les autres. En effet, on voit à l'œil
que le Tronc & les Branches font des cônes
très allongés. Les cônes les plus intérieurs
s'endurcissent les premiers &c. Ainsi il y a à
la baze & au centre d'un Arbre de cent ans,
un cône ligneux de cent ans ; tandis qu'à l'extrêmité de la Tige & des Branches il n'y a que
des cônes d'un an. Il faut donc se représenter
chaque cône ligneux, ou destiné à devenir li-

(*a*) *Ibid.*

P 5

gneux , comme formé lui - même d'un grand
nombre de lames infiniment minces , dont les
unes font déjà endurcies, & dont les autres font
encore capables de faire des productions.

QUAND on dit que l'Ecorce peut produire du
nouveau Bois , cela ne doit non plus s'entendre que de la Partie de l'Ecorce qui est la plus
intérieure , ou la plus voisine du Bois. Si l'on
enlève une lame d'Ecorce qui n'ait que peu
d'épaisseur , ce qui se reproduira à la place ne
sera que de l'*Ecorce*.

219. L'Aubier, *sa nature & ses fonctions.*

L'*AUBIER* cette substance blanche placée entre la vraye Ecorce & le vrai Bois, est un Bois
imparfait , ou qui n'a pas encore acquis le dégré de consistence propre au Bois parfait. On
pourroit comparer l'Aubier au Cartilage qui doit
devenir *Os* : c'est un état mitoyen par lequel
passe le Bois en sortant de celui d'Ecorce pour
arriver à son état de perfection. La durée de
cet état mitoyen est proportionnelle à la vigueur
du sujet : elle est d'autant plus courte qu'il est
plus vigoureux. L'épaisseur & le nombre des
couches de l'Aubier observent la même proportion : elles font d'autant plus épaisses & d'autant moins nombreuses que le sujet a plus de
vigueur. La plus grande épaisseur des couches
de l'Aubier résulte donc du plus grand accroîssement de chaque lame : la diminution du
nombre des couches résulte de la promptitude

avec laquelle les lames fe convertiffent en Bois (*a*).

Si l'on regarde les couches les plus extérieures de l'Aubier comme faifant partie de l'Ecorce, il fera vrai de dire que cette partie de l'Ecorce peut devenir du véritable Bois. Mais, c'eft un fait certain que les couches corticales qui ne tiennent point à l'Aubier ne fe convertiffent jamais en Bois. Si donc l'on enlève quelques-unes de ces couches, la Playe fe cicatrifera par la production de nouvelles couches purement *corticales* (*b*).

220. *Différences caractériftiques entre la ftruc-*
ture du Bois & celle de l'Ecorce.
Qu'il n'eft point de véritable converfion *de*
l'Ecorce en Bois. Raifons de cette affer-
tion. Solution d'une difficulté de Mr. Du-
HAMEL.

Ce n'eft pas feulement par fa denfité & par fa dureté que le Bois diffère de l'Ecorce ; il en diffère encore par des caractères plus effentiels : il a des Organes qu'on n'a point trouvé jufqu'ici dans l'Ecorce. On fait que les *Trachées* des Plantes font des tuyaux formés d'une lame élaftique tournée en fpirale à la manière d'un Reffort *à Boudin* ; la conformité parfaite de ces Trachées avec celles des Infectes, fuppofe dans les unes & dans les autres les

(*a*) *Phyf. des Arb.* Liv. I. Chap. III. Art. **VI.**
(*b*) *Ibid.* Liv. IV, Chap. III. §. VIII.

mêmes fonctions. Or, il n'y a que les couches ligneufes, ou appellées à le devenir, qui
poſſèdent des Trachées. L'Aubier a donc des
Trachées, & l'Ecorce proprement dite n'en a
point. Enfin, le Bois a des fonctions qui lui
font propres, & ces fonctions dépendent de
l'action de Vaiſſeaux dont l'Ecorce eſt dépourvuë. J'ai prouvé fort au long dans le dernier
Mémoire de mon Livre *fur l'Uſage des Feuilles
dans les Plantes*, que la Séve ne s'élève que
par les Fibres *ligneuſes*. Elles font donc les canaux deſtinés à porter le ſuc nourricier à toutes les Parties; & ſi je n'ai jamais vû ce ſuc
monter par l'Ecorce, c'eſt une preuve qu'elle
eſt dépourvuë de ces canaux. Il y a plus;
quand j'ai dépouillé des Branches de leur Ecorce, les Liqueurs colorées n'ont pas laiſſé de
s'y élever avec la même rapidité que dans les
Branches garnies de leur Ecorce (*a*). Ainſi,
comme le changement de la Chenille en Papillon n'eſt point une véritable *métamorphoſe* (*b*),
le changement de l'Ecorce en Bois n'eſt point
non plus une véritable *converſion*. Le Bois eſt
eſſentiellement dans ſon origine ce qu'il ſera
roûjours, & il n'eſt pas moins *Bois* quand il ſe
montre à nous ſous l'apparence trompeuſe d'un
mucilage, que lors qu'il réſiſte au tranchant
de la hâche ou qu'il porte les plus grands far-
deaux. Si donc l'Ecorce paroit dans certaines

(*a*) *Recherches ſur l'Uſage des Feuilles dans les Plantes*; Art.
XC.
(*b*) Voyez ci-deſſus page 151, 152.

circonftances produire du nouveau Bois, ce n'eft point qu'elle fe convertiffe réellement en Bois; mais des Fibres originairement *ligneufes* cachées fous l'Ecorce, & qui fans ces circonftances ne fe feroient pas dévoloppées, fe dévelop-pent & fourniffent à de nouvelles couches lig-neufes: C'eft fur ces principes que j'effayerois de réfoudre la difficulté que Mr. Duhamel fe propofe page 47, de la 2de. Partie de fon excel-lent Livre fur la *Phyfique des Arbres*. ,, Néan-,, moins, dit-il, fi l'hétérogénéité des couches ,, deftinées à devenir ligneufes ou corticales, ,, étoit prouvée, comment concevoir que le ,, même Organe, qui eft l'Ecore, puiffe for-,, mer dans un même lieu, entre l'Ecorce & ,, le Bois, des productions fi différentes? C'eft ,, une difficulté qui mérite l'attention des Phy-,, ficiens ".

221. *Analogie entre la formation du Bois & celle des Os, dans les Idées de* Mr. Du-hamel.

On peut comparer le Corps ligneux aux Os. Il eft révêtu de l'Ecorce comme ils le font du Périofte. Des lames minces femblent fe dé-tacher de l'Ecorce pour fournir à l'accroiffement & à la réparation du Corps ligneux. De là, ces couches annuelles & concentriques qu'on remarque fur la coupe horizontale du Tronc. Des lames minces femblent auffi fe détacher du Périofte pour fournir à l'accroiffement & à la réparation de l'Os. Cette analogie a fait pendant plusieurs années l'objet des profondes recherches de Mr. DUHAMEL; & il l'a suivie fort loin avec une grande sagacité (*a*). Mon dessein n'est point ici de traiter à fond de l'analogie des Arbres & des Os: je dois renvoyer cette discussion à mon *Parallelle des Plantes & des Animaux*; mais, j'indiquerai les Faits qui ont le plus de raport avec mon sujet, & qui peuvent servir à l'éclaircir.

Nous avons vû que toute l'Ecorce n'est pas propre à produire le Bois: tout le Périoste n'est pas propre non plus à produire l'Os. Il peut arriver cependant que tout le Périoste s'ossifie, comme il arrive qu'une Artère s'ossifie. Ce sont les lames les plus intérieures de l'Ecorce qui contiennent les éléments du Bois: ce sont aussi les lames les plus intérieures du Périoste qui contiennent les élémens de l'Os. Comme l'Ecorce ne se convertit pas proprement en Bois, de même encore le Périoste ne se convertit pas proprement en Os: mais les lames intérieures de cette Membrane ont une Organisation & des qualités d'où résultent l'Ossification & ses effets divers. L'Ecorce & le Périoste ne s'endurcissent que par dégrés. Le Bois qui a acquis toute sa dureté, ne s'étend plus: l'Os parfait n'est plus susceptible d'accroissement. Dans les Arbres blessés ou rompus, les Fibres vrayement ligneuses ne concourent pas à la répara-

(*a*) *Mém. de l'Acad. Roy. des Sci.* An. 1739, 1741, 1743, 1746, &c.

tion; mais, des Fibres herbacées qui naiſſent de l'Ecorce, prennent peu à peu la conſiſtence du Bois, & la Playe eſt marquée par un Bourlet que produit le développement de ces Fibres. Dans les Os percés ou rompus, les Fibres vrayement oſſeuſes ne concourent pas à la réparation; mais des Fibres membraneuſes qui émanent du Périoſte, prennent peu à peu la conſiſtence de l'Os, rempliſſent le trou, ou recouvrent la fracture, qui ſe trouve marquée par une groſſeur qu'on nomme le *Cal*, & qui doit ſon origine au développement de ces Fibres.

222. *Expoſition abrégée du* **Sentiment** *de* Mr. DE HALLER *ſur la formation des Os, en oppoſition avec celui de* Mr. DUHAMEL.

Mr. DE HALLER, qui a vû de ſi près la formation du Poulet, a combattu cette analogie dans ſes Mémoires ſur les Os (*a*). Je vais donner le précis de ſes preuves.

DES extrêmités d'un Os rompu ſuinte un ſuc gélatineux, qui s'épaiſſit par dégrés, & devient une gelée tremblante. Cette gelée acquiert peu à peu la conſiſtence du Cartilage, & enfin celle de l'Os. Le *Cal* s'achève & les deux extrêmités ſe réuniſſent. On voit bien que cette gelée animale eſt organiſée dès le commencement, comme l'eſt la gelée végétale.

(*a*) *Mémoires ſur la Formation des Os*. A Lauſanne chez Marc Michel Bouſquet 1758. pages 39. & ſuivantes, page 245. & ſuivantes.

Mais ce qu'il n'importe pas moins de remarquer, c'eſt qu'elle ſe répand quelquefois ſur la ſurface extérieure du Périoſte, & que celui-ci n'eſt point adhérent au Cal. Loin de précéder la formation de l'Os, le Périoſte ne renaît que lors que le Cal eſt déjà bien avancé.

La ſtructure du Périoſte diffère eſſentiellement de celle de l'Os. Ce dernier eſt formé de Fibres parallélles à ſon axe. Le tiſſu du premier eſt au contraire cellulaire : ſes Fibrilles n'ont aucune direction conſtante, & c'eſt à ce défaut de direction qu'on reconnoit les Oſſifications contre nature.

Dans les premiers tems le Périoſte eſt d'une fineſſe extrême, & il n'eſt point lié à l'Os. Lors qu'il commence à s'y unir, c'eſt préciſément dans les endroits où l'Oſſification ne ſe fait point encore.

Si les lames minces ſe détachoient du Périoſte pour fournir à l'accroiſſement de l'Os, il ſemble que cette Membrane devroit être plus epaiſſe dans le Fœtus que dans l'Adulte.

Elle devroit encore être toûjours fortement unie à l'Os, & ſur-tout aux endroits où l'Oſſification commence. Elle eſt conſtamment blanche : la *Garance* ne la colore jamais, & elle colore les Os. Les Vaiſſeaux du Périoſte n'admettent donc pas des Particules colorantes ; il ne nourrit donc pas les Os ; il ne contribuë donc pas à leur accroiſſement ; car l'expérience démontre que le
Car-

Cartilage ne devient Os que lorſque ſes Vaiſſeaux ſe ſont aſſés élargis pour admettre les Globules *rouges* du Sang (*a*). Or les Vaiſſeaux
du Périoſte demeurent toûjours très petits &
preſque inviſibles.

ENFIN il eſt des Os que le Périoſte ne revêt
point, & qui croiſſent ſans ſon ſecours : tels
ſont en particulier les *Noyaux* oſſeux & les Dents.

223. *Précis de la Réponſe de Mr.* FOUGE-
ROUX *aux Objections de Mr.* DE HAL-
LER, *pour ſervir d'éclairciſſemens aux A-
nalogies de Mr.* DUHAMEL.

MR. FOUGEROUX, de l'Académie Royale des
Sciences, & Neveu de Mr. DUHAMEL, vient
de répondre à Mr. DE HALLER. Il règne de
part & d'autre dans cette diſpute une modeſtie, une politeſſe & une modération qui ne
peuvent partir que d'un amour ſincère pour le
vrai ; & ſi toutes les diſputes littéraires reſſem-
bloient à celle-ci, nous n'aurions pas à nous
plaindre de l'indécence & de l'inutilité de pluſieurs. En abrégeant les réponſes de Mr. FOUGE-
ROUX, je tâcherai à ne les point affoiblir (*b*). Je

(*a*) Voyez le Chapitre X. page 155.
(*b*) Mémoires ſur les Os, pour ſervir de Réponſe aux Objections propoſées contre le ſentiment de Mr. DUHAMEL DU
MONCEAUX, rapporté dans les Volumes de l'Académie Royale
des Sciences ; avec les Mémoires de M. M. DE HALLER &
BORDERAVE, qui ont donné lieu à ce travail. Paris 1760.
in 8vo.

Q

les expoferai dans l'ordre où j'ai préfenté les objections de Mr. DE HALLER.

EN bonne Phyfique un fuc épanché ne peut former que de fimples concrétions, & le Cal n'eft point une fimple concrétion; il eft très organifé : mais, par-tout où il y a rupture de Vaiffeaux, il y a épanchement de fucs, & c'eft le cas de toutes les Playes, foit des Parties molles, foit des Parties dures. Si donc le Cal fe montre d'abord fous l'apparence trompeufe d'une *gelée tremblante*, il ne faut pas s'imaginer qu'il ne foit en effet que cela, & que cette prétenduë gelée provienne de l'épaiffiffement du fuc épanché. Cette efpèce de mucilage n'eft autre chofe que les lames les plus internes du Périofte tuméfié, qui commencent à fe développer pour opérer la réunion. Il en eft de ces lames comme de tous les Corps organifés, qui commencent par être mols, ou prefque fluides, avant que d'acquérir le dégré de confiftence propre à leur efpèce. Le Poulet en fournit un exemple remarquable. (VI. FAIT. CHAP. IX.)

LE Périofte fe tuméfie toûjours fur les fractures; & les tumeurs du Périofte font des offifications naiffantes : or les lames dont je viens de parler, appartiennent fi bien à cette Membrane, que fi on l'énlève, l'on enlèvera avec elle la tumeur, & avec la tumeur le mucilage, & la fracture demeurera à découvert (*a*).

(*a*) *Ibid.* Second Mémoire, pages 119, 120.

CE font ces mêmes lames d'abord mucilagineufes, enfuite cartilagineufes, qui forment enfin un tampon offeux dans les Os qu'on a percés. On enlève ce tampon en enlevant le Périofte : il n'en eft donc qu'une expanfion (*a*).

ON objecte donc en vain, que le Périofte ne renait qu'après le Cal, puis qu'il eft démontré que c'eft le Périofte lui-même qui produit le Cal.

Si l'Organifation du Périofte diffère de celle de l'Os, l'Organifation du Cartilage deftiné à s'offifier, ne diffère pas moins de celle de l'Os : la difficulté fe réduit donc ici à expliquer comment l'un & l'autre s'offifient. La ftructure du Périofte n'eft pas encore bien connuë, & elle varie en différents Os. A' l'aide de la macération, on aperçoit que les Fibres des lames intérieures ont plus de régularité que celles des lames extérieures (*b*). C'eft donc aller trop loin que d'affirmer, que les Fibres du Périofte n'ont aucune direction conftante. Il fe déchire plus facilement fuivant fa longueur, que fuivant fa largeur : les Fibres qui le compofent, ont donc une direction parallèle à l'axe de l'Os : on les rompt quand on déchire le Périofte fuivant fa largeur ; on ne fait que les féparer, quand on le déchire fuivant fa longueur (*c*).

(*a*) *Ibid.* page 105.
(*b*) *Ibid.* premier Mém. page 31.
(*c*) *Ibid.* page 32.

Q 2

ON ne peut décider ſi toutes les lames du Périoſte ſont originairement propres à s'oſſifier; mais, il eſt prouvé que les lames les plus intérieures s'oſſifient, & que c'eſt par la ſur-addition de ces lames à l'Os, qu'il croit en tout ſens; en groſſeur par l'appoſition, en longueur par le prolongement des lames. On peut donc regarder la Partie interne du Périoſte comme l'Organe deſtiné à la formation & à la réparation de l'Os; de la même manière que la Partie interne de l'Ecorce eſt l'Organe deſtiné à la formation & à la réparation du Corps ligneux.

Si dans les premiers tems le Périoſte ne paroit pas uni à l'Os; ſi lors qu'il commence à s'y unir c'eſt préciſément dans les endroits où l'oſſification ne ſe fait point encore, cela ne prouve pas que le Périoſte ne ſoit point l'Organe de l'oſſification. Un mucilage ne peut être bien adhérent; & nous avons vû que les lames du Périoſte qui doivent s'oſſifier, ſont d'abord mucilagineuſes. L'Ecorce n'eſt jamais moins adhérente au Bois que lors qu'elle le produit: ſes Fibres ſont alors ſi abreuvées de ſucs, qu'elles ſemblent n'être qu'une gelée épaiſſe. Il en eſt de même de celles du Périoſte avant qu'elles ayent pris la conſiſtance du Cartilage. Mais, quand elles ſe ſont endurcies juſqu'à un certain point, elles adhèrent à l'Os, & elles y adhèrent d'autant plus fortement, qu'elles ſe ſont plus oſſifiées. Et comme l'oſſification commence toûjours à la Partie moyenne de l'Os, il arrive qu'on trouve des lames du Périoſte qui ne ſont

qu'à demi offifiées. Ces lames font très ad-
hèrentes à la Partie moyenne, & fort peu aux
extrêmités, où elles ne font encore que cartilagineufes, ou membraneufes (*a*).

DANS l'Embrion tout l'Os eft fi mol qu'on
ne peut le diftinguer du Périofte; il eft prefque
tout Périofte. On ne doit donc pas affirmer
que la naiffance de l'Os précède celle du Périofte. Il eft encore plus difficile de diftinguer
ces deux chofes dans un Embrion auffi petit
que celui du Poulet.

EN fourniffant des couches à l'Os, le Périofte ne doit point s'apauvrir, ou diminuer
d'épaiffeur, parce qu'à mefure que des lames
s'en détachent pour s'unir à l'Os, il s'en développe de nouvelles, foit cartilagineufes, foit
membraneufes. C'eft ainfi que l'Ecorce ne s'a-
pauvrit point par les couches concentriques
qu'elle fournit annuellement au Bois : chaque
année il s'en développe de nouvelles, foit ligneufes, foit corticales (*b*).

SI la *Garance* ne colore point le Périofte,
ce n'eft pas que les lames intérieures de celui-
ci ne puiffent l'admettre dans la fuite ; mais tandis que ces lames demeurent membraneufes,
ou cartilagineufes, elles n'ont pas toutes les
conditions requifes pour la coloration.

(*a*) *Ibid.* pag. 38, 39.
(*b*) *Ibid.* page 37.

UNE belle Expérience démontre que les Os doivent leur dureté & leur fragilité à un *Tartre offeux*, à une fubftance *crétacée* ou terreufe, qui pénètre dans les Mailles du Cartilage & s'y incorpore. L'on diffout ce Tartre en plongeant l'Os dans de l'efprit de Nitre affoibli; & l'on voit avec furprife l'Os s'y transformer en Cartilage, & ce Cartilage s'y divifer en plufieurs lames qui décèlent fon origine. Le *Cal* parfait offre le même Phénomène; il a auffi la même origine. C'eft ce Tartre offeux qui fe charge de la teinture de Garance, & qui la porte dans le tiffu de l'Os encore imparfait: car les Os qui ont acquis toute leur dureté ne fe colorent point; ils ne peuvent plus admettre de Tartre, & conféquemment de Particules colorantes. Ce n'eft donc que lors que les Vaiffeaux du Périofte, ou du Cartilage fe font affés élargis pour admettre le Tartre, que l'offification & la coloration commencent (*a*).

SANS doute que le Bois doit auffi fa dureté à une fubftance terreufe qu'on n'a pas encore tenté d'en retirer: fi l'on y parvenoit, l'on transformeroit ainfi le Bois en Ecorce; ou du moins on donneroit aux Fibres du Bois la foupleffe de celles de l'Ecorce: mais, cette Ecorce auroit des Vaiffeaux que n'a pas l'Ecorce proprement dite. (Voyez Art. 220.)

L'EXPERIENCE du ramolliffement des Os par

(*a*) *Ibid.* Difcours préliminaire page 25. Prem. Mém. pages 25. & fuivantes, pages 33, & fuivantes.

un acide, donne un moyen très-simple de distinguer les Concrétions vrayement osseuses ou organiques, des Concrétions purement tartareuses ou inorganiques. La dissolution de celles-ci est complette, & elle ne laisse après elle aucune trace de Cartilage. C'est ce qui arrive dans les Concrétions des Goutteux (*a*).

QUAND on observe les progrès de l'ossification, on voit le Tartre se déposer dans les lames cartilagineuses, tantôt par grains, tantôt par filets, ou par ramifications qui se prolongent peu à peu (*b*).

LES *Noyaux osseux* sont des Concrétions qui ont pour baze un Cartilage, & ce Cartilage fait à l'égard du Noyau les fonctions de Périoste, si même il n'a pas été une fois Périoste (*c*). *L'Email* des Dents est une substance particulière ; mais leurs Racines sont de véritables Os, qui se divisent en lames distinctes & concentriques, que la Garance colore, & qui ont leur Périoste (*d*).

224. *Raisons qui portent l'Auteur à suspendre son jugement sur la Question controversée entre les deux célèbres Physiciens.*

CE n'est point à moi qu'il appartient de pro-

(*a*) *Ibid.* pag. 33, 34.
(*b*) *Ibid.* pag. 46.
(*c*) *Ibid.*
(*d*) *Ibid.* pag. 47.

Q 4

noncer entre M. M. DUHAMEL & DE HALLER.
Je fuis fait pour les aimer & les admirer, &
non pour les juger. Je me renferme donc dans
l'office de fimple Rapporteur, & je laiffe aux
Académies, ou plutôt à l'Expérience, la déci-
fion de ce fameux procès. Quoique j'aye fort
refferré les preuves de part & d'autre; je me
flatte de ne leur avoir rien fait perdre, & d'a-
voir expofé clairement l'état de la Queftion;
l'amitié & la confiance que veulent bien avoir
pour moi ces deux célèbres Phyficiens, & que
je mérite par les fentimens que je leur ai voués,
les ont portés depuis plufieurs années à me com-
muniquer par Lettres leurs idées oppofées, &
à me demander les miennes. Je les ai écoutés
comme mes Maîtres, & il m'a été d'autant plus
facile de fufpendre mon jugement, que j'étois
entre deux autorités qui me paroiffoient également refpectables. M. DUHAMEL me fit part
de fes dernières idées fur la formation des Os,
dans une affés longue Lettre qu'il m'écrivit de
Paris, le 27. de Juillet 1757. Je me hâtai d'en-
voyer cette Lettre en original à M. DE HAL-
LER, perfuadé qu'il ne feroit pas moins touché
que je l'avois été, de la modeftie & de la can-
deur qui y régnoient. Il en a fait une mention
honorable à la page 251. de fes Mémoires fur
les Os; mais il auroit été à défirer qu'il l'eut
analyfée. J'inférerois ici cette Lettre comme
une nouvelle preuve que M. DUHAMEL n'eft
pas moins digne de l'eftime du Public par les
qualités de fon Cœur que par celles de fon

Efprit, fi la lecture du difcours préliminaire de M. FOUGEROUX ne m'apprenoit qu'elle a été imprimée dans le *Journal de Médecine*, mois de Septembre 1757. (*a*).

225. *Refultats généraux des Faits indé- pendans de la Queftion agitée.*

QUELQUE parti qu'on prenne fur la forma- tion des Os, & fur leur analogie avec les Arbres, il demeurera toûjours vrai, que les uns & les autres ne parviennent à leur état de per- fection que par un développement fucceffif. Leurs Parties effentielles fe montrent d'abord fous l'apparence trompeufe d'une gelée ou d'un mucilage qui paroît s'épaiffir par dégrés. Il devient peu à peu Membrane, Cartilage, Os; il eft par fucceffion Herbe, Ecorce, Bois. Les Vaiffeaux fe déployent, s'élargiffent; ils admettent des molécules crétacées, ou terreu- fes, fource de la dureté: ces molécules s'in- corporent aux tiffus; le Cartilage devient Os; l'Ecorce, Bois. La divifion de l'Os & du Bois en lames minces, prouve qu'ils croiffent par l'addition de couches concentriques, qui, a- vec le temps, s'épaiffiffent, s'allongent & s'en- durciffent. L'extraction du Tartre offeux par l'acide, & la permanence du Cartilage, dé- montrent que celui-ci eft le fond qui reçoit les molécules de ce Tartre, & qui les retient.

(*a*) *Ibid.* pag. 22.

Q 5

J'effayerai ailleurs d'appliquer ceci à la Théorie générale de l'Accroiffement (*a*). Je re-
viens aux divers Faits qui concernent les *Végétaux.*

226. Bourlets *des Playes végétales, leur
nature, leur formation, leurs effets. Manière de faire reprendre de Bouture toutes fortes d'Arbres.*

Nous avons vû les Playes des Arbres fe
cicatrifer. J'ai indiqué les principales particu-
larités qu'on obferve dans la formation de ces
Cicatrices. J'ai fait remarquer que fi l'on fait
à une Branche une incifion annullaire qui pé-
nêtre jufqu'au Bois, il fe formera un *Bourlet* au - deffus de l'incifion, & que ce Bourlet, en s'étendant, recouvrira peu à peu la
Playe (*b*). On remarquera la même chofe fi
l'on fait une forte ligature à la Branche. Ce
Bourlet mérite une grande attention. Il eft
un ouvrage de la Nature, qui fert de préparation à des productions plus importantes.
J'ai dit (*c*) que les Injections colorées prouvent d'une-manière directe, que la Séve s'élève par les Fibres du Bois: ces mêmes Injections démontrent, qu'elle defcend par les Fibres de l'Ecorce, pour fournir au développe-

(*a*) Je prie qu'on relife l'Article 170. & en particulier
le dernier Paragraphe; l'on en comprendra mieux ce que je
veux infinuer ici.
(*b*) Voy. Art. 215.
(*c*) Voy. Article 220.

ment & à la nourriture des Racines. Cela
eſt très naturel ; car il ne le ſeroit point du
tout que les Racines ſe nourriſſent du ſuc
crud qu'elles tirent immédiatement de la Terre ; le Cœur ne ſe nourrit pas du même Sang
qui paſſe dans ſes cavités ; il eſt nourri d'un
autre Sang qui lui eſt apporté par des Artères qui lui ſont propres. Le *Bourlet* dont il
eſt queſtion, eſt une autre preuve de la Séve
deſcendante : il ne ſe montre qu'à la partie ſu-
périeure de l'inciſion ou de la ligature : il eſt
donc produit par une Séve qui deſcend des
extrêmités de la Tige & des Branches. Si la
ligature n'avoit point intercepté le cours de
cette Séve, elle ſeroit parvenuë aux Racines,
& n'auroit formé aucun Bourlet. On peut
donc en conclure, que ce Bourlet tient de la
nature des Racines ; il eſt une eſpèce de *Bulbe*
ou d'Oignon ; & cette concluſion eſt d'autant
plus légitime, que ſi on l'enveloppe de mouſſe humide, l'on en verra ſortir des Radicules
qui ſe prolongeront dans la mouſſe. En tra-
vaillant ſur les couches intérieures de l'Aubier, la Séve deſcendante y occaſionne le développement d'un grand nombre de Fibrilles
ou de petites lames, & de ce développement accidentel naît la Tumeur ou la Bulbe.
Quand on diſſèque cette Bulbe après l'avoir
fait bouillir, on découvre dans ſon intérieur
de petits *Mammelons* ligneux, qu'on peut regarder comme les *Boutons* des Radicules. Si
l'on ſcie la Bulbe ſuivant ſa longueur, on ob-

fervera que les anciennes Fibres ligneufes, celles qui exiftoient avant qu'on fit la ligature, auront confervé leur direction naturelle ; je veux dire, qu'on les trouvera parallèles à l'axe de la Tige ou de la Branche ; tandis que les nouvelles Fibres, celles que la Séve defcendante aura fait développer, n'auront, au contraire, aucune direction conftante. On remarquera çà & là dans la Bulbe des *Nœuds* qui tendront ou à un Mammelon, ou à une Radicule. Chaque Mammelon fera formé d'un très petit cône ligneux, recouvert d'une Ecorce, qui, en fe prolongeant, auroit produit une Radicule (*a*).

Si l'on coupe la Branche au-deffous du Bourlet, & qu'on la plante en terre après que le Bourlet aura commencé à produire des Radicules, elle y deviendra un Arbre, & c'eft là une manière très fimple & très fure de faire reprendre de *Bouture* toutes fortes d'Arbres. De plufieurs Branches d'Orme, égales & femblables qu'on aura plantées en terre, il n'y aura que celles qui auront été pourvuës du Bourlet qui reprendront (*b*).

Le Bourlet eft donc une préparation néceffaire à la Germination des Radicules. Cette marche eft fi effentiellement celle de la Nature, que fi l'on plante des Boutures fans

---

(*a*) *Phyfique des Arbres*, Liv. IV. chap. V. Art. I. pag. 112. & fuivantes de la 2de Partie.
(*b*) *Ibid.* pag. 111.

préparation, & qu'on les arrache lors qu'elles auront commencé à reprendre, l'on verra que toutes les Racines partiront d'un Bourlet (*a*).

Souvent la Nature ne se mettra pas en nouveaux frais pour la production du Bourlet. La Tumeur naturelle qui sert de support à un Bouton, de petites excroissances accidentelles ou inégalités de l'Ecorce, tiendront lieu du Bourlet (*b*).

C'est donc un moyen d'assurer la reprise des *Boutures* que de faire ensorte que leur bout inférieur, le bout qui doit être mis en terre, soit fort chargé de Tumeurs ou de Bourlets.

228. *Expériences de l'Auteur sur la Végétation des Boutures.*

Plusieurs années avant que j'eusse eû connoissance des belles Expériences de M. Du-hamel sur la Végétation des Boutures, j'en avois fait quelques-unes dans les mêmes vuës que ce célèbre Académicien. Je les ai rapportées dans mon second Mémoire *sur la Végétation des Plantes dans différentes matières & principalement dans la Mousse*, que l'Aca-demie Royale des Sciences a publié. (*c*). J'avois aperçû les tubercules ou Bourlets, & voici comment je les avois décrits. „ Je me

(*a*) *Ibid.* pag. 112.
(*b*) *Ibid.* pag. 114.
(*c*) *Mémoires de Mathématique & de Physique présentés à l'Académie par divers Sçavants, & lus dans ses Assemblées.* Tom. I. 1750. in 4to. pages 442. & suivantes.

„ propofois en 1746, d'examiner l'état de la
„ partie inférieure des Boutures, ce qui me
„ paroiffoit digne d'attention. Je découvris à
„ leur bout, à la furface faite par la fection,
„ de petits tubercules blanchâtres, d'inégale
„ groffeur, & dont le plus gros approchoit
„ de celle d'une lentille; ils fortoient de l'é-
„ paiffeur de l'Ecorce, & formoient autour
„ du Bois placé au centre, une efpèce de cou-
„ ronne, qui dans une des Boutures étoit
„ complette, mais qui dans les autres ne l'é-
„ toit qu'en partie: ces tubercules étoient fort
„ délicats, pour peu qu'on les preffât avec
„ l'ongle, on les détachoit; leur forme va-
„ rioit autant que leur groffeur, mais en gé-
„ néral elle fe raprochoit de celle de Boutons
„ plus ou moins arrondis. ” Je penfai que
ces tubercules faifoient dans ces Boutures l'office de Racines (a). J'étois bien près de la
découverte de Mr. DUHAMEL.

229. *Remarques fur la Séve* defcendante
cauſe de la production des Bourlets.
*Que cette Séve defcend par une force qui lui
eft propre.*

Nous ignorons ce qui conftitue la vie dans
les Plantes, ou pour m'exprimer en d'autres
termes, nous ignorons quelle eft la Puiffance
qui élève la Séve. Nous connoiffons feulement
quelques caufes particulières qui peuvent aug-

(a) *Ibid.* pag. 444.

menter ou diminuer son mouvement : mais , nous savons très bien, que cette Puissance n'est pas celle qui élève l'Eau dans une Eponge (*a*). Si l'on prétendoit connoitre mieux la cause qui fait descendre la Séve , si l'on affirmoit que cette cause est la pesanteur , on se tromperoit. Nous avons vû naître un Bourlet au-dessus d'une ligature ; & nous avons été en droit d'en conclure , qu'il étoit produit par la Séve descendante. Si cette Séve descendoit uniquement par son propre poids , il ne devroit point se former de Bourlet dans une Branche tenuë renversée , & sur laquelle on auroit pratiqué une incision ou une ligature. Or il arrive précisément le contraire, il se forme un Bourlet, placé comme à l'ordinaire du côté de l'extrêmité de la Branche , & qui ne diffère point du tout de ceux qui naissent sur les Branches qu'on laisse dans leur situation naturelle. La descente de la Séve, comme son ascension , est donc l'effet d'une Force expresse (*b*).

230. *Effet des deux Bourlets qui naissent au-dessus & au-dessous de la Playe.*

Tout concourt à établir que la Séve descendante est destinée au développement & à la nourriture des Racines , & que si cette Séve est interceptée par une incision ou par une ligature, elle produit un Bourlet qui peut don-

(*a*) Voyez les Articles 168. & 169.
(*b*) *Phys. des Arb.* Liv. IV. Chap. V. Art. I. pag. 108. de la 2. Partie.

ner naiſſance à des Racines.   Quand un Arbre
a pluſieurs plans de Racines placés les uns au-
deſſus des autres, les Racines du plan ſupérieur
ſont toûjours les plus groſſes.   Et comme les
Branches ſont nourries au contraire par la Séve
aſcendante, celles du plan inférieur ſont toûjours les plus conſidérables.   Si donc il naiſſoit
un Bourlet au-deſſous de l'inciſion ou de la
ligature, ce Bourlet tendroit à produire des
Bourgeons, comme le Bourlet ſupérieur tend
à produire des Racines.   Il naît en effet un
Bourlet au-deſſous de l'inciſion; mais il eſt
conſtamment plus petit que l'autre.   Si l'on en-
tretient autour de lui une humidité convenable, il en ſortira bientôt de petits Bourgeons
(a).

231. *Expériences qui prouvent que ces deux
   Bourlets ſont de même nature.*
*Arbres plantés les Racines en enhaut & qui
   reprennent.*

NE nous preſſons pas néanmoins d'inférer
de ces Expériences, que les deux Bourlets diffèrent eſſentiellement.   L'Expérience elle-même nous conduit à penſer qu'ils ſont de même
nature.   Si l'on étête un Arbre, & qu'on ait
ſoin de le dépouiller de tous ſes Rejettons, il
ſortira d'entre le Bois & l'Ecorce un gros Bourlet, qui donnera naiſſance à de petits Bourgeons.

(a) *Ibid.* pag. 113. 123.

geons. Si l'on coupe de même une des principales Racines de cet Arbre, & qu'on recouvre de terre le *chicot*, il se formera pareillement entre le Bois & l'Ecorce un Bourlet, d'où
fortiront de petites Racines. Mais, si le
chicot n'est point recouvert de terre, & qu'il
foit à l'air, le Bourlet produira des Bourgeons
(*a*).

Tous les Bourlets font donc propres à produire des Bourgeons & des Racines; des Bourgeons dans l'air, des Racines dans la terre.
Cette circonftance purement extérieure, a ici
tant d'influence, qu'elle va jufqu'à faire développer des Branches fur les Racines, & des
Racines fur les Branches. Un Saule planté à
contre-fens, je veux dire les Branches dans la
terre, les Racines dans l'air, ne périt pas;
mais, si l'on a foin de prévenir le deffèchement
des Racines par une enveloppe qui n'interdife
pas tout accès à l'air, elles produiront des Bourgeons comme les Branches naturelles. Il fortira en même tems des Branches qu'on aura
mifes en terre, une multitude de Racines, dont
les principales naîtront des nœuds qui font aux
trifurcations des Branches, & du petit Bourlet
naturel qui fert de fuport aux Feuilles (*b*).

Puis qu'un Arbre planté à contre-fens continuë de vivre & fait de nouvelles producti-

(*a*) *Ibid.* pag. 102.
(*b*) *Ibid.* pag. 115.

R

ons, on voit déjà qu'il en doit être de même des Boutures plantées auſſi à contre-ſens. On peut même les diſpoſer de manière que les Racines ſe développeront au-deſſus des Bourgeons naiſſants. On aura un plan de Racines placé au-deſſus d'un plan de Bourgeons. Mais la Nature n'aime pas la contrainte : dans tous ces cas, les productions ſeront d'abord moins vigoureuſes que dans l'ordre naturel (a).

> 232. *Conſéquence des Expériences précéden-*
> *tes contre les* Valvules, *que quelques Au-*
> *teurs ont admiſes, dans les Vaiſſeaux.*
> *Expérience de l'Auteur à ce ſujet.*

L'ANALOGIE avoit porté à imaginer des *Valvules* dans les Fibres ligneuſes, parce qu'on en découvroit dans les Vaiſſeaux ſanguins : on avoit même crû entrevoir ces Valvules ; les Expériences que je viens d'indiquer ne laiſſent pas lieu à les admettre. J'ai vû une teinture d'encre s'élever aſſés haut dans des Boutures que j'y avois plongées à contre-ſens. Les traits qui marquoient le paſſage de la teinture étoient ſeulement plus fins , ou plus foibles que dans la ſituation naturelle (b). J'ai dit là-deſſus ,
„ que les Vaiſſeaux ſéveux de la Tige étant
„ de petits cônes fort allongés , dont la baze
„ eſt au *Collet* , les traits que la matière co-
„ lorante y produit , doivent être plus fins

(a) *Ibid.* pag. 115. 136.
(b) *Recherches ſur l'Uſage des Feuilles dans les Plantes* , page 257.

,, & s'étendre moins, lorsque cette matière
,, pénètre dans la Tige par le sommet des
,, cônes, que lors qu'elle y pénètre par leur
,, baze. Dans le premier cas, les particules
,, colorantes font en bien moindre quantité;
,, & se divisant de plus en plus à mesure
,, qu'elles s'élèvent, parce qu'elles ont à oc-
,, cuper un plus grand espace, elles devien-
,, nent toûjours moins sensibles."

233. *Pourquoi le Bourlet supérieur est plus gros que l'inférieur. Action des Feuilles établie par l'Auteur.*

Au reste, si le Bourlet qui se forme au - dessus de l'incision ou de la ligature, est constam-
ment plus gros que celui qui se forme au - des-
sous, c'est sans doute qu'il se joint à la Séve
ascendante une autre Séve que les Feuilles pompent dans l'Air, & qu'elles transmettent aux
Branches & aux Troncs, d'où elle descend vers
les Racines. J'ai traité avec beaucoup d'étenduë de l'*Usage des Feuilles dans les Plantes*, &
en particulier dans les Arbres. J'ai prouvé par
un grand nombre d'Expériences répétées avec
soin, que c'est à la surface inférieure des Feuilles, que sont les principaux Organes qui les mettent en état de pomper l'humidité répanduë
dans l'air, & avec elle les particules hétérogènes
dont elle est imprégnée (*a*). J'ai démontré

(*a*) Art. VI, VII, IX, X, XV.

R 2

de plus, que c'eſt encore à la ſurface inférieure
des Feuilles que ſont les principaux Organes de
cette tranſpiration dont Mr. HALES a ſuivi ſi
loin & avec tant de ſagacité les effets divers (a).

234. *Que les Bourlets favoriſent l'éruption
des Germes ; mais qu'ils ne lui ſont pas
néceſſaires.*
*Preuves tirées de quelques Boutures ſinguliè-
res de l'Auteur.*

JE ne veux pas laiſſer penſer que les Tumeurs ou Bourlets, ſoit naturels, ſoit artificiels,
ſoient abſolument néceſſaires à la production
des Racines : ils la favoriſent ſeulement, &
c'eſt de-là qu'elles partent plus volontiers. J'ai
parlé dans le Chapitre précédent, Article 195.
de Boutures ſingulières, de Boutures qui pro-
venoient de ſimples Feuilles détachées de leur
Sujet & qui avoient pouſſé des Racines. J'ai
vû ces Racines ſortir immédiatement de la ſurface de l'Ecorce, & s'allonger beaucoup. Quelquefois elles étoient en grand nombre: les unes
demeuroient ſimples ; les autres pouſſoient elles-mêmes des Radicules. C'étoit du Pédicule
qu'elles partoient ; tantôt elles ſortoient de ſon
extrèmité, tantôt de ſes côtés. Dans ce dernier cas celles des Feuilles du *Haricot* affec-
toient un arrangement ſymétrique très remarquable. Elles ſe diſtribuoient ſur quatre lignes
parallèles & à égale diſtance les unes des au-

(a) *Ibid.* Art. XVI, XVII, LXXXVIII.

tres. J'ai obfervé le même arrangement dans des Radicules qui fortoient de la Tige. Je voyois çà & là fur l'Ecorce, de petites ouvertures oblongues qui annonçoient l'éruption des Radicules. Examinées à la loupe, elles paroiffoient toutes fortir d'une pareille ouverture. La Tige ayant été plongée dans une teinture de *Garance*, les Radicules y ont pris une forte teinte de rouge, & la Tige eft demeurée blanche. Ces Radicules reffembloient en naiffant à de petites Epines (*a*).

235. *De l'union de la* Greffe *avec fon* Sujet *confidérée dans les différentes fortes de Greffes.*

L'Union des *Greffes* avec leur *Sujet*, s'opère comme la réunion de toutes les Playes qui intéreffent l'Ecorce & le Bois. Dans les Greffes *en fente*, la principale attention confifte à faire coïnfider exactement l'*Aubier* du *Sujet* avec celui de la *Greffe*. Bientôt il fort de l'un & de l'autre une fubftance d'abord gélatineufe, puis herbacée, & enfin corticale, ou ligneufe, qui opère l'*union* & fait de la Greffe une Branche naturelle du Sujet. J'ai dit en plufieurs endroits de cet Ouvrage, que le Bois une fois formé ne s'étend plus : auffi remarque-t-on, que le Bois du Sujet & celui de la Greffe, ne contribuent point du tout à leur union. Les nou-

(*a*) *Ibid.* Art. CVI.

velles couches qui se développent dans l'un &
dans l'autre, s'unissent en différents points , &
l'on voit celles du Sujet s'incliner vers celles de
la Greffe.   A mesure que l'union se fortifie par
le développement de ces couches & par l'endurcissement qu'elles contractent peu à peu , il
se forme un Bourlet sur l'*insertion* , qui tend
à recouvrir la Playe.   Ce Bourlet a la même o-
rigine que celui que nous avons vû se former
au - dessus des incisions ou des ligatures : il est
produit par la Séve qui descend de la Greffe
dans le Sujet.   Et ce qui ne laisse pas lieu d'en
douter, c'est que si on le recouvre de terre, il
produira des Racines de même nature que celles de l'Arbre dont la Greffe aura été tirée , &
si ces Racines viennent à pousser des *Rejettons*,
ils porteront tous les caractères de la Greffe, &
non ceux du Sujet.   Dans ce cas, la Greffe ces-
sera de l'être , & deviendra une *Bouture* (*a*).

Je crois avoir démontré ci - dessus, Art. 183.,
que le Bourlet dont je parle , n'est pas un *Filtre*
ou une Glande végétale , comme l'ont pensé
quelques Physiciens.

La Greffe *en écusson* offre les mêmes parti-
cularités essentielles que celle en fente.   Il sort
des bords de l'écusson une substance semblable
à celle que j'ai décrite, qui forme tout - au - tour
des points d'adhérence avec le Sujet, en sorte
que l'écusson paroit cousû à celui-ci.   Il se dé-

(*a*) *Physique des Arbres* Liv. IV. Chap. IV. Art. VI. 2de.
Partie, page 80. & suivantes. Chap. V. Art. I. pag. 109.

veloppe enfuite fur la furface intérieure de l'é-
cuffon un feuillet ligneux qui acquiert de jour
en jour plus d'épaiffeur, & qui s'unit par différens points au Sujet, dont les productions concourent auffi à cette union (*a*).

La Greffe *en couronne* & celle *en fiflet* ou *en
flute*, ne font que des modifications de la Greffe *en
fente* & de celle *en écuffon*. La Greffe *par a-
proche* tient de l'une & de l'autre, & c'eft par-
tout le même principe d'union & de régénération.

On exécute des Greffes qu'on pourroit nommer *corticales*, parce qu'elles confiftent dans la
fimple union de deux morceaux d'Ecorce ; foit
qu'on les détache de leurs Sujets ; foit qu'on
greffe *par aproche* en n'entamant que les Ecorces. Dans l'un & l'autre cas, l'union s'opèrera
par le développement de petites Veines herbacées qui naîtront des deux Ecorces (*b*).

Comme le Bois une fois formé ne croît plus,
de même auffi l'Ecorce une fois formée eft incapable de faire de nouvelles productions. Les
régénérations de toute efpèce ne s'opèrent que
dans les couches corticales ou ligneufes qui n'ont
pas achevé de fe développer (*c*).

236. *Effai d'explication de la régénération des*

(*a*). *Ibid.* Chap. IV. Art. VI.
(*b*) *Ibid.* page 84.
(*c*)*Ibid.*

R 4

Playes végétales. Reffources ménagées de loin par la Nature.

J'AI raffemblé affés de Faits, & de Faits certains fur les Végétaux & fur leurs productions diverfes : il s'agit maintenant de tirer de la comparaifon de tous ces Faits, une explication raifonnable.

ON a vû que le Corps d'un Arbre eft un compofé d'un nombre indéfini de cônes très allongés, infcripts les uns dans les autres (*a*). Cette compofition s'obferve jufques dans les plus petits Rameaux. Chaque cône n'eft pas fimple : il eft lui-même formé de lames très minces appliquées les unes fur les autres. Dans leur première origine, tous ces cônes étoient gélatineux ou prefque fluïdes : j'ai montré comment ils s'endurciffent peu à peu, & quelles font les Loix qui préfident à cet endurciffement : j'ai indiqué la méchanique qui détermine l'accroiffement en groffeur & en hauteur ; je fuppofe que mon Lecteur a tout cela préfent à l'efprit. Voyons maintenant ce qui doit fe paffer dans la régénération d'une *Playe* qui pénètre jufqu'au Bois.

CETTE Playe a intéreffé tous les cônes compris depuis la furface extérieure de l'Ecorce jufqu'au Bois : tous ont fouffert à cet endroit une folution de continuïté. Les lèvres de la Playe font donc formées d'un affemblage de feuillets d'inégale épaiffeur & d'inégale confiftence. Par-

(*a*) Voyez Art. 169.

mi ces feuillets il en eſt qui ſont encore gélatineux, ou herbacés ; tandis que d'autres ont
achevé de s'endurcir. Il eſt prouvé que ceux-
ci ne peuvent contribuer à la réunion de la
Playe, parce qu'ils ſont incapables d'extenſion.
Ce ſera donc ſur les autres que la Séve travail-
lera. Nous avons vû que c'eſt conſtamment
celle qui deſcend des Parties ſupérieures de l'Arbre pour la nourriture & le développement des
Racines, qui contribuë le plus à la régénération
des Playes. Si cette Séve éprouvoit par-tout
la même réſiſtance, elle travailleroit uniforme-
ment ſur tous les feuillets qui n'ont pas achevé de ſe développer ou de s'endurcir ; & tel
eſt le cas d'un Arbre qui n'a point été bleſſé.
Mais, la réſiſtance diminuë autour des bords d'u-
ne Playe ; les Parties qui réagiſſoient ont été
ſupprimées : la Séve deſcendante devra donc
ſe porter avec plus de facilité aux extrèmités
des feuillets placés autour du bord ſupérieur
de la Playe : elle devra tendre à les prolónger
de haut en bas & ſur les côtés. On verra donc
ſortir entre l'Ecorce & le Bois, de petits feuillets herbacés, que l'on reconnoîtra facilement
à leur couleur verte & à la délicateſſe de leur
tiſſu. Le retranchement des Canaux intercep-
tant le cours de la Séve, elle ſéjournera autour
des bords de la Playe ; elle y développera un
grand nombre de Fibres & de Fibrilles qui ſe
prolongeront en divers ſens, & qui formeront
le Bourlet que j'ai décrit, page 230, 231.

R 5

MILLE accidents divers menaçoient les Etres
organisés : l'AUTEUR de la Nature qui les a-
voit prévûs, a préparé de loin des sources de
réparation. IL a construit son Ouvrage sur des
rapports plus ou moins directs à certains cas
possibles. IL l'a organisé dans le rapport à la
Santé & à la Maladie. Un Arbre sain contient
originairement une multitude de Fibres qui ne
sont appellées à se développer que dans certaines circonstances purement *accidentelles*. Telles sont la plûpart de celles qui fournissent à la
réunion des Playes de tout genre.

> 237. *Comment toutes les Fibres s'endurcissent*
>   *peu à peu, & paroissent revétir une autre*
>   *nature.*

CES Fibres se montrent d'abord sous la forme d'une gelée : mais l'expérience prouve que
ce n'est là qu'une simple apparence qui cache
une véritable Organisation (*a*). Dans ce premier état les Canaux sont d'une finesse extrême : ils n'admettent que les sucs les plus déliés.
Une impulsion secrette les développe (*b*) : leur
calibre augmente, & se proportionne à des
Particules hétérogènes & grossières. Il augmente de plus en plus & admet enfin la *terre*,
source de la plus grande dureté. Ainsi la prétenduë gelée devient *Herbe*, *Ecorce*, *Aubier*,
Bois.

(*a*) Vayez Article 216.
(*b*) Voyez Article 167. & 168.

Mais, l'Aliment que l'Etre organifé *s'affimi-le*, ne change point la ftructure des Organes : le Chêne logé dans l'étroitte capacité d'un Gland eft effentiellement ce qu'il fera lors qu'il porte-ra dans les airs fa tête majeftueufe. L'Aliment n'organife rien ; mais ce qui étoit auparavant organifé, le reçoit, le prépare, l'arrange, fe l'incorpore (*a*). Ne dites donc pas, l'Ecorce *fe change* en Bois : vous ne feriez pas exact : vous le ferez fi vous dites, des couches ligneu-fes qui n'avoient que la confiftence de l'Ecor-ce, acquièrent celle du Bois (*b*).

238. *Germes répandus dans tout le Corps de la Plante, fource féconde de réproductions. Preuves de cette diffémination.*

Il eft dans les Etres organifés d'autres four-ces de réparation : je veux parler des *Germes* deftinés à la production des *Touts organiques.* Plus on approfondit la nature de *l'Organifation,* & plus on fe perfuade que celle de la moindre Fibre ne peut être le réfultat du fimple épaiffif-fement des fucs. A plus forte raifon un Or-gane & un fyftême d'Organes ne peuvent-ils a-voir une pareille origine. Le *Poulet* met cette vérité dans le jour le plus lumineux : il eft prouvé que toutes fes Parties coéxiftent à la fois, & que leur invifibilité ne tient qu'à leur

(*a*) Voyez Article 170.
(*b*) Voyez Article 220.

tranfparence & à leur petiteſſe (*a*). Une *Radicule*, un *Bourgeon* naiſſants, éxiſtoient donc très en petit dans le ſujet qui paroit les produire. Ils ne proviennent pas du prolongement des Fibres de l'Aubier dans lequel ils ont pris leurs premiers accroiſſements. Il eſt aiſé de s'aſſurer qu'un *Bouton* renferme une Branche en mignature. Ses Parties ont des formes, des proportions, des rapports, un arrangement que n'ont point les Fibres qui compoſent les couches de l'Aubier, & qu'elles ne pourroient acquérir par aucune Méchanique à nous connuë. Si la Nature a concentré pour ainſi dire, dans un point tous les organes du *Poulet*, pourquoi n'auroit-elle pas de même concentré dans un point tous les Organes d'une *Plante*? Nous ſommes fondés à l'admettre puisque nous le voyons à l'œil dans la diſſection d'un Bouton ou dans celle d'une Graîne. Nous découvrons les *Pepins* long-tems avant que le Bouton s'ouvre (*b*). Je me borne à rappeller ces Faits très connus, & j'évite de recourir aux prodiges que les Microscopes de LEEUWENOEK ont enfanté en ce genre : il eſt trop difficile de percer après lui dans cette région de l'Infini : on aura plus de confiance aux Obſervations moins merveilleuſes des MALPIGHI, des GREW, des DUHAMEL.

ON obſerve un grande conformité entre la production des Racines & celle des Branches.

(*a*) Voyez les Articles 142, 3, 4, 5, &c. ¡

(*b*) Voyez Article 162.

Les Racines doivent leur naiſſance à des *Mammelons* très analogues aux *Boutons* d'où ſortent les Branches (*a*).

Si les Racines & les Branches étoient renfermées originairement dans des *Germes*, il faut reconnoitre que ces Germes ſont répandus univerſellement dans tout le Corps de l'Arbre. Cette conſéquence eſt très légitime, puiſqu'il ne s'y trouve aucun point dont il ne puiſſe ſortir, ou dont on ne puiſſe faire ſortir des *Radicules* & des *Bourgeons*. Les Boutures de Feuilles en fourniſſent une preuve bien remarquable (*b*).

239. *Comment certaines circonſtances favoriſent l'éruption des Germes.*

Tous ces Germes ne parviennent pas *naturellement* à ſe développer. Il en eſt un grand nombre qui ne ſe développent qu'à l'aide de circonſtances purement *accidentelles* pour leſquelles il paroiſſent avoir été mis en reſerve.

Si les Germes écloſent plus ordinairement dans les Bourlets *naturels* ou *artificiels*, c'eſt que la Séve y éprouve des retards qui donnent lieu à un travail & à des préparations favorables à l'éruption des Germes. Les plis & les replis que les Vaiſſeaux ſouffrent dans ces Tumeurs, produiſent ſur la Séve les mêmes effets eſſentiels qu'y produiſent les contournements des Vaiſſeaux *déférents des Fruits*. Les inci-

(*a*) Voyez Article 226.
(*b*) Voyez Article 195.

fions & les ligatures interceptent le cours de la
Séve, & le détournent au profit des Germes &
des Vaiffeaux qui leur correfpondent. Les Canaux devenus plus ou moins tortueux rallentif-
fent plus ou moins le mouvement de la Séve,
& l'on a mille preuves que ce rallentiffement
eft très avantageux à la *Fructification*.

240. *Comment une fimple Bouture, une fim- ple Feuille, &c. peuvent faire par elles-mê- me, de nouvelles productions.*

Les Organes effentiels à la Vie font répandus dans tout le Corps de la Plante & jufques
dans fes moindres Parties. On retrouve dans
une fimple Feuille tous les Vaiffeaux & tous
les Vifcères propres au Végétal, des *Fibres ligneufes*, des *Trachées*, des *Vafes propres*, des
Utricules. La Feuille a donc en elle-même tout
ce qui eft néceffaire à la Vie végétale. Elle
peut donc continuer à végéter féparée de fon
Sujet, pouffer des Racines & devenir une *Bouture*. C'eft ainfi que les *Boutures ordinaires*,
les *Greffes*, les *Ecuffons*, peuvent faire par eux-
mêmes de nouvelles productions. Ils font pour-
vus d'Organes qui reçoivent, préparent, digèrent, les fucs qu'ils pompent au dehors.

241. *Explication des* Greffes.

Une *Greffe* eft une forte de *Bouture* plan-
tée dans un Tronc vivant. Elle n'y pouffe
pas de véritables Racines; mais, elle pouffe des

Vaiſſeaux qui en exercent les fonctions les plus eſſentielles. Ils *s'anaſtomoſent* ou s'uniſſent à ceux qui partent du *Sujet :* ils ne s'abouchent pas bout à bout : la diſſection des Greffes montre que les uns & les autres changent de direction ; qu'ils ſe replient en divers ſens : ils s'uniſſent donc par différents points (*a*).

Cette union eſt d'autant plus durable, qu'elle eſt plus parfaite ; & elle eſt d'autant plus parfaite, qu'il y a plus d'*analogie* entre le Sujet & la Greffe. Cette analogie conſiſte principalement dans le rapport de l'Organiſation & des Liqueurs. La Greffe doit devenir une Branche *naturelle* du Sujet ; ainſi plus elle aura de rapports avec les Branches naturelles, & plus elle aura de diſpoſition à *s'unir* avec lui. Les rapports qui ſe rencontrent dans l'Organiſation & dans les Liqueurs, déterminent le tems où le Sujet & la Greffe entrent en Séve, & la quantité de Liquide que l'un & l'autre doivent tirer pour leur entretien & pour leur accroiſſement. Je ne citerai ici qu'un exemple. Si l'on greffe l'*Amandier* ſur le *Prunier*, la Greffe ne ſubſiſtera que peu d'années. D'abord elle groſſira beaucoup : il ſe formera à ſon bout inférieur un Bourlet conſidérable. Le Sujet diminuera au contraire de groſſeur, & cette diminution s'accroîtra à meſure que la Greffe pouſſera davantage. Elle l'affamera en-

(*a*) *Phyſ. des Arbr.* Liv. IV. Chap. IV. Art. VIII. 2de. Part. pag. 95, 96.

fin, & ils périront tous deux. L'Amandier plus vigoureux & plus hâtif que le Prunier, lui demande trop & trop tôt. On observera le contraire dans la Greffe du Prunier sur l'Amandier, & cette observation achève de démontrer l'importance de l'*analogie* (*a*).

IL faut partir de ces principes pour juger de ces Greffes extraordinaires ou monstrueuses, si vantées par des Auteurs peu Physiciens. Les unes meurent sans avoir fait aucune production : les autres semblent d'abord réussir & périssent ensuite. Une dissection délicate de celles-ci indique qu'elles avoient dû leurs foibles progrès à quelques Fibres qui s'étoient développées, & qui avoient tiré assés de Séve pour fournir à de petites productions (*b*).

CE que le *Terrein* est à la *Bouture*, le *Sujet* l'est à la *Greffe*. Et comme le Terrein ne change point l'*Espèce* des Boutures ; le Sujet ne change point non plus l'*Espèce* des Greffes. Ainsi que différentes Plantes croissent sur le même Terrein, différentes Greffes croissent sur le même Sujet. Cela résulte de la propriété qu'ont les Corps organisés de *s'assimiler* les matières alimentaires. Nous ignorons encore la Méchanique de cette *assimilation* : mais, nous savons qu'elle ne dépend pas d'une *impregnation*

(*a*) *Ibid.* **Art. VII.**
(*b*) *Ibid.* pag. **88, 89.**

tion originelle (*a*). Elle dépendroit bien plutôt de la *nature* des éléments des Fibres & des
Vaiſſeaux, & du *diamètre* de leur Calibre. De
la première de ces choſes réſulteroit *l'affinité* &
une ſorte d'attraction entre les éléments *analogues* (*b*). De la ſeconde réſulteroit *l'admiſ-
ſion* des Molécules *proportionelles* &c.

Quoiqu'il en ſoit, il eſt très - certain que
les Organes appropriés aux *Sécrétions*, ſont répandus dans tout le Corps de l'Arbre, & juſques dans le Pédicule des Fruits. Un *Citron*
gros comme un Pois, greffé par ſon Pédicule
ſur un *Oranger*, y prend tout ſon accroiſſement
& y conſerve tous les caractères propres au
Citron (*c*).

Mais, il eſt des ſubſtances ſi étroitement
liées aux matières que l'Etre organiſé *s'aſſimile*,
qu'elles n'en peuvent être ſéparées. De-là le
goût de Terroir. J'ai parfumé des Feuilles &
des Fleurs en plongeant le bout inférieur des
Tiges dans des Liqueurs odoriférentes (*d*).
On parfume d'une manière analogue les Vo-
lailles (*e*). On colore les Os, & les Végétaux admettent pareillement les Injections colorées.

(*a*) Voyez ci - deſſus pag. 132. VI. Fait.
(*b*) Conſultez le Chap. VI.
(*c*) *Phyſique des Arbres*, 2de. Partie. pag. 97. 208.
(*d*) *Rech. ſur l'Uſ. des Feuilles*, Art. XIV, LXXXV, LXXXVI.
(*e*) *Art de faire éclorre les Poulets*, V.

S

J'EVITE d'entrer ici dans un plus grand détail fur les Sécrétions *végétales*, qui ne nous font pas mieux connuës que les Sécrétions *animales*. Je renvoye fur ce fujet ténèbreux à l'excellent Ouvrage de Mr. DUHAMEL, où j'ai puifé tant de Faits également certains & intèreffants. On peut confulter en particulier l'Article qui a pour titre, *Si toutes les Plantes de différentes Éfpèces fe nourriffent d'un même fuc tiré de la terre* (a).

(a) *Phyf. des Arbres* Liv. V. Chap. I. Art. IV. 2de. Part. pag. 207. & fuivantes.

FIN DU TOME PREMIER.

www.ingramcontent.com/pod-product-compliance
Lightning Source LLC
Chambersburg PA
CBHW070210030726
47505CB00006B/1636